ERNEST LEGOUVÉ

De l'Académie française

ÉPIS ET BLEUETS

ÉTUDES

ET

SOUVENIRS

ILLUSTRATIONS

PAR

P. DESTEZ, J. GEOFFROY, BORIONE, P. RIQUET, G. DESVALLIÈRES,
E. MONTÉGUT, DUBOUCHET, DOSSO, ETC., ETC.

BIBLIOTHÈQUE

D'ÉDUCATION ET DE RÉCRÉATION

J. HETZEL ET Cⁱᵉ. 18, RUE JACOB

PARIS

ÉPIS ET BLEUETS

COLLECTION HETZEL

ERNEST LEGOUVÉ

De l'Académie française

ÉPIS ET BLEUETS

SOUVENIRS BIOGRAPHIQUES

ÉTUDES LITTÉRAIRES ET DRAMATIQUES

SCÈNES DE FAMILLE

ILLUSTRATIONS

PAR

P. DESTEZ, J. GEOFFROY, BORIONE, P. RIQUET, G. DESVALLIÈRES,
E. MONTÉGUT, DUBOUCHET, DOSSO, ETC., ETC.

BIBLIOTHÈQUE
D'ÉDUCATION ET DE RÉCRÉATION
J. HETZEL ET Cie, ÉDITEURS
18, RUE JACOB, PARIS

A M. GRÉARD

Permettez-moi d'écrire votre nom en tête de ce volume.

J'y ai réuni les trois genres de travaux différents qui m'ont occupé depuis plusieurs années : Souvenirs biographiques, Études littéraires et dramatiques, Scènes de famille.

La diversité des sujets nécessite la diversité des tons, les idées sérieuses doivent y être mêlées de quelques idées souriantes. C'est ce que j'ai tâché d'exprimer par mon titre, et de réaliser dans mon livre.

A qui le dédier, sinon à celui en qui j'ai trouvé dans cette dernière période de ma vie, un conseiller si précieux, et un ami si cher?

E. LEGOUVÉ.

SOUVENIRS BIOGRAPHIQUES

ÉPIS ET BLEUETS

SOUVENIRS BIOGRAPHIQUES

I

UNE QUERELLE ENTRE DEUX COLLABORATEURS

Je ne puis mieux commencer, ce me semble, ces derniers
souvenirs, que par une esquisse prise sur le vif, un petit portrait
en action de deux hommes célèbres dans leur art, et qui n'ont
laissé que des amis, J. Sandeau et Regnier.

Le *Gendre de M. Poirier* et *Mlle de la Seiglière* sont certainement, parmi les comédies modernes, deux de celles qui ont le plus de chance de survivre.

Toutes deux sont signées de J. Sandeau, mais dans la première il est nommé avec E. Augier, dans la seconde, il figure seul sur l'affiche.

Pourquoi seul? Pourquoi le nom de Regnier, son collaborateur, n'y est-il pas? Il y a là un petit fait d'histoire littéraire assez curieux, et que je suis heureux de pouvoir expliquer.

C'était en 1851. Les répétitions de *Mlle de la Seiglière* tiraient à leur fin. Tout le monde au théâtre prédisait un succès.

Un jour, au sortir de la scène, Sandeau va vivement à Regnier :

« Qu'est-ce que j'apprends? on me dit que vous ne voulez pas être nommé le jour de la première représentation?

— C'est vrai.

— Que vous prétendez ne pas figurer sur l'affiche?

— Encore vrai.

— Et pourquoi?

— Parce que je ne m'en trouve pas le droit. Votre roman contient tous les éléments constitutifs de notre comédie. Le sujet, l'action, les personnages et les situations.... En somme, qu'est-ce que j'y ai fait?

- - Ce que vous y avez fait? reprend Sandeau. Eh! parbleu! c'est que vous l'avez faite! »

Alors s'éleva entre eux le débat le plus nouveau entre collaborateurs, chacun d'eux mettant en relief la part de travail de l'autre. Regnier répétait que l'invention appartenant entièrement à Sandeau, que les caractères étant créés par Sandeau, que le dialogue étant signé de Sandeau, *Mlle de la Seiglière* ne pouvait porter un autre nom que celui de Sandeau! Sandeau répondait que la transformation d'un roman en comédie était une seconde création; que l'optique changeait tout; que la mise au point changeait tout; que la vie sur le papier et la vie sur la scène étaient deux choses absolument différentes; que, pour passer de l'une à l'autre, il fallait défaire, refaire, adapter, resserrer, allonger.... et que jamais!... jamais!... jamais!... lui Sandeau, n'eût été capable ni de tels sacrifices, ni d'un tel travail. « Et la preuve, ajoutait-il, que je n'aurais pas pu le faire sans vous, c'est que vous l'avez fait presque sans moi. »

Regnier s'étant récrié.... Sandeau, alors, avec cette absence d'amour-propre, cette sincérité absolue vis-à-vis de lui-même, qui était un de ses plus grands charmes, reprit gaiement :

« Avouez-le : vous avez eu en moi un bien mauvais collaborateur! Quel lambin! Toujours en retard de travail. Ce n'est pas tout à fait ma faute.... Si vous saviez quelle peine j'ai à écrire!... Puis, ajouta-t-il avec une componction comique, il y a encore autre chose qui m'empêche d'être jamais prêt : c'est.. ma paresse! ma chère paresse!... Combien de fois, au cours des répétitions, m'avez-vous dit : « Mon cher Sandeau, voici « deux scènes à refaire, laquelle voulez-vous? — Celle que

« vous voudrez! répondais-je vaillamment. — C'est que le
« théâtre en a besoin pour demain. — Eh bien, on la lui
« donnera pour demain, au théâtre! Venez la chercher à
« dix heures. Elle sera prête. » Et je l'emportais avec une
bonne foi et un bon vouloir complets. Le lendemain, vous arri-
viez à dix heures, avec votre ponctualité habituelle, et vous me
trouviez... oh! à ma table, la plume à la main, mon papier
devant moi, mais, hélas! il était d'une blancheur immaculée,
ce pauvre papier! Pas une ligne de faite! « Comment! vous
« écriiez-vous, rien de commencé! Mais la répétition est pour
« une heure. » A quoi je répondais, en baissant la tête : « Ne
« vous fâchez pas, mon petit Regnier! Oh! je m'y suis mis
« bravement hier soir et ce matin aussi, mais, une fois assis là,
« ma diable de paresse m'a pris! une paresse très occupée et si
« amusante! remplie de rêveries, de visions; une sœur cadette
« de l'imagination! J'avais beau me dire : mais animal..., car
« je ne me ménage pas! travaille donc! ce bon Regnier viendra
« demain matin. » Impossible! Impossible de penser à cette
scène, et impossible de ne pas penser à autre chose. L'ensor-
celeuse m'avait emporté dans le pays des chimères! Un autre
à votre place m'eût accablé d'invectives; vous, que faisiez-vous?
Vous vous taisiez un moment, puis, avec un petit haussement
d'épaules plein de compassion, vous me disiez : « Eh bien,
mon cher Sandeau, donnez-moi la scène, je la ferai. » Et vous
la faisiez! Et vous voulez après cela, s'écriait-il, que je consente
à ce que mon nom seul....

— Oui, je le veux, répondit Regnier en lui prenant la main,

et vous y consentirez aussi, si vous voulez me faire un grand plaisir.

— Comment?

— Il y a une vacance à l'Académie: vous vous présentez. Si à vos titres de romancier vous joignez un succès dramatique, obtenu à vous seul, vos chances seront plus grandes. Voyons, voulez-vous me refuser la joie d'être pour quelque chose dans votre élection? »

Sandeau, vaincu, l'embrassa en lui disant :

« Quel ami vous faites! »

Puis, ce moment d'effusion passé, il ajouta en souriant :

« Avouez que ce serait bien drôle si, après notre débat... antique, la pièce tombait. »

N'est-ce pas charmant? N'est-on pas tenté de dire avec La Fontaine :

> Lequel valait le mieux? Que t'en semble, lecteur?

et ne me pardonnera-t-on pas d'ajouter quelques traits à ces deux sympathiques figures?

I

Nous venons de voir ce qu'il y avait dans Regnier d'honnêteté scrupuleuse, de délicatesse, de générosité, eh bien, ce qu'il fut avec Sandeau, il le fut avec tout le monde, et dans toutes les circonstances de sa vie. Il le fut comme collaborateur, comme interprète, comme camarade, comme professeur. Je n'ai pas

2

connu de plus complet modèle de l'honnète homme et du galant
homme. Il avait toutes les grandes passions de l'artiste et pas
une des petites.

Son histoire avec Mme de Girardin est bien caractéristique.
Un matin, il arrive chez elle; en le voyant, elle s'écrie :

« Oh! comme vous venez à propos! Il faut que je vous raconte
un rève que j'ai eu cette nuit. Une de mes amies, la duchesse X..., a perdu son fils, il y a un mois. Cette perte l'a jetée
dans un tel désespoir qu'on craint pour sa vie. Eh bien! j'ai
rêvé cette nuit que ce fils n'était pas mort, qu'on n'osait pas
l'apprendre à la mère de peur que la joie ne la tuât; et ma nuit
s'est passée à suivre, une à une, les ruses touchantes, les inventions délicates, employées par les siens, pour ne lui verser
l'heureuse nouvelle que goutte à goutte, afin que son pauvre
cœur n'éclatât pas de bonheur. Il me semble qu'il y a là un
sujet de pièce.

— Excellent! s'écrie Regnier.

— N'est-ce pas? Oh! j'ai déjà trouvé mes personnages....
J'entrevois les principales situations, tenez, écoutez!... » Elle
commence. Regnier écoute, et, tout en écoutant, il critique, il
arrange, il complète, il développe, si bien, qu'au moment où il
partait, Mme de Girardin lui dit : « A demain! N'est-ce pas?
Vous reviendrez demain? Je vous en supplie!... » Il revient le
lendemain, le surlendemain, huit jours de suite, et, au bout de
la semaine, le plan était fait et il s'y était taillé le joli rôle de
Noël. Qui sait cela aujourd'hui? Personne. Qui l'a su, alors?
Ceux à qui Mme de Girardin l'a dit.

On n'ignore pas tout ce qu'au théâtre soulève de rivalités et
de jalousies la compétition des rôles. Regnier n'en a jamais
demandé un, jamais accaparé un et jamais, je crois, refusé un.
Je me trompe, il nous a rendu, à Scribe et à moi, dans les
Doigts de fée, un rôle écrit pour lui, qui avait eu à la lecture,
devant le comité, un vif succès et qui retrouva ce succès à la
représentation.

« Mes amis, nous dit-il, après la réception de l'ouvrage, je
vous remercie d'avoir pensé à moi. Le rôle est excellent, et en
l'écoutant j'y ai deviné bien des effets sûrs. Mais il y a ici quelqu'un qui vous y rendra plus de services que moi, c'est Got. Il
en a l'âge, je ne l'ai plus. Il est le personnage, je ne le suis pas,
et de plus, il a un grand talent. Donnez-le-lui, je vous en supplie! » On devine toutes nos résistances, toutes nos supplications. Rien n'y fit. Il fallut céder, et, le jour de la première
représentation qui fut un triomphe pour M. Got, Regnier
accourut à nous, tout radieux, en s'écriant : « Je vous l'avais
bien dit! »

Quelques lignes de Regnier écrites après la mort de Provost
compléteront ce joli trait : Au théâtre, on se disputait fort
l'héritage du grand artiste. Le directeur offrit à Regnier un des
plus beaux rôles. Il le refusa. « Cela causerait trop de peine
à mon camarade T.... dit-il, le rôle est de son emploi. Il y
compte, et il m'a toujours témoigné déférence et amitié. Si
j'acceptais ce rôle, il trouverait que je le lui prends et il
me ferait mauvaise mine. Donnez-le-lui. Je préfère de beaucoup
une poignée de main à un applaudissement. »

Comment quitter cette sympathique figure sans parler de
Regnier professeur; je n'en dirai qu'un mot, mais qui
suffira.

Les quatre premières artistes de Paris sont certainement
Mme Barretta, Mlle Bartet, Mlle Reichenberg et Mlle Réjane; or,
toutes quatre sont élèves de Regnier, et toutes quatre, absolument différentes l'une de l'autre, portent cependant toutes la
marque du maître. Rien ne montre mieux le caractère de son
enseignement : non seulement il avait le respect de l'individualité de ses élèves, mais il la cherchait, il la devinait, il la faisait
éclore, leur montrant à exécuter ce qu'il leur avait appris à
trouver, et mêlant à ses leçons magistrales une telle affection et
un tel dévouement que toutes ont gardé pour leur maître un
culte filial.

Ses obsèques furent des plus touchantes. M. Emile Perrin se
leva de son lit de douleur, qui devait être si tôt après son lit
de mort, pour dire un dernier adieu à son vieux compagnon
de travail; M. Buffet, qui ne connaissait pas Regnier, vint
spontanément à la cérémonie en témoignage de publique
estime; mais ce que je n'oublierai jamais, ce sont les sanglots
qui s'échappaient violemment d'une bouche faite seulement,
ce semble, pour le rire et la gaieté mondaine, et, après la cérémonie, une autre de ses élèves, encore jeune fille alors, me
dit tout en larmes : « C'est l'homme que j'ai le plus aimé
après mon père. »

II

Quant à Sandeau, c'était un être absolument particulier. Il avait en lui du La Fontaine. C'était un bonhomme, avec tout ce que ce mot comprend de bonté et de finesse. Son caractère était écrit sur sa personne. Une tête toute ronde, unie et nue comme une bille de billard, un visage un peu penché, avec des yeux railleurs et affectueux qui vous regardaient de côté; une bouche quelque peu épicurienne, une nonchalance de démarche qui n'était pas sans grâce et une rotondité grassouillette qui ajoutait encore à son air de bonhomie, car un homme maigre peut, Dieu merci, être bon, mais bonhomme... c'est bien difficile.

Il restait volontiers silencieux, mais son sourire parlait, ses regards parlaient; puis, parfois jaillissaient de ce silence des mots d'une drôlerie tout à fait imprévue, comme sa réponse à Augier, qui, un jour, au temps de leur jeunesse pauvre, arrive à lui tout radieux. « Tu ne sais pas! J'ai acheté un coffre-fort. — Un coffre-fort, toi! lui dit Sandeau, c'est comme si j'achetais un peigne. »

Un des traits caractéristiques de son talent, c'est qu'il a eu, comme les peintres, deux manières; je dirais volontiers deux plumes. Il a refait son style. Les ouvrages les plus brillants des deux premiers tiers de sa vie, *Marianna* et *Mlle de la Seiglière*, sont remplis d'imagination, d'éclat, mais trop de fleurs! trop de fleurs! Dans ses dernières œuvres,

changement complet. Relisez *Fernand*, le *Colonel Everard*,
Jean de Thommeray, plus de déclamation, plus de fausse
élégance : un style ferme, sobre, plein de relief. Il est devenu dessinateur, sans cesser d'être coloriste. On voit que La
Bruyère, qu'il étudiait beaucoup, a passé par là. Une brillante
fin de carrière s'annonçait donc pour lui, quand une affreuse
catastrophe brisa sa vie. Son fils unique, officier de marine,
plein d'avenir, mourut à trente-cinq ans. Sandeau tomba dans
un marasme effrayant. Il restait des demi-journées dans son
lit, sans parler, sans lire, plongé dans une rêverie morne.
Son unique sortie était vers quatre heures, après la ferme-
ture de la Bibliothèque Mazarine, où il était conservateur.
On le voyait prendre nonchalamment le pont des Arts, se
traîner à travers le Carrousel, le Palais Royal, et aller s'asseoir
au café de la Rotonde, dans un angle, appuyé à la vitre, tenant
un journal qu'il ne lisait pas. Je rentrais souvent, le soir,
par le Palais Royal pour aller frapper à cette vitre. Cette
bonne figure se retournait vers moi avec un sourire triste
et me faisait signe de venir m'asseoir à côté de lui. J'en-
trais, mais pour l'emmener dans le jardin et essayer, tout
en nous promenant, de le rattacher à la vie en le ratta-
chant au travail. « Croyez-moi, cher ami, lui disais-je, j'ai
passé par cette effroyable épreuve, et le travail seul m'a
sauvé. — Oh! me répondait-il, vous étiez encore jeune, vous.
Moi, je suis vieux, je suis mort. — Votre esprit ne l'est pas,
votre imagination ne l'est pas. La dernière chose qui meurt
dans l'artiste, c'est l'art. Il est impossible que dans votre

pauvre tête brisée ne s'agite pas un sujet nouveau. tiré peut-
être de votre douleur même. Rappelez-vous les admirables vers
de Musset :

> Ta douleur est à Dieu !
> Mais, pour en être atteint, ne crois pas, ô poète,
> Que ta voix, ici-bas, doive rester muette.
> Les plus désespérés sont les chants les plus beaux,
> Et j'en sais d'immortels qui sont de purs sanglots.

Ces vers produisirent sur lui une impression profonde.
Sa tête se releva, ses yeux se ranimèrent, et, après un moment de silence, il me dit : « Musset a raison, et vous aussi....
Depuis quelque temps, en effet, flotte dans ma pauvre cer-
velle une idée qui me touche parce qu'elle ne me retire pas de
mon chagrin : au contraire : elle m'y ramène. — Racontez-la-
moi !... lui dis-je vivement. — Très volontiers, me répondit-il. »
Et il commença un récit, où se mêlaient d'une façon touchante
la réalité et la fiction, les souvenirs du père et l'imagination
du poète.

Le point de départ était pris dans sa propre histoire. Il
supposait un jeune officier de marine, frappé tout à coup, au
retour d'une longue expédition, d'une grave maladie de poitrine : ses parents, désespérés, l'emmenaient sur les bords de
la Méditerranée et s'enfermaient avec lui dans une petite
villa, située au milieu d'un grand jardin. A l'autre extré-
mité de ce même jardin, dans une villa pareille, vivait...
hélas ! non, s'éteignait une jeune fille, atteinte de la même
affection que leur fils.

Les deux jeunes gens, condamnés à la réclusion, ne s'étaient pas vus. Ils ne se connaissaient pas, sinon par leurs parents, qui échangeaient, en se rencontrant, leurs craintes et leurs espérances mutuelles. Bientôt s'établissaient entre les deux jeunes gens, par ce naturel intermédiaire, des liens de sympathie. Ils se prêtaient des livres, de la musique, ils s'envoyaient des fleurs. Fleurs et livres furent bientôt accompagnés d'un mot d'envoi. Puis ces mots se changèrent en billets, ces billets en lettres; les lignes devinrent des pages, et, peu à peu, leurs âmes s'ouvrant l'une à l'autre, ils en arrivèrent à s'aimer sans se le dire et sans chercher à se voir : chacun d'eux craignait de montrer à l'autre un visage ravagé par la maladie.

Un jour éclate une effroyable tempête. On signale un bâtiment en perdition. Toute la population accourt sur la rive. Ce n'étaient que cris, courses éperdues et désordonnées, tentatives de sauvetage... mais isolées, impuissantes et arrêtées par la terreur. La mer était effrayante. Le jeune marin, étendu sur sa chaise longue, suivait de la fenêtre, sa longue-vue à la main, ce qui se passait sur la mer et sur la plage. Tout à coup, il se lève et, à la stupéfaction de ses parents, il demande son uniforme. Il le met. Sa mère devine : elle veut l'arrêter; mais, malgré toutes les supplications, il sort au milieu de ces torrents de pluie, de grêle, mortels pour lui, et il court sur la plage. A peine l'uniforme apparu, un immense cri de joie s'élève de la foule!

C'était le salut! Toute la population se presse autour de

APRÈS TROIS HEURES DE LUTTE CONTRE LE CIEL ET LA MER DÉCHAINÉS...

(PAGE 16)

lui ! Tous les marins s'offrent à lui.... Il choisit une embarcation,
la garnit des instruments de sauvetage, y monte avec les plus
intrépides, se dirige vers le navire, et, après trois heures
de lutte contre le ciel et la mer déchaînés, on voyait
rentrer dans le port, aux acclamations de la foule, la barque
chargée des passagers sains et saufs! Le jeune homme
se dérobait à son triomphe et arrivait bientôt à la porte de
son jardin .

Le temps avait subitement changé. Les nuages refoulés à
l'horizon faisaient un de ces couchers de soleil comme on n'en
voit qu'à la fin des jours de tempête. Le ciel était tout en feu.
Le jardin semblait tout en or. La grille était entr'ouverte.... Il la
pousse et prend une allée qui passe devant la villa de la jeune
fille. Il voulait la voir. Il voulait se montrer à elle. Au détour
d'un massif, qu'aperçoit-il? Elle, debout sur le seuil et toute
vêtue de blanc! Elle l'attendait.... Elle l'attendait, une fleur à la
main. Dès qu'il parut, elle allait à lui et lui tendait la fleur.
C'était la première fois qu'ils se rencontraient, et ce fut la dernière. Mais ils s'étaient vus tous deux, beaux... jeunes, lui,
transfiguré par son action même; elle, radieuse de l'héroïsme
de celui qu'elle aimait; tous deux enveloppés comme d'un
fluide d'or des mille rayons du soleil couchant.

J'avais écouté Sandeau sans l'interrompre; mais, à ce moment, je lui dis vivement : « Faites cela! faites cela! c'est charmant! — J'ai essayé, me dit-il, mais je n'ai pas pu. — Pourquoi? — C'est trop lui! — Il faut le faire pour lui, pour
prolonger son souvenir. — Je me le dis. Je commence; mais

5

à peine assis à ma table, les larmes me suffoquent et la plume
me tombe des mains! Je ne peux pas! »

Que pourrais-je ajouter à ce mot? Ne le peint-il pas tout
entier, et y a-t-il dans son œuvre beaucoup de pages plus intéressantes que ce roman qu'il n'a pas fait!

II

UNE LETTRE DE LISZT

Je vais faire une profession de foi bien hardie. J'adore le
piano! Les moqueries dont il est l'objet, les anathèmes dont
on l'accable, me révoltent, comme autant d'actes d'ingratitude,
devrais-je le dire, comme autant d'absurdités.

Le piano est pour moi un des dieux Lares de notre foyer
domestique. C'est grâce à lui, à lui seul, que nous possédons à
nous, chez nous, sous toutes ses formes, le plus poétique et le
plus intime des arts, la musique. Qui apporte dans nos logis
un écho des concerts du Conservatoire? Le piano. Qui nous

donne l'opéra au coin du feu? Le piano. Qui réunit quatre,
cinq, six voix amies dans l'interprétation d'un chef-d'œuvre de
musique vocale, comme le trio de *Don Juan*, le quatuor de
Moïse, voire même le finale du *Barbier?* Toujours le piano.
Supprimez le piano, comment pourrez-vous avoir l'exquise
joie d'entendre Faure de tout près? Je dis Faure, je pourrais
dire Taffanel, Gillet, tous les instrumentistes, car tous les
instruments sont ses tributaires; ils ont tous besoin de lui,
lui seul n'a besoin de personne.

Auber me disait un jour : « Ce que j'admire peut-être le
plus dans Beethoven, ce sont quelques-unes de ses sonates,
parce que là sa pensée se montre toute seule, dans sa pure
beauté, dépouillée de l'ornement des richesses orchestrales. »
Or, pour quel instrument ont été composées les sonates de
Beethoven? Pour le piano. Je ne puis oublier que l'œuvre entier
de Chopin a été écrit pour le piano. En outre, il est le confident des rêves de l'homme de génie, de tout ce qu'il n'écrit
pas. Ah! si le piano de Weber avait pu répéter ce que l'auteur de *Freischütz* n'a dit qu'à lui seul!

Enfin, dernière supériorité, le piano est de tous les instruments le seul qui soit progressiste. Un Stradivarius et un Amati
restent supérieurs aux violons d'aujourd'hui, et il n'est pas
bien sûr que le cor, la flûte, le hautbois n'aient pas autant
perdu que gagné à cette surchage de clefs ou de pistons.
Seul, le piano s'est toujours enrichi en se transformant, et
chacun de ses agrandissements, ajoutant quelque chose à sa
puissance d'expression, lui a permis de renouveler l'interpré-

tation même des maîtres anciens. Un jour, Thalberg jouant chez moi une sonate de Mozart sur un piano de Pleyel, Berlioz me dit : « Ah! si Mozart était là, il entendrait son admirable andante, tel qu'il se le chantait à lui-même au dedans. »

Un de nos plus chers souvenirs de musique est donc d'avoir non seulement connu, mais pratiqué, goûté dans l'intimité, les trois grands triumvirs du piano, Liszt, Thalberg et Chopin.

L'arrivée de Thalberg à Paris fut une révélation, je dirais volontiers une révolution. Je ne connais que Paganini, dont l'apparition ait produit le même mélange d'enthousiasme et d'étonnement. Tous les deux excitèrent le même sentiment qu'on éprouve devant l'inconnu, le mystérieux, l'inexplicable. J'ai assisté au premier concert de Paganini (c'était à l'Opéra) à côté de Bériot. Bériot tenait dans sa main le morceau qu'allait jouer Paganini. « Cet homme est un charlatan, me dit-il, il n'exécutera pas ce qui est imprimé là, attendu que c'est inexécutable. » Paganini commence. Je l'écoutais et je regardais Bériot avec anxiété! Soudain Bériot s'écrie à mi-voix : « Ah! le scélérat. Je comprends. Il a modifié l'accord habituel des cordes de son instrument. »

Pareille surprise au premier concert de Thalberg. C'était au Théâtre-Italien, dans la journée, au foyer du public. J'y assistais à côté de Julius Bénédict, qui fut, on le sait, le seul élève de Weber, comme pianiste. Je n'oublierai jamais sa stupéfaction, son émerveillement. Penché fiévreusement sur l'instrument dont nous étions tout près, les regards attachés sur ces doigts qui lui faisaient l'effet de magiciens, il en croyait à peine ses yeux et ses oreilles. Pour lui, en effet, comme pour Bériot, il y avait, dans les œuvres imprimées de Thalberg, quelque chose qui ne s'expliquait pas. Seulement, le secret n'était pas cette fois dans l'instrument, mais dans l'instrumentiste. Ce n'étaient pas les cordes qui étaient autres, c'étaient les doigts. Une combinaison nouvelle de doigtés avait permis à Thalberg de faire dire au piano ce qu'il n'avait jamais dit auparavant. L'émotion de Bénédict était d'autant plus vive que le pauvre homme se trouvait dans une situation d'esprit et de cœur toute particulière. Sa jeune femme qu'il adorait était partie le matin pour rejoindre ses parents à Naples. La séparation ne devait pas durer moins de six mois. Il en avait un chagrin profond, et c'était pour le distraire que je l'avais amené à ce concert. Mais là se produisit alors en lui le plus étrange amalgame du mari et du pianiste. A la fois désespéré et enchanté, il me rappelait ce personnage de Rabelais qui, entendant les cloches de l'église sonner presque au même moment le baptême de son fils et le service mortuaire de sa femme, pleure d'un œil et rit de l'autre. Bénédict éclatait à la fois en exclamations comiques et touchantes. Il allait de sa femme à Thalberg, et de Thalberg à sa femme. « Ah! chère Adèle, c'est affreux! Ah! cher Thalberg, c'est délicieux! » J'ai encore dans l'oreille ce duo original qu'il chantait à lui tout seul.

Le triomphe de Thalberg causa à Liszt une irritation profonde. Ce n'était pas de l'envie... il était incapable d'aucun sentiment bas,... c'était la colère d'un roi détrôné. Il appelait dédaigneusement l'école de Thalberg, l'école du pouce. Mais il n'était pas

homme à se laisser prendre sa place sans se défendre, et alors
s'engagea entre eux une lutte d'autant plus curieuse, que l'antithèse était aussi grande entre les deux hommes qu'entre les
deux talents.

On a parlé cent fois de l'attitude de pythonisse qu'avait Liszt
au piano. Rejetant sans cesse ses longs cheveux en arrière, les
lèvres frémissantes, les narines palpitantes, il promenait sur
l'auditoire des regards de dominateur souriant; il avait quelque
peu un air de comédien, il ne l'était pas, il était Hongrois...
Hongrois sous ces deux faces : à la fois Magyar et Tzigane. Vrai
fils de la race qui danse en faisant sonner ses éperons!... Ses
compatriotes l'ont bien compris en lui envoyant, pour témoignage d'honneur un grand sabre.

Rien de pareil chez Thalberg. C'était l'artiste gentleman : un
mélange parfait de talent et de *respectability*. Il semblait avoir
pris pour règle d'être tout le contraire de son rival. Il entrait
dans la salle sans fracas, je dirais volontiers sans déplacer d'air.
Après un salut digne et plutôt un peu froid, il s'asseyait sur son
siège de piano, comme sur une chaise ordinaire.

Le morceau commencé, pas un geste! Pas un jeu de physionomie! Pas un regard jeté sur l'auditoire. Si les applaudissements éclataient, une respectueuse inclinaison de tête était
toute sa réponse. Son émotion, très profonde, j'en ai plus d'une
preuve, ne se trahissait que par un violent afflux de sang, qui
empourprait ses oreilles, sa figure et son cou. Liszt semblait
saisi par l'inspiration dès le début; à la première note il jetait
son talent à toute volée, comme les prodigues jettent leur argent

par la fenêtre sans compter, et, si long que fût le morceau, sa verve endiablée ne faiblissait jamais.

Thalberg commençait lentement, posément, avec calme, mais avec un calme ému; sous ses notes, tranquilles en apparence, on sentait... à quoi? je ne puis le dire, on sentait l'orage futur. Peu à peu le mouvement s'accélérait, l'expression s'accentuait, et, par une série de *crescendo* gradués, il vous amenait, haletant, jusqu'à une explosion finale qui emportait l'auditoire dans une émotion indescriptible.

J'ai eu la rare bonne fortune d'entendre ces deux grands artistes, le même jour, dans le même salon, à un quart d'heure d'intervalle, dans un concert donné par la princesse Belgiojoso, pour les Polonais. Là m'apparut d'une façon palpable, évidente, la différence caractéristique de leurs talents. Liszt était incontestablement plus artiste, plus vibrant, plus électrique. Il avait des sonorités d'une délicatesse qui les faisait ressembler à un pétillement d'étincelles; jamais doigts n'ont bondi si légèrement sur le piano, mais en même temps sa nervosité lui donnait parfois quelque chose d'un peu sec, d'un peu cassant. Je me rappelle toujours qu'après un morceau où Liszt, emporté par sa fougue, avait très fort tapé sur les touches, le cher et charmant Pleyel s'approcha de l'instrument et regarda les cordes avec une expression de pitié! « Que faites-vous donc, mon cher ami? lui dis-je en riant. — Je regarde le champ de bataille, me répondit-il d'un ton mélancolique, je compte les blessés et les morts. »

Thalberg ne tapait jamais. Ce qui constituait sa supériorité,

ce qui faisait du plaisir de l'entendre une volupté pour
l'oreille, c'était *le son*. Je n'en ai jamais ouï un pareil. Si
plein! Si rond! Si gras! Si velouté! Si doux en étant si fort!
Enfin que vous dirai-je? la voix de l'Alboni.

A ce concert, en entendant Liszt, je me sentais dans une
atmosphère toute chargée d'électricité et toute sillonnée
d'éclairs.

En écoutant Thalberg, il me semblait nager en pleine
lumière.

Le contraste entre les deux caractères n'était pas moins
saillant qu'entre les deux talents.

J'en eus la preuve à propos de Chopin.

Il ne faut comparer personne à Chopin, attendu qu'il ne
ressemble à personne. Tout en lui n'était qu'à lui. Il avait un
son à lui, un toucher à lui, un jeu à lui. Les plus illustres artistes ont exécuté et exécutent encore admirablement les œuvres
de Chopin, mais, en réalité, il n'y a que Chopin qui ait joué
Chopin. Seulement, il n'avait jamais été l'homme ni des grands
concerts ni des grandes salles. Il n'aimait que les auditoires
d'élite et les salons restreints, comme il ne voulait pour
instrument qu'un Pleyel, et pour accordeur que Frédéric.
Nous, ses fanatiques, nous nous indignions de ses réserves,
nous réclamions pour lui le grand public, et un jour, dans
une de ces belles envolées d'enthousiasme qui m'ont fait faire
plus d'une maladresse, j'écrivis dans la *Gazette musicale*
de Schlesinger : « Que Chopin se jette donc bravement à
l'eau!... Qu'il annonce une soirée où il jouera seul! Et que, le

4

lendemain, quand reviendra l'éternelle question : « Quel est le « premier pianiste aujourd'hui, Liszt ou Thalberg? » le public réponde comme nous : « C'est Chopin! »

Soyons francs, j'aurais mieux fait de ne pas écrire ce mot-là. J'aurais dû me rappeler mes relations amicales avec les deux autres. Liszt m'en voulut pendant plus de deux mois. Le lendemain du jour où parut l'article, Thalberg était chez moi à dix heures du matin; il entra en me tendant la main et en me disant : « Bravo! votre article n'est que juste. »

Enfin, un jour, cette rivalité, qui en réalité n'avait jamais été qu'une émulation, éclata sous une forme plus accentuée et plus saisissante.

Jusqu'alors aucun pianiste n'avait osé affronter, seul, une salle de grand théâtre, un auditoire de douze ou quinze cents personnes. Thalberg, poussé par le succès, annonce un concert au Théâtre-Italien, non pas au foyer, mais sur la scène. Il y joua pour la première fois son morceau sur *Moïse*. Le succès fut un triomphe.

Liszt, piqué au jeu, vit là comme un défi, et il annonça un concert à l'Opéra.

Pour cheval de bataille, il prit le concert-stück de Weber. J'étais au concert. Il m'avait envoyé une loge, en me priant de rendre compte de la soirée dans la *Gazette musicale*.

J'arrive, tout plein d'espoir et de joie. Un premier regard jeté sur la salle me serre un peu le cœur. Du monde, beaucoup de monde sans doute, mais, çà et là, des vides qui m'inquiétaient. Mes craintes avaient raison. Demi-succès. Dans un

entr'acte, je rencontre Berlioz, avec qui j'échange mes impressions pénibles, et je rentre chez moi fort tourmenté de mon
article promis. Le lendemain, à peine installé à ma table,
m'arrive une lettre de Liszt. Cette lettre, la voici, et je suis
heureux d'en reproduire la principale partie, car elle montre un
Liszt inconnu, un Liszt modeste! oui, modeste. Cela ne m'étonna,
moi, qu'à moitié. Car une circonstance assez particulière
m'avait déjà fait voir une fois ce Liszt-là. C'était chez Scheffer,
qui achevait son portrait. Tout en posant il se donnait des airs
d'inspiré. Scheffer, avec sa brusquerie primesautière, lui dit :
« Mais que diable! Liszt, ne prenez donc pas avec moi ces
figures d'homme de génie! Vous savez bien que je n'en suis
pas dupe. »

Que répondit Liszt à ces paroles un peu rudes? Il se tut un
moment, puis allant à Scheffer : « Vous avez raison, mon cher
ami. Mais pardonnez-moi, vous ne savez pas comme cela vous
gâte d'avoir été un enfant prodige. »

Ce mot me sembla absolument délicieux de simplicité, je
dirais volontiers d'humilité.

Eh bien, la lettre que je cite textuellement a le même caractère.

« Vous m'avez témoigné, dans ces derniers temps, une affec
« tion si compréhensive, que je vous demande la permission de
« vous parler d'ami à ami! Oui, mon cher Legouvé, c'est à ce
« titre que je viens vous confier une faiblesse. Je suis très heu
« reux que ce soit vous qui rendiez compte de mon concert
« d'hier, et j'ose vous demander de vouloir bien, pour cette fois,

« pour cette fois seulement, garder le silence sur *les côtés défec-*
« *tueux de mon talent.* Encore une fois, pardonnez-moi cette
« faiblesse, et croyez que je ne ferais cette prière qu'à un ami. »

Eh bien! je le demande, est-il possible d'imaginer un aveu
plus difficile, avec plus de délicatesse et de franchise cor-
diale? Connait-on beaucoup de grands artistes capables d'écrire
ce mot : *les côtés défectueux de mon talent?*

Je lui répondis immédiatement ce mot : « Non, mon cher
« ami, je ne ferai pas ce que vous voulez? Non. Je ne me tairai
« pas sur les côtés défectueux de votre talent, et cela pour une
« raison bien simple, c'est que vous n'avez jamais eu plus de
« talent qu'hier. Dieu me garde de nier la froideur du public,
« et de vanter votre triomphe, quand vous n'avez pas triomphé!
« Ce serait indigne de vous; permettez-moi d'ajouter : et de
« moi. Mais qu'est-il donc arrivé? Et pourquoi ce demi-échec?
« La faute en est à vous! Ah! maladroit que vous êtes! Quelle
« erreur de stratégiste vous avez commise là! Comment! mal-
« heureux, au lieu de mettre, comme au Conservatoire, l'or-
« chestre derrière vous, de vous placer directement en contact
« avec le public, d'établir entre vous et lui un courant élec-
« trique, vous coupez le fil! Vous laissez ce terrible orchestre
« à sa place ordinaire. Vous jouez à travers je ne sais combien
« de violons, de basses, de cors, de trombones, il faut que votre
« voix, pour arriver à nous, passe par-dessus tout ce bacchanal
« orchestral! Et vous vous étonnez du résultat! Mais, mon cher
« ami, pourquoi, il y a deux mois, au Conservatoire, avez-vous
« produit avec le même morceau un effet si prodigieux? Parce

« que, seul, en avant, avec tout l'orchestre derrière vous, vous
« aviez l'air d'un colonel de cavalerie à la tête de son régiment,
« lancé en plein galop, le sabre à la main, et entraînant ses
« cavaliers, dont l'enthousiasme n'était que l'accompagnement
« du sien! A l'Opéra, le colonel avait quitté sa place et s'était
« mis à la queue de son régiment! Quoi d'étonnant, que la
« voix ne soit pas arrivée à nous vibrante et retentissante!
« Voilà ce qui s'est passé, mon cher ami, et voilà ce que je
« dirai. Et j'ajouterai qu'il n'y a que Liszt au monde qui
« aurait pu, dans des conditions pareilles, produire l'effet que
« vous avez produit! Car enfin votre échec eût été un grand
« succès pour tout autre que vous.

« Sur ce, mauvais stratégiste, je vous envoie un cordial ser-
« rement de main, et je commence mon article. »

Le dimanche parut mon article, et j'eus le grand plaisir de
l'avoir satisfait.

Et maintenant ce charmant passé n'est plus que souvenir.
Tous trois sont morts : Chopin le premier, puis Thalberg,
et, il y a deux ans, Liszt. Mais ils n'ont disparu que
de mes yeux : mon oreille a gardé le son de ces trois voix
merveilleuses ; elles vibrent encore en moi avec leurs timbres
différents ; je les entends isolément et ensemble ; j'en fais un
trio, un groupe, ce sont comme trois étoiles qui forment une
petite constellation.

III

UN MENU DE CONVIVES

Le comte de B..., que j'ai connu dans ma jeunesse, me faisait l'effet d'un portrait du xviiie siècle. Il était célèbre par ses dîners. J'y ai assisté quelquefois, et j'en ai gardé souvenir. A quoi tenait leur charme? A ce qu'il y avait deux menus également excellents, menu de mets et menu de convives.

Le comte s'occupait beaucoup du second, mais sans négliger le premier. Il prétendait que pour avoir une bonne maison, il faut que le mari ou la femme soit un peu gourmand, et comme la comtesse n'y entendait rien, il l'était pour elle et pour lui. Aujourd'hui, un homme qui dîne en ville cinq fois dans une

semaine, fait cinq fois le même dîner. La salle à manger
change, le repas ne change point. Parti de chez un des grands
marchands de comestibles de Paris, il porte toujours la même
marque de fabrique; c'est de la cuisine d'exportation. Le comte
méprisait fort ces repas de pacotille. Quand on dînait chez lui,
il ne voulait pas qu'on crût dîner chez le traiteur; ses préten-
tions de famille s'étendaient jusqu'à l'office; il avait des tradi-
tions d'entremets. Je l'entends encore me dire, un jour où
j'étais assis à côté de lui, et où l'on m'offrait un plat que je
refusais :

« Goûtez, mon cher ami, c'est de l'ancienne cuisine. »

Je ne voudrais pas qu'on prît là-dessus mon hôte pour un
disciple de Brillat-Savarin. La gourmandise chez lui n'était
qu'une des formes de l'hospitalité; il en avait toutes les coquet-
teries. S'il tenait tant au choix de ses vins et de ses plats,
c'est qu'il les estimait très propres à mettre les esprits en belle
humeur et les imaginations en éveil. Aussi le menu des convives
était-il son grand souci. Il le composait comme on compose un
concert : un mélange de voix qui s'harmonisent et d'instruments qui se complètent. Il se défiait des gens qui se connaissent beaucoup et des gens qui ne se connaissent pas du
tout. Les premiers, disait-il, font trop d'aparté; les seconds trop
de silence. Ce qu'il aimait à combiner, c'étaient ces rencontres
imprévues, ces petits mariages d'inclination subite entre personnes qu'on présente l'une à l'autre, et qui s'écrient : « Ah!
monsieur! il y a bien longtemps que j'avais envie de vous voir! »
Le choix des places à table l'occupait fort aussi. Dans les dîners

officiels, en province surtout, la préséance joue un grand rôle.
Le culte de la hiérarchie dans la salle à manger est un des
talents d'un préfet. Tel grand fonctionnaire s'est brouillé avec
la préfecture pour n'avoir pas eu à table la place qu'il jugeait la
sienne. Rien de pareil chez le comte de B.... La fonction, le
titre, la fortune, l'âge même, ne comptaient pas chez lui. Le
mérite et la convenance marquaient seuls les rangs. Avec
le premier service commençait son petit travail de chef
d'orchestre.

On raconte que sous le ministère de M. Necker, les grandes
réceptions, les grands dîners, constituaient pour Mme Necker
une préoccupation qui était presque une profession. Elle tra-
vaillait ses causeries trois jours d'avance. On a trouvé sur un
de ses carnets ce mot caractéristique : « Penser à *relouer*
M. Thomas sur sa *Pétréide.* » Le comte de B... était trop
homme du monde pour avoir un tel souci. Sachant que la causerie est, de sa nature, chose ailée et demande, avant tout,
souplesse et liberté, il se gardait bien de faire des scénarios de
conversation; seulement il pensait d'avance à deux ou trois
faits curieux, à deux ou trois livres intéressants, pour pouvoir
au besoin les jeter au milieu de la conversation languissante,
comme on jette une brassée de bruyère dans un foyer près de
s'éteindre. Cela, disait-il, fait reflamber l'imagination et l'esprit.
Il n'aimait pas à sa table les oracles qui prennent le dé et ne le
quittent pas. Ces gens-là lui faisaient l'effet d'un violoniste qui
voudrait jouer tout seul dans un orchestre. Chacun son tour,
était sa devise, et j'admirais son art merveilleux pour utiliser

toutes les supériorités admises chez lui : il les introduisait successivement dans la conversation, sans qu'elles s'en doutassent, par un mélange de transitions adroites, et faisait succéder un savant à un artiste, et un homme politique à un voyageur, comme il faisait passer un pâté de foie gras après des suprèmes de volaille, et le vin de Champagne après le vin de Bordeaux.

Je l'ai vu un jour bien malheureux. Il avait invité un député et un professeur. Le député avait la rage de s'écrier, en frappant la table du poing : « Messieurs, posons la question. — Mais non, mon cher ami, répliquait vivement le comte, ne la posons pas! La question ici, c'est de s'amuser comme des honnêtes gens; laissez-nous tranquilles avec vos effets de tribune!... » Le député se mit à rire et se consola de se taire en buvant. Mais il n'en alla pas si facilement avec le professeur. Il avait un grand malheur : il était éloquent! Les éloquents tiennent beaucoup de place! Ils aiment à s'étaler! Quand le professeur tenait un sujet, il ne le lâchait qu'après l'avoir *traité à fond*. Le comte avait beau tenter des diversions et couper le fil du discours, l'orateur reprenait de plus belle après l'interruption; le flot recommençait à couler, les phrases interrompues se rejoignaient comme des tronçons de serpent, si bien que le comte, désespéré de voir les figures de ses convives s'allonger, et son dîner tourner à l'ennui, prit le parti héroïque de renverser, comme par hasard, sur la nappe un verre de vin rouge. Cela noya tout, et la voix de l'orateur se perdit dans le brouhaha de cette maladresse préméditée.

Il m'a semblé que dans ce temps de grands banquets à

toasts et à *speeches*, on ne regarderait pas sans quelque plaisir
cette figure d'un artiste en causerie, artiste désintéressé, n'ayant
d'autre prétention à l'esprit que de faire valoir l'esprit des
autres, mettant toute son ambition à ce qu'on s'amusât chez
lui, à ce qu'on fût aimable chez lui, et qui se couchait tranquille comme Titus, quand chacun de ses convives s'était
levé de sa table, content de ses voisins et de lui-même.

IV

DELAUNAY

DE LA COMÉDIE-FRANÇAISE

Delaunay en veston de campagne! Un arrosoir à la main!
Delaunay versant de l'eau à de petites fleurs. au pied d'un arbre!
Au milieu d'un bois! Le dessinateur n'y songe pas! Quand on
veut représenter un grand artiste, on choisit l'attitude, le costume qui caractérisent le mieux son talent. Montrez-le-moi en
Dorante, en Perdican! Dans un bel habit brodé!... Le rire aux
lèvres! Le feu de la passion au regard!... Mais avec cet arrosoir! c'est absurde!... Absurde? Jamais peintre n'a mieux saisi

le trait le plus caractéristique de son modèle. Cela vous étonne?
Jugez-en! Delaunay a toujours été grand marcheur. Quand il
avait une nouvelle création à faire, au lieu de s'enfermer dans
son cabinet, et de répéter son rôle aux murailles, il se lançait
en plein bois de Boulogne, et prenait pour interlocuteurs, pour
conseillers, les arbres, le ciel, l'horizon. Or, un jour, ayant
trouvé dans le fourré d'un taillis, au pied d'un chêne, un petit
groupe de jolies fleurs sauvages, il se prit d'affection pour elles,
il les adopta, il se mit en tête de les soigner, de les défendre,
et chaque matin, avec un petit arrosoir apporté à dessein et
caché dans la broussaille, il les arrosait pour les maintenir plus
longtemps fraîches et fleurissantes. N'est-ce pas charmant?
n'est-ce pas typique? Cet amour de la nature, cette tendresse
pour les fleurettes des bois, ne dénotent-ils pas ce sentiment
poétique qui prédestinait, ce semble, Delaunay, à être l'interprète de l'auteur des *Nuits?*

Le premier théâtre où parut Delaunay, c'est le Gymnase.
Élève du Conservatoire et suivant la classe de M. Provost, son
rêve était de jouer le répertoire de Bouffé, *le Gamin de Paris*,
les Enfants de troupe. Après quelques essais dans la banlieue,
il alla donc s'offrir à M. Monval, régisseur du théâtre Bonne-
Nouvelle. On l'accepte, il débute sous le nom de M. Ernest, il
joue trois fois, après quoi, M. Monval, jugeant l'épreuve
suffisante, lui dit : « Mon garçon, retournez à la banlieue.
C'est votre place. — Vous croyez? répondit crânement le jeune
homme, eh bien, j'irai au Théâtre-Français. » Il commença
par l'Odéon. C'est là que je l'ai vu pour la première fois, le

25 décembre 1846. jour de Noël. dans le rôle de Saint-Alme de
l'Abbé de l'Épée. Ce drame. très bien charpenté et très émouvant. contient. au quatrième acte. une scène restée célèbre.
C'est celle où le jeune Saint-Alme. fils du comte d'Harancourt.
se jette aux pieds de son père. en le suppliant de rendre au
jeune sourd-muet Théodore sa fortune dont il l'avait dépouillé.
A la création. Grandménil jouait le comte. le fougueux Damas
jouait Saint-Alme. et pendant que. s'attachant aux genoux et
aux mains de son père. Damas lui criait avec des larmes et
des sanglots : « Restituez!... mon père! Restituez le bien qui
ne vous appartient pas! Vous nous déshonorez! mon père!
Vous nous déshonorez!... » Grandménil, qui l'entraînait après
lui, et qui était avare comme un chien. lui disait tout bas :
« Prends garde à mes manchettes! Prends garde à mes manchettes! » Eh bien. il aurait pu en dire autant à Delaunay.
Telle fut sa passion, tel fut son emportement de douleur que les
manchettes de Grandménil y auraient passé. et, à la sortie du
spectacle. je dis à un de mes amis : « Le Théâtre-Français
a trouvé un successeur à Firmin. »

Il y débuta deux ans après. et au bout d'un an, on le nomma
sociétaire; mais son véritable triomphe date du *Chandelier*. La
pièce ne réussit pourtant qu'à demi. et cela pour une raison
bien singulière, qui prouve une fois de plus qu'au théâtre. les
plus habiles ne prévoient jamais tout. Rien de plus brillant, de
plus amusant, de plus pathétique même, que le *Chandelier* à
la lecture. mais à la scène. tout changea. Ce qu'il y a de
choquant dans la position de la femme disparaissait à la

lecture grâce à l'éclat du dialogue et à la vivacité des situations; mais le fait prit corps tout à coup sur le théâtre : il devint visible, matériel, et le public éprouva un tel sentiment de répulsion que ni le délicieux comique de Samson, ni l'adresse de Mme Allan à sauver le rôle de Jaqueline à chaque phrase, ne purent triompher du malaise qui pesait sur l'auditoire. Seul, Delaunay souleva un indescriptible enthousiasme. Ce fut toute une révélation. On se sentait en face d'un amoureux plus juvénile, plus touchant que Firmin lui-même, quelque chose comme le chérubin de Beaumarchais fondu avec le chérubin de Mozart. Mme Allan l'avait bien prévu pendant les répétitions. « Il ira loin, ce jeune homme-là! me dit-elle. Savez-vous pourquoi? C'est qu'il est en perpétuelle communication de regard et de voix avec son interlocuteur. De sa physionomie et de son accent se dégage un irrésistible courant électrique. Il émeut parce qu'il est vraiment ému. »

Vraiment ému! Nous voici en face d'une des questions d'art les plus complexes et les plus controversées. J'en ai causé longtemps avec Delaunay; et nous nous sommes trouvés du même sentiment.

Diderot a dit du comédien : « Pour me faire pleurer, il faut qu'il ne pleure pas. » Et j'ai entendu raconter dans ma jeunesse que Molé, au sortir d'une représentation très brillante, ayant été complimenté par un vieil amateur, l'interrompit : « Vous vous trompez, et le public aussi : je n'ai pas été bon. Je me suis laissé emporter à l'émotion. Venez demain, et vous verrez. » Le lendemain, l'amateur, conformément au désir de Molé, se place

dans la coulisse, contre le portant. Molé entre, et que fait-il ?
Avant la scène et pendant la scène, il entremêle tout bas ses
tirades pathétiques, de plaisanteries adressées au vieil amateur
ébahi, et produit sur l'auditoire une impression mille fois
plus vive que la veille. L'acte terminé, il va à l'amateur
et lui dit : « Vous le voyez, mon cher monsieur ; le comédien
est d'autant plus maître des autres qu'il est maître de lui. »

Que conclure de ce fait ? Que l'acteur, pour émouvoir, ne
doit pas être ému. C'est absurde. Il y a là un fait psychologique
très complexe, et qui vaut bien une minute d'examen.

Je tiens d'Adolphe Nourrit que, pendant les dix premières
répétitions de *Guillaume Tell*, il lui était impossible de retenir
ses larmes dans le célèbre trio, et qu'il ne put arriver à le
chanter qu'après avoir *usé* son émotion. Usé ? Cela veut-il dire
perdu ? Non, mais transformé. Son émotion avait passé d'un de
ses organes à l'autre. Son cœur n'était peut-être plus ému,
mais son imagination l'était encore : mais sa voix l'était encore !
Elle avait gardé la trace, je dirais volontiers l'écho de ses sanglots véritables. C'est la différence de la réalité et du souvenir.
Je répondrai donc à Diderot : il faut peut-être que le comédien
ne pleure pas, mais il faut *qu'il ait pleuré*. Mme Talma, dans
ses Mémoires, donne une explication bien curieuse des larmes
de l'acteur. Elle raconte qu'à une représentation d'*Iphigénie*,
un vieil amateur... (l'orchestre alors était peuplé de vieux ama-
teurs) vient à elle et lui dit avec grande émotion : « Vous avez
été sublime ! Je suis sûr que vous vous imaginiez être Iphigénie
elle-même. — Moi ! répondit-elle en riant, pas le moins du

6

monde. — Mais, pourtant, vous pleuriez, j'en suis sûr : j'ai vu
vos larmes. — Sans doute, je pleurais, mais ce qui me faisait
pleurer, ce n'était pas Iphigénie, c'était moi! C'était le son de
ma voix, la vérité de mon accent! » L'actrice faisait pleurer
l'actrice. Il y a donc, au théâtre, des larmes purement artisti-
ques, oui, mais il y en a aussi de sincères, de véritables.
J'entrai un soir dans la loge de Lablache, après le premier acte
du *Mariage secret* : « Mettez donc la main, me dit-il, sur mon
gilet. — Il est tout mouillé, lui dis-je. — Savez-vous pourquoi?
C'est que tout à l'heure, au finale, au moment où je vais pour
maudire ma fille, un déluge de larmes a jailli de mes yeux! »

Delaunay m'a offert un exemple plus frappant encore de ce
singulier phénomène. Au second acte des *Doigts de fée*, quand
il suppliait Madeleine Brohan de consentir à l'épouser, tout
le temps qu'il lui parlait, les larmes lui ruisselaient à flots le
long des joues, et quand c'était elle qui répondait, il lui disait
tout bas, pleurant toujours : « Épouse-moi! Je t'en supplie!
Épouse-moi! » Voilà bien la preuve que l'émotion de l'artiste
peut être réelle, qu'il peut se croire vraiment le personnage
qu'il représente! Et pourtant... et pourtant... ce sont des êtres
si complexes!... Il y a tant de dessous, toujours nouveaux, dans
ces créatures électriques, que ce souvenir m'en rappelle un
autre, qui le contredit... ou le complète..., comme on
voudra, et je ne puis résister au plaisir de le citer.

Vers 1850, le célèbre ténor Mario se trouvait à Saint-Péters-
bourg en même temps que Lablache et sa fille, encore jeune
fille, et devenue si célèbre depuis sous le nom de Mme de Caters.

Elle avait à peine vingt ans! une voix admirable! un talent de
cantatrice de premier ordre. et. comme dit Saint-Simon, un
air de déesse marchant sur les nues! Lablache, pourtant,
s'opposait absolument à ce qu'elle entrât au théâtre. Tout au
plus lui permettait-il de jouer exceptionnellement dans quelques
représentations données à la cour, et pour l'impératrice. Un
jour. elle chantait ainsi, avec Mario, je ne sais plus quel opéra.
Arrive le grand duo habituel, le duo de passion. Mais quel est
le trouble de la jeune fille. sa surprise, son mécontentement
en entendant Mario lui dire tout bas, pendant qu'elle chantait,
Mia cara!... mia bella! Ama me! Io t'adoro!... Au sortir
de scène, elle lui tourna le dos et lui garda secrètement une
véritable rancune. jusqu'au surlendemain où. avec une autre
cantatrice fort laide, elle l'entendit recommencer tout bas,
son : *Mia cara! Io t'adoro!* etc., etc. Elle comprit. Ses décla-
rations brûlantes n'étaient qu'une manière de se mettre en
train, de garder sa chaleur.

I

Dans cette étude tout artistique. et dans mon désir d'ajouter
quelques traits précis à la figure de Delaunay, je ne puis mieux
faire que de le comparer à Firmin. Ils avaient tous deux
plusieurs qualités pareilles; d'abord un égal et incomparable
talent de diction, puis le regard. Il ne faut pas confondre au
théâtre le regard et les yeux; on peut avoir beaucoup de regard
avec de petits yeux; on peut avoir de très grands yeux

et n'avoir point de regard, c'est-à-dire ce trait de lumière
qui, jaillissant de la paupière, se répand en une seconde dans
toute une salle, et l'éclaire. Tous deux avaient des dents
éblouissantes qui semblaient étinceler comme les prunelles
et sourire comme les lèvres. Plus petit que Delaunay, moins
bien pris dans sa taille, moins élégant dans sa démarche,
Firmin, la tête un peu penchée en avant, se dandinant sur
ses jambes, frappant nerveusement ses deux mains l'une
contre l'autre, n'avait pas la grâce charmante de Perdican,
mais quel feu! quelle flamme! Il faut remonter, pour se le
représenter, aux grands ténors, à Rubini, à David, qui ne
touchaient pas seulement votre âme, mais qui faisaient vibrer
vos nerfs comme des cordes de harpe. Si passionné que fût
Delaunay.... Qui ne se le rappelle dans le troisième acte des
Faux Ménages? Firmin avait peut-être quelque chose de plus
endiablé, et, avec cela, la légèreté d'un oiseau.

Je les ai entendus tous deux dans le couplet du petit marquis du *Misanthrope* :

> Parbleu ! Je ne vois pas, lorsque je m'examine,
> Où prendre aucun sujet d'avoir l'âme chagrine..., etc. ;

et là leurs deux talents se sont montrés à moi avec toutes leurs
ressemblances et tous leurs contrastes. Ce ravissant morceau,
dans la bouche de Delaunay, étincelait comme un miroir à
alouettes, au soleil. Autant de vers, autant de facettes. Pas une
intention, pas une nuance, pas une délicatesse qui ne fût mise
en relief et en lumière. Firmin ne détaillait rien, n'accentuait

rien, il emportait tout dans un mouvement qui ressemblait à
un frémissement d'ailes, c'était un vol d'abeille.

Voici un autre fait, que je tiens de Delaunay lui-même, et
où son nom se joint à celui de Firmin d'une manière assez
piquante. Delaunay, on se le rappelle, a laissé dans *le Menteur*
un souvenir inoubliable. Son entrée,

> A la fin j'ai quitté la robe pour l'épée.
> Mon père a consenti que je suive mon choix,
> Et je fais banqueroute à ce fatras de lois, et,

reste au théâtre comme une tradition. Eh bien, deux artistes
supérieurs, Samson et Regnier, y préféraient encore Firmin.
« Delaunay, me disaient-ils, joue trop ce début en premier
rôle; il n'a pas assez de folie, il n'a pas assez vingt ans.
Firmin y ressemblait plus à un jeune cheval échappé. Il res-
pirait, il aspirait Paris à pleines narines, à pleins poumons,
c'était enivrant. » Frappé de cette critique, j'osai dire un
jour à Delaunay : « Avez-vous vu Firmin dans *le Menteur?*
— Oui, une fois. — Eh bien, ajoutai-je, voilà ce que m'ont
dit Samson et Regnier, trouvez-vous qu'ils aient raison? »
Il se mit à sourire, et me répondit : « Je suis dans un grand
embarras pour vous répondre. Le seul jour où j'ai vu Firmin
dans *le Menteur*, c'est le jour de sa représentation de retraite.
Au moment où il parut au fond du théâtre, éclata un tonnerre
d'applaudissements, qui ne lui permit pas de parler. Il avance
d'un pas sur la scène.... nouvelle explosion de bravos qui
l'arrête encore. Il descend jusque près de la rampe.... troisième
acclamation qui se prolonge durant deux ou trois minutes! Si

bien, qu'au lieu *du jeune cheval échappé*, je ne vois qu'un
pauvre homme, vaincu par l'émotion, vacillant sur ses jambes,
la voix étranglée, et balbutiant ses premiers vers. Je regrette
bien de ne pas l'avoir vu tel que Samson et Regnier vous l'ont
dépeint, car ils avaient certainement raison, et j'aurais pris ce
début à Firmin, comme je lui ai pris tout le reste. »

Cette réponse, charmante de sincérité et de modestie, a de
plus l'avantage de nous révéler un trait particulier du talent de
Delaunay. Je n'ai connu aucun artiste qui eût au même degré
que lui ce don d'assimilation, de reproduction, qui manque
quelquefois aux artistes les plus distingués. Bressant plein de
bonne grâce et de bonne volonté, essayait de se conformer
à vos indications, mais pour retomber bientôt dans sa manière
naturelle. Delaunay, au contraire, une fois convaincu, réalisait
subitement le changement que vous lui demandiez. En voici
une preuve très frappante que je tiens encore de lui.

Au cinquième acte du *Lion amoureux*, dans le rôle du jeune
marquis, il avait, en marchant à la mort, un *Vive le roi!* resté
célèbre. Eh bien, il le devait à Émile Augier. A la répétition
générale, il avait lancé son *Vive le roi!* avec une crânerie toute
juvénile. E. Augier lui dit :

« A votre place, je le dirais très simplement et avec un
grand calme.

— Vous avez raison, répond vivement Delaunay, tenez,
comme cela. » Et il se mit en mesure de faire immédiatement
le contraire de ce qu'il avait imaginé d'abord. Il fallut qu'Augier l'arrêtât et lui dit :

« Non! Non! Pas tout de suite! Réfléchissez d'abord, attendez à demain. »

Cette qualité se liait chez Delaunay à une autre plus rare
peut-être. car elle est à la fois de la conscience et du talent.

Bien nombreuse au théâtre est la classe de ceux qu'on appelle
les *lâcheurs*. Leur nom dit leur défaut. Tant que durent les
répétitions. ils sont tout feu et tout flamme. la pièce est charmante. le succès est sûr. et à la première. ils enlèvent le
public. Mais à mesure que les représentations se succèdent, ils
se refroidissent, ils se ralentissent. ils se dégoûtent, si bien
qu'excellents d'abord, ils ne sont plus reconnaissables au bout
d'un mois. ni la pièce non plus. Ils en arrivent même parfois à
empêcher leurs partners de jouer, par leurs plaisanteries. On
cite une actrice avec qui la même pièce durait. tour à tour, une
heure ou une heure et demie. Cela dépendait de tout et de
rien. Avait-elle eu un mécompte? Elle tombait dans des lan-
gueurs qui se traduisaient par des lenteurs qui hypnotisaient
même les acteurs. Quelque jolie fête l'attendait-elle? Elle
prenait le train express. « Vite. disait-elle tout bas à ses
camarades, vite! vite!... » Et alors des impatiences de diction. des agitations fébriles de gestes. des mouvements de
main précipités. qui rappelaient assez les barbotements d'un
petit chien revenant sur l'eau. et faisaient dire à Scribe :
« Elle nage le dialogue. »

Rien de pareil chez Delaunay: non seulement il était aussi
bon à la cinquantième représentation qu'à la première, mais il
était meilleur. Je pourrais citer tel ouvrage. comme le *Mariage*

de Figaro. Mademoiselle de Belle-Isle où, incertain et un peu
terne le premier jour, il devint peu à peu égal à lui-même.
C'est ce que n'ont pas vu, ce me semble, quelques critiques
qui le jugèrent trop sur le premier jour. On ne lui tint pas assez
compte de ses progrès, et il lui arriva précisément ce qui était
arrivé avant lui à Mlle Mars, à Fleury et à Firmin.

Mlle Mars avait été une ingénue incomparable; quand elle osa
aborder Célimène on la renvoya à Agnès.

Fleury avait excellé dans les petits marquis; quand il aborda
Alceste, on le renvoya à Moncade.

Firmin avait été un amoureux ravissant; quand il voulut
s'élever à Clitandre, au Menteur, on le renvoya à Valère.

De même pour Delaunay. En vain se montra-t-il artiste de
premier ordre, dans *la Métromanie*, dans *le Gendre de M. Poirier*, dans *le Demi-Monde*, dans *les Effrontés*, on lui opposa
toujours Perdican, Fortunio et les amoureux de Molière.

Le monde est ainsi fait. Il lui en coûte d'accorder deux
supériorités au même homme. Combien de temps n'avons-nous
pas vu contester à Lamartine son talent d'orateur au nom de
son génie de poète?

Pour en revenir aux acteurs, Fleury avait dit là-dessus le mot
décisif. Un jour, après une représentation du *Misanthrope*, un
de ses admirateurs vint lui dire qu'il s'était élevé à la hauteur
de Molé.

« Vous blasphémez, mon cher ami, répondit-il. Personne
« n'a jamais égalé Molé dans Alceste : il lui partait des étin-
« celles de ses manchettes, comme disait un vieux comédien.

« Tenez! voulez-vous que je vous montre à quelle distance
« immense je suis de Molé? Je vais vous jouer une scène du
« *Misanthrope* comme lui. » Ainsi fut fait, et si bien fait, que
son ami lui dit ingénument : « Pourquoi ne jouez-vous pas
« toujours ainsi? — Parce que je ne pourrais pas! Je ne pour-
« rais pas garder toujours ce ton jusqu'au bout. C'est au-dessus
« de mes moyens! » Puis il ajouta gaiement : « J'entends votre
« réponse : Pourquoi jouez-vous *le Misanthrope*. Pourquoi?
« D'abord parce que je crois y être un peu meilleur que mes
« camarades actuels, et puis, parce qu'il est tel passage où je
« donne peut-être ce que Molé lui-même ne donnait pas. » Voilà
le vrai. Ces grands premiers rôles sont si complexes, qu'aucun
artiste, même supérieur, ne les remplit tout entiers, et qu'aucun non plus, ne les aborde sans y ajouter quelque chose de
nouveau. Laissons-les donc faire! Applaudissons à leurs efforts.
Sachons-leur gré de ce qu'ils cherchent et de ce qu'ils trouvent.
Surtout ne les opposons pas sans cesse à eux-mêmes, et, au nom
de nos propres plaisirs, ne les lapidons pas avec leurs qualités.

Le nom de Fleury me rappelle une lettre charmante adressée
à Delaunay, et qu'on me saura gré de citer ici.

Cette lettre part d'une actrice qui a eu ses jours d'éclat au
théâtre, Mme Suzanne Brohan. Je crois cependant que de toutes
ses créations, les deux meilleures sont ses deux filles, Augustine et Madeleine; Augustine dont le rire spirituel et éclatant
tinte toujours à nos oreilles; Madeleine qui a trouvé le moyen
d'avoir encore plus de talent et autant de charme sous des
cheveux blancs que dans toute la splendeur de sa beauté.

7

Voici cette lettre :

Fontenay-aux-Roses, 18 mai.

« Cher Monsieur Delaunay,

« J'ai eu à peine le temps de vous faire mes compliments dimanche, et pourtant j'en avais long à dire ! Madeleine m'avait déjà annoncé votre grand succès, et je savais par elle que vous étiez un *Clitandre* incomparable. Mais enfin, je suis heureuse d'avoir vu de mes yeux et entendu de mes oreilles.

« Vous êtes toujours, et de plus en plus, le charmant et le charmeur par excellence.

« A défaut des palmes que vous méritez si bien, non comme martyr, mais comme triomphateur, je vous envoie de modestes violettes de mon village.

« Nous avons parlé dimanche du célèbre Fleury, que vous n'avez pu connaître..., très heureusement pour vous... et pour le public. Eh bien, moi, je l'ai vu, *un jour*, qui fut pour moi comme un rêve, et dont le souvenir est resté un des plus chers de ma pauvre enfance. Je venais d'être présentée au Conservatoire, et le bon M. Perne, alors directeur, m'avait fait inscrire pour la classe de M. Fleury. J'étais une enfant extrêmement timide. Le grand jour de l'audition arrive ; le garçon de classe me désigne un banc où je vais m'asseoir, ma mère se place derrière moi. La classe était au grand complet, et le fauteuil... où vous professez aujourd'hui, attendait le maître d'alors. Le spectacle était pour moi très imposant et déjà bien troublant ! Fleury entre, s'assied, et donne à plusieurs élèves des leçons,

excellentes sans aucun doute, mais dont je n'entendis pas un
mot, tant mon cœur sautait et tant mes oreilles bourdonnaient.
Enfin le maître, après avoir consulté une feuille qui était sur sa
table, appelle un nom…. le mien! Je me lève vivement, puis je
reste là, droite, immobile, incapable de faire un pas. Je devais
avoir une mine bien effarée, car le cher professeur me prit en
pitié. « Vous avez donc bien peur, ma pauvre petite! » me dit-
il. Moi, hors d'état d'articuler un mot, je fis signe que oui.
« Voyons! venez ici, près de moi. » Sa voix s'était faite très
douce, et je trouvai la force de faire quelques pas vers son
fauteuil. Alors il me plaça entre ses genoux, prit mes deux mains
dans l'une des siennes, de l'autre écarta mes cheveux qui s'étaient
aussi effarouchés, et me dit doucement : « Regardez-moi! » J'osai
lever les yeux sur lui, et je vis un aimable visage vieux et laid,
avec un bon sourire un peu railleur, et des yeux noirs tout pleins
de malice et de bonté. « Eh bien! est-ce que j'ai l'air si méchant ? » Je secouai la tête pour dire non! « Alors, de quoi
avez-vous peur? » Involontairement je jetai un regard de méfiance
du côté des jeunes gens, qui se mirent à rire tout bas de ma
sauvagerie. « Ha! bien, je comprends! Ce sont ces mauvais gar-
çons-là qui vous effrayent. Oui, ils sont moqueurs! Mais attendez!
Nous allons bien les attraper. Donnez-moi votre livre. C'est moi
qui vais vous donner la réplique, et vous allez me conter cela
tout bas à l'oreille. » Ce qui fut fait à la lettre. Entre ses
genoux, je lui dis, me penchant à son oreille, un fragment du
joli petit rôle de Rose, dans l'*Optimiste*. Après quoi il me dit que
ce n'était pas mal du tout, que ma prononciation était bonne

il me mit un baiser au front, me donna une petite tape d'amitié sur la joue, et me renvoya sur mon banc, ravie et *acceptée*.

« Cette bonté, cette grâce, m'étaient entrées au cœur, et je me
faisais une fête de revoir le bon maître. Hélas! Il ne revint plus.
Le jour même où je fus reçue par lui, était le dernier jour de
son professorat, puis il donna sa représentation de retraite et
tout fut dit. Donc, je n'ai pas vu jouer ce grand artiste, mais à
soixante-deux ans de distance, j'ai été embrassée par le Fleury
des temps passés et par le Fleury de nos jours. J'ai le droit
d'être fière, et je le suis.

« Votre affectionnée,

« SUZANNE BROHAN. »

N'est-ce pas délicieux? Peut-on rêver un plus exquis portrait
de Fleury? Je ne sais si on oserait aujourd'hui faire passer un
examen de cette façon-là. D'abord, on ne trouverait peut-être
plus de petites filles de onze ans, ayant peur. Puis il y avait
plus de bonhomie dans ce temps d'étiquette que dans le nôtre.
Je suis bien sûr pourtant que Delaunay, avec son talent d'assimilation, a trouvé le moyen d'emprunter quelque chose à son
illustre prédécesseur au Conservatoire, c'est de mettre *un peu
de père* dans le *professeur*.

II

J'ai hâte d'arriver au point culminant de la carrière de
Delaunay, à ce qui lui assure une place à part dans l'histoire de
la Comédie-Française.

Alfred de Musset, jusqu'en 1847, n'était qu'un poète charmant, goûté des délicats, mais peu connu de la foule. Qui changea sa réputation en gloire? Mme Allan. Comment? En faisant d'A. de Musset un auteur dramatique. *Le Caprice* et *la Porte ouverte* furent comme une révélation. Il n'y avait pourtant là qu'une partie d'A. de Musset, et pas la meilleure. Ce n'était que son talent, restait son génie. *On ne badine pas avec l'Amour* et la *Nuit d'Octobre* firent, selon l'expression de Corneille, monter sa muse sur le théâtre. Elle entra de plain-pied dans la maison de Racine, de Corneille et de Molière. Qui lui en ouvrit la porte? Delaunay. Delaunay était précisément l'acteur dont A. de Musset avait besoin pour être compris. Il lui fallait, dans son interprète, ce grain de poésie mêlé au pathétique et à la gaieté. Même avec un tel auxiliaire, l'entreprise n'était pas sans difficultés. La répétition générale de *On ne badine pas avec l'Amour* le montra bien. Elle déconcerta absolument les juges les plus compétents. Il y avait de quoi. Ce mélange de lyrisme et de burlesque, ce chœur en prose, ce rôle de Perdican qui a pour ainsi dire trois âges, qui au premier acte est candide comme un adolescent de vingt ans, passionné au second comme un homme de vingt-cinq ans, expérimenté et amer au troisième comme un homme de quarante, renversait si bien les règles ordinaires, que Samson dit bravement : « Je n'y comprends rien du tout. » Delaunay ne s'en effraya pas. Il avait puisé l'intelligence de l'œuvre à la source même, dans l'âme de l'auteur. A. de Musset, lui aussi, avait sans cesse trois âges. Il était tour à tour et tout à la fois romanesque et matériel.

Delaunay le devina, le comprit, et il réalisa Perdican en réalisant A. de Musset.

La *Nuit d'Octobre* offrit bien d'autres difficultés. Cette fois, c'était de la poésie pure. Plus de costume, plus de mouvement théâtral, plus de véritable dialogue. On planait entre ciel et terre. On était en pleine vision. Delaunay, soutenu et guidé par M. E. Thierry, son directeur, auquel il est juste de rendre sa part d'initiative, réalisa cette conception dramatique absolument nouvelle, avec un goût et un sentiment de la diction poétique vraiment admirables. Le décor était à peine un décor. Une petite chambre d'étude, un cabinet de travail, une chaise, un canapé, et pour toute ouverture, une fenêtre étroite, perdue au fond du théâtre. La Muse, noyée dans ses voiles blancs, n'était que la voix du Génie. Il ne la voyait pas. Il ne la regardait pas. Il l'entendait et lui répondait comme dans un rêve. Il n'avait pas d'autre jeu de scène que de se lever de son siège dans une crise de colère, et d'aller retomber sur le canapé, dans une crise de désespoir. Tout était intime, profond, mystérieux. Les pronostics fâcheux ne lui manquèrent pourtant pas. A la répétition générale, un de nos auteurs dramatiques les plus distingués, un ami d'A. de Musset, un poète, dit à Delaunay : « J'ai grand'peur! cet admirable élan de la fin :

> Écoute-moi donc, ô Déesse,
>   Et reçois ici mon serment.

paraîtra, je le crains, long et déclamatoire. »

Il se trompait; j'assistais à la première représentation. L'effet fut immense. Mais quelle fut ma surprise, quand, cinq ou six ans plus tard, revoyant ce chef-d'œuvre, je ne retrouvai plus la mise en scène de ma *Nuit d'Octobre* d'autrefois. Une grande pièce presque élégante ; une large baie ouverte au fond, et Delaunay, au moment où il raconte l'arrivée de sa maîtresse, allant à la fenêtre, regardant comme s'il la voyait, lui parlant, comme si elle entrait, jouant la situation, enfin. Mon désappointement fut complet, mon émotion s'en alla ; cette impression me demeura si vive, que, causant avec Delaunay de la *Nuit d'Octobre*, je ne pus m'empêcher de lui dire : « Pourquoi donc avez-vous changé de jeu? — Oh! pourquoi? me répondit-il en souriant, parce que j'avais changé de directeur. M. E. Perrin m'inspirait une confiance absolue. Vous savez son goût pour la mise en scène : cette petite chambre lui déplaisait. Il mit le décor de *Dalila*. Le décor m'obligea à modifier le mouvement. — Oui, répondis-je, et le mouvement plus vif a refroidi l'émotion; au reste, voulez-vous la preuve que M. E. Perrin a commis une faute? Un autre artiste, fort distingué, vous remplace aujourd'hui dans la *Nuit d'Octobre*. Que fait-il? Oubliant ce premier vers :

> Le mal dont j'ai souffert s'est enfui comme un rêve.

il fait placer sur sa table le portrait de l'infidèle, et, au lever du rideau, il le regarde! A lieu la vision. La réalité a remplacé le rêve. La Muse n'est plus qu'une sœur ainée qui donne de bons conseils à son jeune frère. On retombe du ciel sur la terre. En dramatisant ce chef-d'œuvre, il l'a dépoétisé. Ah! mon cher monsieur Delaunay, vous n'avez pas eu de prédécesseur dans cette belle tentative, je crains beaucoup que vous n'y ayez point de successeur. »

Tout ce brillant passé est évanoui. Nous ne verrons plus ce clair regard. Nous n'entendrons plus cette voix brillante et émue. Je ne peux m'empêcher de lui en vouloir un peu de nous avoir quittés quand son talent n'avait pas encore une ride. Et pourtant, a-t-il eu tort? Pour nous, oui. Mais pour lui, qui sait? Qu'avait-il à gagner en restant? Les acteurs les plus aimés ne sont pas toujours propres à se transformer. Ils parcourent brillamment tous les degrés de leur emploi, mais ils ne peuvent pas en sortir. Mlle Mars s'éleva de triomphe en triomphe, des ingénues aux jeunes premières, des jeunes premières aux grands premiers rôles, mais à une condition, c'est qu'ils fussent toujours jeunes. Au delà de trente ans elle n'en voulait pas. Elle était condamnée à la jeunesse. Firmin, en cheveux blancs, n'était plus Firmin. Il fallait que Bressant fût aimé. Certes, Delaunay a montré, dans une bien cruelle épreuve, que nul cœur de père n'était plus tendre que le sien; mais eût-il été propre aux rôles de père? Puis il joue si bien son dernier personnage! Il nous offre une si aimable image de la retraite d'un artiste! Entouré d'une famille dont il est l'honneur et l'appui, aussi dévoué à son art au Conservatoire, qu'autrefois à la Comédie-Française; apprenant encore par cœur quelques pièces de vers d'A. de Musset, revivant sans cesse son cher passé par la lecture constante des lettres amies précieusement conservées, légitimement fier de voir à sa boutonnière, auprès de la petite fleurette cueillie dans les bois, ce ruban rouge si bien mérité, il peut enfin se dire, ce qui vaut mieux pour un véritable artiste que toutes les décorations du monde, qu'il a été le premier interprète d'un grand poète et l'inaugurateur de la poésie sur le théâtre. Allons, ne regrettons rien. Décidément, comme dit La Fontaine,

> Dieu fait bien ce qu'il fait !

Il paye aujourd'hui en bonheur, à ce galant homme, tout ce que nous lui avons dû de plaisir. Puis, dernier et précieux privilège! il se survit dans son nom. Ne dit-on pas au théâtre : *les Delaunay*, comme on dit *les Molé*, et *les Fleury?*

V

DANIEL MANIN

C'est pour moi plus qu'un bonheur, c'est un honneur d'avoir été en relations affectueuses avec Manin. Mort avant la guerre de 1870, en France, et en bénissant la France, il reste pour nous un des plus purs modèles de l'héroïsme, et j'ai pu, avec un sentiment de joie sans mélange, le placer dans mon cabinet de travail, parmi mes portraits d'amis. Il y figure à côté de M. Thiers. Je les regarde souvent ensemble et je les compare : ils s'éclairent l'un l'autre. Des ressemblances profondes les unissent, des différences sensibles les séparent ; mais, chose remarquable, leurs différences comme leurs ressemblances sont écrites sur leurs visages.

Tous deux grands patriotes, tous deux hommes d'État supérieurs, tous deux hommes de guerre par occasion, ils portent tous deux, dans leur personne comme dans leur caractère, un premier trait pareil, leur communauté de race.

Bourgeois d'origine, ils sont tous deux restés bourgeois
d'aspect, d'attitude, de corps, et ils ont montré, dans les
grandes affaires où ils ont été mêlés, une des qualités domi-
nantes de leur classe : le bon sens et l'esprit pratique.

Second trait, tout extérieur, en apparence, mais très signifi-
catif en réalité : tous deux portaient des lunettes. Le croirait-on?
c'est cette similitude purement matérielle d'où ressort le plus
vivement leur dissemblance de nature, je dirais volontiers de
destinée.

Les lunettes, chez M. Thiers, ressemblaient à un pare-étin-
celles. On voyait un scintillement perpétuel pétiller derrière ces
deux verres; et, de temps en temps, ses regards, sautant par-
dessus, lançaient de là, tout à leur aise, des éclairs de malice,
de gaieté, de moquerie, de colère. Les yeux de Manin reposaient
derrière ce rempart de verre, comme des lions assoupis, et
lorsque, par hasard, ses lunettes ôtées, il montrait son œil à
nu, on était saisi au cœur en voyant flotter vaguement dans
l'espace ces deux prunelles myopes, d'un brun si doux, et
chargées d'une si incurable mélancolie! Les autres traits du
visage accentuent le contraste. La petite mèche blanche de
M. Thiers se hérisse sur son front, dans ce portrait, à la façon
d'une crète de coq irrité. Les cheveux bruns et soyeux de
Manin tombent tristement le long de ses joues blêmes. La
bouche de Manin est large, pensive, aux coins abaissés et
dénote une indomptable et stoïque fermeté. La figure de
M. Thiers, rieuse, batailleuse, avec son petit nez aigu et
crochu, sa petite lèvre inférieure avancée, respire le défi. Un

mot explique le contraste de ces deux physionomies : M. Thiers
avait réparé les désastres de la France ; Manin n'a pu qu'im-
mortaliser la défaite de Venise.

∴

Je ne puis me défendre de penser avec tristesse, au moment
de commencer cette étude sur Manin, à quel point il est oublié
en France.

Les événements terribles qui se sont succédé coup sur coup
en Europe, depuis quarante ans, ont submergé cette illustre
mémoire, à peu près comme les vagues submergent un pont de
vaisseau dans les jours de tempête ; Venise et son héros ont disparu dans la tourmente ; Manin aujourd'hui n'est plus, pour le
grand nombre, qu'un vague souvenir, une ombre, un nom.…
Pas même un nom ! car combien de lecteurs, en lisant le titre
inscrit sur ces pages, diront : « Manin ? Qui est-ce ? »

Je voudrais donc non seulement le peindre, mais le faire
revivre. Pour y arriver, je m'appuierai, tantôt sur le récit des
événements publics, tantôt sur mes souvenirs personnels ; le
représentant tour à tour comme dictateur et comme exilé ;
à Paris et à Venise.

Dès le début, une première question s'impose à moi : Que
fut Manin quand il n'était encore rien ? Quelle fut son attitude
sous la domination autrichienne ? Comment travailla-t-il à la
combattre ?

Les révolutionnaires, en train de préparer une révolution, ont
des procédés connus : complots clandestins, réunions mysté-

rieuses, associations secrètes, polémiques violentes, prises d'armes perpétuelles. Rien de pareil chez Manin. Il ne combattit l'Autriche qu'au grand jour, à visage découvert, la loi à la main. C'est un conspirateur légal, un conspirateur légiste. Il prend le code politique promulgué par les oppresseurs eux-mêmes, et, pour toute attaque, il les force à l'appliquer. Pendant cinq ans, il cherche, dans cette œuvre de despotisme, les faibles et hypocrites restes de liberté qui s'y sont glissés ; il en réclame la mise en pratique et il en tire des droits : droit de se réunir pour créer un chemin de fer, droit de fonder une société d'assurance, droit d'établir une association industrielle. Ces droits sont, semble-t-il, bien insignifiants, bien inoffensifs ; mais par cela seul qu'ils donnaient aux Vénitiens l'habitude de se concerter, de discuter entre eux, de faire une œuvre commune, ils pouvaient, en un jour de conflagration générale, se transformer tout à coup en un instrument de révolte et de combat.

Ainsi arriva-t-il : en une heure, ce pouvoir formidable fut balayé. En une heure, Manin, grâce à ses préparatifs, s'empara de l'arsenal, expulsa troupes et gouvernement, et, en une heure aussi, acclamé chef de la république, ce petit homme d'affaires s'improvisa homme de gouvernement et homme de guerre. Il concentre tous les ministères dans sa main. Il organise la défense, il arme les forts, il approvisionne la ville, il dirige la flotte, il correspond avec les puissances étrangères. C'est lui qui a soulevé le peuple, c'est lui qui le contient. Il enthousiasme et il calme. Pas une révolte, pas une émeute dans cette population

affolée par le bombardement, la famine et le choléra! Il combat
tous les fléaux comme tous les dangers: il lutte pendant dix-huit
mois, sans aucun secours étranger, contre cette puissante
escadre ennemie, et ne se rend qu'après son dernier boulet
de canon et sa dernière bouchée de pain.

À peine la ville remise aux vainqueurs, il fait voile vers la
France, et débarque à Marseille, en octobre 1849, avec sa
femme et ses enfants. Que trouve-t-il, en mettant le pied sur la
terre d'exil? Un malheur inattendu et effroyable.... sa femme
meurt du choléra entre ses bras! Il part pour Paris avec sa fille
et son fils. Qu'y rencontre-t-il? Un martyre. Sa fille avait été la
grande adoration et la grande angoisse de sa vie. Elle joignait à
une rare distinction de figure et à une véritable élévation d'intelligence et de cœur, le douloureux charme d'une santé fragile.
On aime deux fois ceux qu'on aime, quand on tremble pour eux,
et Manin avait sans cesse tremblé pour elle. On citait, à Venise,
un fait touchant qui montre toute sa tendresse et toutes ses
anxiétés paternelles. Jeté en prison, vers la fin de l'occupation
autrichienne, et amené devant le magistrat pour être interrogé,
ses réponses furent hautaines, brèves, pleines de mépris pour le
danger qui le menaçait. Le juge alors tire de son dossier et lui
met sous les yeux une lettre qu'on avait jointe aux papiers saisis;
Manin l'ouvre, la lit, et soudain cette figure énergique s'altère,
sa physionomie se décompose, et il fond en larmes. Que contenait cette lettre? Une consultation récente et inquiétante sur
l'état de santé de sa fille. Qu'on se figure donc son désespoir
quand, à peine arrivé à Paris, il vit tout à coup le mal dont

elle souffrait, devenir menaçant, implacable, terrible, mortel!
Elle mit deux ans à mourir, deux ans où il ne la quitta jamais,
ni jour ni nuit; deux ans où il s'épuisa en efforts désespérés
pour la sauver, et lorsque la mort la lui arracha enfin, il se
sentit frappé lui-même d'une maladie de cœur incurable. Eh
bien! le croirait-on? il n'en poursuivit pas moins sa lutte contre
l'Autriche. Il groupe sous sa main tous les proscrits, il concentre
leurs efforts, il s'entend avec Cavour, il correspond avec l'Angleterre, il gagne à sa cause tous ceux qui l'approchent.
Ary Scheffer, Béranger, Henry Martin, Jules Simon deviennent
ses amis, et, tout réduit qu'il soit au modeste rôle de professeur
d'italien, il voit se répandre autour de lui un sentiment
universel d'admiration et de respect pour tant de grandeur,
tant de malheur et tant de vertu!

Tel était Manin en 1854. Je ne le connaissais pas, et j'avais
un ardent désir de le connaître. J'en parlai à Béranger.

« Le moyen est bien simple, me dit-il. Manin, vous le
« savez, donne des leçons. Priez-le de vouloir bien accepter
« votre fille pour élève. Il sait votre sympathie pour l'Italie, il
« ne vous refusera pas, et ces leçons-là, rappelez-vous ce que je
« vous dis, vous profiteront à vous autant qu'à elle. On n'entre
« pas vainement en communication avec un homme comme
« celui-là. »

Le lendemain, je frappais à la porte de Manin à huit heures
et demie du soir. C'était l'heure où il recevait quelques amis.
Il demeurait rue Blanche, à un deuxième étage. Henri Martin,
qui m'accompagnait, l'avait prévenu de l'objet de ma visite.

Nous entrons dans un petit appartement plus que modeste.
Manin vient à moi. la main tendue, et, avec un mélange
particulier de cordialité et de réserve, me dit de lui-
même :

« Très volontiers. »

On se met à causer; la conversation devint générale. J'en
ai retenu un mot assez singulier.

« Une chose me frappe, dit Manin, c'est qu'en France
je ne trouve de gens vraiment jeunes que parmi les hommes
qui ont dépassé quarante ans. Ils ont seuls gardé je ne sais
quoi du beau mouvement de 1830. »

Quelques jours après, les leçons commençaient. Ce ne fut
pas sans une grande émotion que je vis entrer Manin chez
moi, comme professeur de ma fille. Ce professeur, je dois le
dire, ne ressemblait guère à aucun autre. Pas de salle d'étude!
pas de salle de travail! pas de cahiers de devoirs! pas de
plumes pour prendre des notes! Il arrivait vers les dix heures,
et presque toujours frissonnant. « Il fait gris dans votre
Paris. » disait-il. Hélas! le pauvre homme, c'était en lui qu'il
faisait sombre. Son élève l'installait au salon, dans un fauteuil,
au coin du feu, lui préparait une tasse de thé sur une petite
table, et s'asseyait à côté de lui, avec un livre dans la main.
On aurait dit une fille lisant à son père quelques vers, ou
quelque page choisie. Ce livre était un livre de littérature ou
de grammaire. La grammaire l'impatienta assez vite, et comme
il savait son élève au courant des principes : « Les règles!
les règles! disait-il, il y a autant d'exceptions que de règles.

9

La langue n'est pas là. Allons aux poètes. » La *Jérusalem délivrée* fut une de leurs premières lectures.

A ce vers :

Brama assaï, poco spera, e chiede nulla.
Il désire beaucoup, il espère peu et il ne demande rien.

« Ce sont des menteurs. dit-il gaiement; ces gens qui ne demandent rien, ils demandent toujours; et puis, voyez-vous, le Tasse, c'est maniéré! c'est subtil. Prenons Dante. »

Manin n'était pas ce qu'on appelle un lettré. L'art et la poésie n'avaient eu place dans ses études qu'à titre de passe-temps. Il avait fait des voyages dans le domaine littéraire; ce n'était pas son pays. Mais les personnages qui ont traversé les grandes affaires, qui ont manié les choses et les hommes, apportent souvent dans les questions purement littéraires, j'en ai fait la remarque à l'Académie, une singulière originalité de vues, une indépendance toute personnelle d'appréciations. Cela tient précisément à ce qu'ils ne sont pas du métier. Ils jugent autrement. et souvent mieux, parce qu'ils jugent de plus haut Aussi en ai-je plus appris sur Dante, en entendant Manin, que dans toutes mes leçons à Rome, avec mon brave professeur M. Giunto Tardi. Dante, en effet, n'était pas seulement pour Manin un grand poète, comme le Tasse, l'Arioste ou Pétrarque; l'âme même de l'Italie vivait dans la *Divine Comédie;* Manin y retrouvait toutes ses angoisses et toutes ses passions patriotiques. C'était lui en vers. De là, dans ses explications, quelque chose d'ému, de personnel, qui dépassait de bien loin une leçon ordinaire, et laissait dans notre esprit une trace profonde.

Les leçons durèrent plus de deux ans; elles avaient pris peu à peu un caractère tout affectueux entre le maître et l'élève. J'ai toujours cru que le souvenir de sa fille y était pour quelque chose. Les grandes douleurs ont des besoins et des illusions de ressemblance, qui leur font retrouver partout les êtres disparus. Était-il touché uniquement de la parité d'âge? Saisissait-il quelque lointaine similitude de traits, de physionomie, de sentiments, je ne sais, mais il m'a toujours paru qu'il y avait dans ce maître je ne sais quoi de paternel.

Averti par moi du mariage prochain de ma fille, il vint et lui dit : « J'ai un grand regret, je ne pourrai assister à votre mariage. J'évite les réunions de fêtes. Je ne m'y sens pas à ma place. Mais j'ai tenu à vous dire tout ce que je forme de vœux pour vous. »

Puis, lui prenant les mains et l'embrassant sur le front, ce qu'il n'avait jamais fait, il ajouta en la regardant :

« Vous serez heureuse, vous, vous savez prendre les choses du bon côté. » Au fond de toutes ses paroles, se retrouvait le sens pratique.

Il mourut l'année suivante, le 22 septembre 1857. Sa mort fut pour moi plus qu'un chagrin, ce fut une perte. Je l'appris en chemin de fer par un article de journal, et quoique je ne fusse pas seul dans mon compartiment, je ne pus retenir mes larmes. J'avais pourtant perdu des amis plus intimes, plus anciens, mais avec Manin disparaissait pour moi quelqu'un qui avait une place à part dans mon affection et que personne ne pouvait remplacer. Quand nous avons l'heureuse fortune de rencontrer un de ces grands modèles des vertus publiques, ils deviennent pour nous comme des *Sursum corda* vivants. Leur seule vue nous met l'âme en disposition généreuse; quelque chose s'éteint en nous quand ils s'éteignent. Ma première émotion passée, j'éprouvai le besoin de payer ma dette à sa mémoire. Mais comment? Une page de journal? Des vers lyriques? Un tel sujet me paraissait demander quelque chose de plus intime et de plus profond. Le hasard m'offrit ce que je cherchais. Entrant un matin dans la chambre de ma fille, je la trouvai causant avec la plus chère de ses amies. Leur visage à toutes deux était ému; elles avaient des larmes dans les yeux: la biographie de Manin était ouverte devant elles, et ma fille racontait ses deux ans de leçons à son amie. Ce fut pour moi un trait de lumière. Cette grande figure historique se réfléchissant dans le cœur de deux jeunes filles, m'offrait un cadre nouveau et touchant; il me commandait la vérité, il me défendait la déclamation, il me permettait de pénétrer toutes les délicatesses et toutes les douleurs de son cœur de père, ce qui était un grand moyen d'émotion de plus. Je me mis donc aussitôt à l'œuvre, et le 25 août 1858 je lisais à l'Institut, en séance publique des cinq académies, un petit poème dialogué, intitulé : *Un Souvenir de Manin*.

.˙.

Un Souvenir de Manin, très favorablement accueilli par l'auditoire et par la presse, me valut, un mois plus tard, une des plus vives joies de ma carrière littéraire.

J'étais parti pour Venise quelque temps après la séance.
J'avais hâte de rechercher sur les lieux mêmes les traces de la
vie publique de Manin. et de recueillir ce qui restait de lui au
cœur de ce pauvre peuple. retombé depuis dix ans sous le joug
écrasant de la domination autrichienne.

J'arrivai le 10 septembre au matin.

Quel spectacle! je n'en ai jamais vu de plus lugubre. Partout
ruine. désolation! La vie publique et la vie privée sus-
pendues! Les liens sociaux rompus! Le commerce détruit! La
place Saint-Marc déserte! Les théâtres fermés! Les boutiques
vides! Les murs couverts de ces mots sinistres : *Hasta volon-
taria*, vente volontaire! Les palais dégradés! Les marches
mêmes qui descendent dans les lagunes, disjointes, lézardées!
J'essayai d'interroger. pour obtenir d'eux quelques détails sur
les événements du siège, les hommes du peuple et les mariniers;
ils détournaient la tête sans me répondre, et en jetant autour
d'eux des regards inquiets : la terreur mettait un sceau sur leurs
lèvres. Ils voyaient des espions partout. Seul, un vieux gondo-
lier à qui. dans un petit canal isolé, je prononçai le nom de
Manin, me répondit tout bas : « *Il padre!* »

J'allai alors frapper à la porte d'un Vénitien des plus distingués, ami intime de Manin, et qui, sur une lettre de Rossini,
voulut bien me guider dans mon pèlerinage à travers la ville.
Nous descendons. A peine quelques pas faits dans la rue :

« Regardez. me dit-il, cette maison. C'est le collège de la
ville. Manin et moi. nous avons été là écoliers ensemble, et il
me revient en mémoire un fait frappant. La cour des récréa-

tions appartenait également aux grands et aux petits. Les
grands s'y adjugeaient la part du lion, et nous reléguaient,
nous autres, dans un coin obscur et humide. Manin était dans
gli minimi, les plus petits, mais il y avait en lui un tel don
d'autorité, il était tellement né capitaine, que nous lui obéis-
sions tous comme à notre chef. Imaginez-vous que pendant les
jours de congé, il faisait manœuvrer ses sœurs comme des
soldats. Un jour donc, il s'avança fièrement vers les grands,
en réclamant notre part de soleil, d'air et d'espace. La réponse
fut une distribution de coups de poings, qui mit immédiatement
l'escorte du général en déroute; mais lui, ramassant une grosse
pierre, il se cantonna dans un angle, et là, il déclara aux vainqueurs qu'il casserait la tête au premier qui s'approcherait! Les
hommes s'inclinent toujours devant le courage; les vainqueurs
reculèrent, moitié crainte, moitié respect, et Manin revint vers
nous tout joyeux en s'écriant : « J'ai obtenu une bonne capi-
« tulation! » L'enfant contenait déjà l'homme. Je vais maintenant vous montrer l'homme en action. Allons sur la place
Saint-Marc. »

Nous arrivons.

« Vous connaissez, me dit mon guide, le palais du gouvernement.

— Oui.

— Regardez la troisième fenêtre à gauche. C'est de là que
Manin parlait au peuple. Vers la fin du siège, la famine devenant
imminente, une foule tumultueuse et exaspérée s'était amassée
aux abords du palais en criant : « Du pain! Du pain! » Manin

parait sur le balcon de cette fenêtre : « Que voulez-vous? —
« Du pain! Du pain! — Du pain? répondit-il d'une voix forte.
« Quel est celui qui ose se plaindre de manquer de pain? Qu'il
« s'avance donc, et qu'il vienne me le dire à moi! en face!
« Je l'en défie! » Puis avec un ton que je n'oublierai jamais :
« *Andate via!* Allez-vous-en! » Et il les balaya du geste
comme le Christ chassa les vendeurs du temple. Ce révolution-
naire avait l'horreur du désordre. « Un désordre public, répé-
« tait-il souvent, me fait autant de mal que la vue d'un visage
« difforme. Je ne peux pas plus m'empêcher de me détourner
« de l'un que de marcher contre l'autre. »

— Tous les mots de cet homme-là, dis-je à mon guide, sont
frappés comme des médailles.

— Que direz-vous donc de celui-ci? Le rationnement venait
d'être établi : « La privation qui m'est le plus dure, me dit-il
« un jour, c'est celle du vin; j'en souffre beaucoup. — Est-ce
« qu'il n'y a plus de vin dans la ville? — Non, me répondit-il
« simplement, il n'y en a plus que pour les malades. »

« Enfin, je ne veux pas quitter cette place sans vous raconter
une scène admirable dont j'ai été témoin.

« Manin était à la fois profondément Vénitien et profondément républicain. La république et Venise ne faisaient qu'un
dans son cœur comme elles ne font qu'un dans l'histoire.
Quelle fut donc sa douleur, quand, vers le cinquième mois du
siège, il vit se former un parti considérable et considéré, qui
demandait la fusion de la Vénétie avec le royaume lombard.
Manin se sentit frappé au cœur. La fusion, c'était la mort de la

république et l'effacement de Venise ; mais la fusion était le salut de l'Italie.

« Retiré chez lui, Manin passe une nuit d'angoisse et de torture à peser le pour et le contre de cette terrible question. Le Vénitien et l'Italien se battaient en lui comme deux ennemis sur un champ de bataille. Enfin, après six heures de lutte, l'Italien tua le Vénitien !

« Le matin venu, l'heure de l'Assemblée nationale arrivée, il part pour le Palais ducal ; il pénètre dans la salle, pâle, frissonnant de fièvre ; il monte à la tribune, et d'une voix ferme : « Je viens demander au généreux parti républicain un « grand sacrifice, et je viens l'accomplir avec lui. Il ne s'agit « plus d'opinions politiques, il s'agit de l'Italie. Son unité « avant tout. Je vote pour la fusion. »

Un délire d'enthousiasme éclata dans l'Assemblée. De tous côtés partaient les cris : « Vive Manin ! La patrie est sauvée ! « Vive Manin ! Au vote ! au vote ! » On l'entoure, on se presse autour de lui, on lui baise les mains. Mais tout à coup, il s'affaisse et tombe évanoui, brisé par cet effort surhumain. On l'emporte sans connaissance dans la salle voisine, et il ne revient à lui-même que sous le coup d'une violente douleur. Son héroïque sacrifice avait provoqué la première attaque de la maladie de cœur dont il mourut à Paris quelques années plus tard.

— Vous avez raison, répondis-je ému jusqu'aux larmes, on croit lire une page de Plutarque.

— Changeons de sujet, reprit mon guide, et pour clore

dignement notre pèlerinage. faisons une visite qui vous touchera. Vous voyez en face de la fenêtre d'où Manin parlait au
peuple. trois croisées. avec une enseigne : *Pianos à vendre et
à louer*. Or. savez-vous qui demeure là. qui tient ce magasin
d'instruments? Mme Fanna. la sœur de Manin. celle que nous
appelons la *vedova sorella*. la sœur veuve. Elle est mon amie :
venez. je veux vous présenter à elle!

— Oh! avec grande joie! » m'écriai-je. sans me douter de la
surprise qui m'attendait.

Nous montons. nous entrons. La maîtresse de la maison se
lève à notre arrivée. vient vers nous. et je restai saisi au cœur
en la voyant. Il me sembla le revoir, lui! c'était ce visage
mélancolique et passionné! c'était cette lèvre tremblante!
c'étaient ces yeux voilés par la myopie! c'était ce je ne sais
quoi de pathétique et de désolé qui faisait de la figure de Manin
l'image même de l'exil. « Ma chère madame Fanna. lui dit
mon nouvel ami, je vous présente un Français qui a connu
votre frère. et qui désirait vivement vous être présenté.
M. Legouvé. — Legouvé! Legouvé! s'écria-t-elle tout à coup:
vous êtes M. Legouvé? — Oui. madame. — M. Legouvé, de
l'Académie française? — Oui. madame. — Oh! monsieur!
monsieur!... »

Et voilà une femme qui me prend les mains. qui me les
baise. « C'est vous! c'est vous qui avez parlé de mon frère
dans une séance publique de l'Institut? Vous l'avez donc bien
aimé. que vous l'avez peint si ressemblant? — Mais, madame.
repris-je tout ému, est-ce que vous connaissez ces vers?

— Quelques-uns seulement. La police autrichienne, qui défend tout, aurait puni bien sévèrement la publication de votre poème; mais un journal français, *l'Illustration*, en a cité un court fragment, douze vers à peine, qui ont échappé à la censure. En les lisant, il m'a semblé voir le portrait de mon frère! Ah! le reste, monsieur! Je veux connaître *Un Souvenir de Manin* tout entier. — Hélas! madame, je ne l'ai pas. Je ne me serais jamais hasardé à l'apporter, de peur de me voir interdire l'entrée même de Venise. — Ainsi, vous ne l'avez pas! Ainsi je ne le connaîtrai pas! — Attendez, madame! repris-je après un moment de silence. J'ai une assez bonne mémoire; et quoique ce morceau soit long et que je ne l'aie jamais appris par cœur, je ne désespère pas, en une heure ou deux d'efforts, de le reconstruire tout entier et de l'écrire. Je viendrai vous le lire demain matin. »

Le lendemain j'arrive, avec mes trois cents vers copiés, et notre lecture commence. A mesure que je lisais, elle m'interrompait tout bas, en disant : « Ah! c'est lui! C'est bien lui! » Mais quand vint le passage sur sa fille... sur la mort de sa fille, l'émotion de la pauvre femme devint trop forte : « Assez! assez! me dit-elle. Je ne puis plus! Je ne puis plus! » Puis me prenant le papier des mains : « Il est à moi! n'est-ce pas, vous me le laissez? J'aime mieux le lire seule. J'aurai plus de force! Quand le courage me manquera, je m'arrêterai, et je pourrai recommencer. »

Je lui donnai le manuscrit.

« Maintenant, me dit-elle, je voudrais, à mon tour, faire

quelque chose pour vous. Il y a à Venise. place San-Paterniano,
une maison où je n'ai pas eu le courage d'entrer depuis dix-huit
ans, depuis qu'il est parti en exil. Cette maison a été la sienne
durant vingt ans. Nous irons tous deux. vous et moi. Je connais
le possesseur actuel de son appartement. je vais lui écrire,
et lui demanderai de nous recevoir demain à deux heures. Il ne
me refusera pas. Venez demain. »

A l'heure dite. nous partions ensemble. Elle était silencieuse,
et marchait d'un pas qui voulait être ferme; mais, au débouché
d'une rue étroite. je compris, au tremblement de son bras,
que nous approchions. En effet. au bout de quelques pas,
elle s'arrêta et me dit : « C'est ici. » Nous frappons, nous
entrons. Un petit *cortile* obscur servait de vestibule à un
escalier très simple. Elle s'arrête quelques instants, et regarde
autour d'elle comme pour reprendre possession de ces lieux
quittés depuis si longtemps. Après un court silence : « Voilà la
demeure de celui que quelques misérables ont accusé d'ambition! C'est ici que. pendant ses dix-huit mois de toute-
puissance. il rentrait chaque soir, pour se retremper au milieu
des siens. et pour bien marquer à tous qu'il ne se regardait que
comme un simple citoyen. »

Nous montons jusqu'au second étage. Prévenu de notre
arrivée. le nouveau possesseur, par un sentiment de discrétion
délicate, ne parut pas, et on nous laissa seuls dans l'appartement
librement ouvert. A mesure que la pauvre femme avançait, ses
souvenirs se réveillaient. et son trouble augmentait. Elle allait
comme éperdue, de chambre en chambre, me disant :

« Voici la pièce où couchait sa fille. Voilà le petit salon où
il nous racontait le soir tous les grands événements de la
journée! Là était la salle à manger! Ici, sa chambre à coucher
et celle de sa femme! Oh! voilà son cabinet de travail. »

A ces mots, elle poussa vivement la porte; une émotion bien
cruelle et bien douce l'y attendait. Cette pièce était restée
exactement la même. Celui qui y avait remplacé Manin, était
avocat comme lui, et avait laissé les murs tels qu'il les avait
trouvés. Il avait respecté jusqu'aux traces des scellés posés sur
les armoires le jour où l'on était venu arrêter Manin. La table
de travail était à la même place. Le siège était semblable. Le
maître de la maison écrivait à l'endroit où se tenait d'ordinaire
Manin, entre les deux fenêtres, adossé à la muraille, et un peu
dans l'ombre, de façon que quand cette pauvre femme, dont les
yeux myopes ne distinguaient pas un visage à cinq pas de distance, entendit sortir de cette place une voix qui n'était pas
celle de son frère, ses larmes, jusqu'alors contenues, jaillirent
violemment malgré elle, avec des sanglots, et elle tomba assise
en balbutiant quelques excuses. Remise de son trouble, elle se
leva, et, après un vif remerciement, elle partit. Une fois dans la
rue : « Cette visite m'a fait beaucoup de mal et beaucoup de
bien, me dit-elle, et je suis heureuse de l'avoir faite avec
vous. »

Quelques jours après, j'allais prendre congé d'elle. Nous étions
émus tous les deux. « Je reviendrai, ma chère madame Fanna,
lui dis-je en l'embrassant. Je reviendrai, et dans des jours plus
heureux, j'espère! »

Je revins, en effet, dix ans après. Je revins dans un jour de triomphe, et le triomphateur était Manin! Mais la pauvre femme n'était plus là. Emportée trois ans auparavant, par la même maladie que son frère, elle ne put assister à la journée solennelle du 8 mars 1867, où les restes de l'exilé revinrent d'exil.

.·.

J'ai vu de bien belles cérémonies publiques! une pareille à celle-là, jamais.

Le catafalque fut déposé à l'entrée de Venise, sur une gondole monumentale, toute chargée de tentures, d'emblèmes, de devises, et où se pressaient, à côté d'un orchestre immense, toutes les députations officielles des villes d'Italie ou d'Europe. Je faisais partie de la délégation française. Le ciel semblait avoir voulu se mettre de la fête. Un jour de juin au commencement de mars, un jour qui dura trois jours! La gondole s'engagea, vers dix heures, dans le grand canal et se mit à le descendre lentement, sous les rayons d'un soleil éblouissant. La transparence de l'air, la pureté de l'atmosphère, la limpidité de l'azur, jetaient comme un manteau d'honneur sur le catafalque. Toutes les fenêtres des palais, grandes ouvertes, et remplies de fleurs, étaient pavoisées des couleurs nationales. Pas une place, pas une rue, pas une ruelle, pas une maison, pas une boutique, pas une échoppe, pas une gondole, qui ne fût chamarrée, du haut en bas, de rubans et de bouquets. Femmes, hommes, enfants, riches, pauvres, nobles, peuple, tous étaient dehors, revêtus de leurs habits de fête. Aux représentants officiels se joignaient des milliers de pèlerins volontaires. Il en était venu des plus petits villages, des plus lointains pays. Certes, bien des ressentiments divisaient cette foule de populations si diverses : il y avait bien des animosités de ville à ville, des haines de parti à parti. Florence jalousait Turin. Bologne enviait Milan. C'était un assemblage d'ambitions rivales, d'intérêts opposés et ardents. Eh bien, toutes ces passions égoïstes disparurent comme par enchantement devant ce grand retour; nos pères auraient dit : devant cette grande ombre! Un seul nom sur toutes les lèvres : Manin! une seule pensée au fond de tous les cœurs : Manin! J'ai vu là ce que je n'aurais pas cru possible, trois cent mille êtres humains s'oubliant eux-mêmes pendant trois jours pour se fondre dans un sentiment commun d'admiration et de respect. Oh! c'était bien l'Italie *une*, car c'était l'Italie unie dans un seul nom! Le croirait-on, cependant? Ce ne fut peut-être pas cette pensée qui me toucha le plus profondément dans cette cérémonie. Un fait isolé, un simple détail m'alla droit au cœur autant et presque plus que tout le reste.

La gondole avait abordé à la Piazzetta. Le catafalque fut descendu à terre, et tout à l'entour se forma un cortège qui le conduisit jusqu'à la place Saint-Marc. Là s'élevait une immense estrade sur laquelle devait être déposé et exposé le corps. En tête du cortège marchait un jeune homme, petit de taille, modeste d'aspect, et sans autre distinction de visage qu'une profonde tristesse. Il s'appuyait sur une canne et boitait en marchant.

ARRIVÉ PLACE SAINT-MARC, LE CATAFALQUE FUT PLACÉ SUR UNE ESTRADE. (P. 79)

C'était le fils de Manin.

Rien de plus naturel que sa présence en tête de ce cortège. D'où me vint donc la profonde émotion qui me saisit à sa vue?

Je l'avais connu à Paris, pendant l'exil de son père. Employé dans une administration de chemins de fer, il était travailleur, modeste, consciencieux, mais sans supériorité. Dès que la guerre d'Italie fut déclarée, il partit, s'engagea dans je ne sais quel corps, et apporta dans cette vie de dangers et de dévouement un sentiment bien étrange et bien touchant. La gloire de son père l'écrasait. L'éclat lui en semblait trop grand, le fardeau lui en semblait trop lourd! Il se débattait entre l'ardent désir de faire quelque chose qui fût digne de son nom et la conscience amère de son impuissance. Il ne se sentait propre qu'à être un obscur soldat! Alors, n'ayant que sa vie à donner à son pays, il se jeta follement dans tous les périls. Ne pouvant payer sa dette en grandes actions, il voulut la payer en blessures. Pas un champ de bataille où son sang n'ait coulé, et, la guerre finie, il revint mutilé à Venise, s'enfouit dans le stérile honneur du commandement de la garde nationale, et refusa obstinément de se marier. « Je ne veux pas, dit-il, que ce nom puisse, en se perpétuant, tomber sur des descendants incapables d'en soutenir l'honneur.... C'est assez de moi. »

On comprend qu'un tel blessé, en tête d'un tel cortège, pût m'émouvoir autant que le cortège même.

Arrivé sur la place Saint-Marc, le catafalque fut placé sur l'estrade, et y resta exposé trois jours. Le premier fut consacré au défilé des délégations; le second, aux discours.

On me demanda de parler au nom de la France, et j'eus ainsi
l'honneur de rendre pour la seconde fois, et ce jour-là en
face de vingt mille personnes, un hommage public à cette
grande mémoire.

Qu'on me permette de reproduire ici mes paroles :

Messieurs,

Venise a toujours été célèbre par l'éclat de ses ambassades.
Au XVIe siècle, en France, les Morosini, les Pisani, les Contarini
ont laissé, comme ambassadeurs, des traces impérissables de
leur patriotisme et de leur habileté politique : aujourd'hui
encore, à trois cents ans de distance, ces illustres personnages,
avec leurs titres, leurs richesses, la gravité de leurs visages,
la magnificence même de leurs vêtements, demeurent pour ainsi
dire, dans notre imagination, comme les doges de la diplomatie.

En 1849, Venise, vaincue par la peste et par la famine plus
que par les Autrichiens, Venise, brutalement rayée du nombre
des nations, n'en persista pas moins dans sa tradition glorieuse;
elle voulut avoir et elle eut sa légation à Paris. Seulement
cette légation ne se composait presque que d'un homme,
cet homme était un proscrit, ce proscrit était Manin.

Plus de palais pour ce nouveau représentant de Venise. Plus
de pouvoir. Il n'avait rien. Il n'était rien. Il donnait des leçons
pour vivre. Il demeurait dans un pauvre faubourg. Il était malade et garde-malade. Eh bien, du fond de ce réduit, il repré-
senta son pays aussi glorieusement et aussi efficacement que ses

célèbres prédécesseurs de la Renaissance : et on peut dire que tout l'éclat des ambassadeurs de la grande seigneurie vénitienne s'efface devant les services de cet ambassadeur de l'exil.

Qui, en effet, a posé la première pierre d'alliance entre la France et l'Italie? C'est Manin! Qui a créé un parti italien à Paris? c'est Manin! Qui a conquis nos âmes une à une pour les grouper en faisceau autour de l'Italie? C'est Manin! Certes, l'Italie inspirait déjà aux cœurs généreux plus d'un noble sentiment : la sympathie, la pitié, l'admiration! Manin y en ajouta un autre qui les consacre tous : le respect.

Sa simplicité et son bon sens pratique nous apprirent à aimer l'Italie sous une nouvelle forme, en nous montrant qu'elle pouvait produire même des Washington.

Il meurt! Son influence meurt-elle avec lui? Non! En 1859, quand l'armée française partit pour l'affranchissement de l'Italie comme on part pour une croisade, quel souvenir exaltait toutes les âmes, quel nom vibrait sur toutes les lèvres? Le souvenir de Manin et de Venise, le nom de Venise et de Manin!

Quand le traité de Villafranca nous arrêta court dans l'œuvre de délivrance, qui fit jaillir de tous les cœurs ce cri de douleur et de colère? Toujours ce nom! toujours ce souvenir! On ne pouvait, sans indignation et sans honte, voir laisser hors de la liberté, la ville qui avait le plus mérité d'être libre.

Enfin, en octobre 1866, quand les canons autrichiens disparurent de cette place et disparurent pour jamais, qui vous affranchit? Est-ce la seule influence d'un allié puissant? Non! Est-ce la seule lassitude d'un maître réduit aux abois? Non! Ce

fut encore, ce fut surtout le souvenir de votre héroïque défense
et de votre héroïque défenseur. Oui ! ce souvenir, pesant comme
un remords sur la conscience de l'Europe, vous arracha des
mains de vos oppresseurs, ainsi que l'indignation du monde
a fini par briser l'esclavage en Amérique. Il est, en effet,
des malheurs si grands et si iniques, que leur grandeur
et leur iniquité mêmes en marquent fatalement le terme.
On peut donc dire, sans sortir des bornes de la vérité dont
celui qui est là ne s'écarta jamais, on peut dire que Manin,
même mort, a travaillé pour vous, a triomphé pour vous, et
quoique, en apparence, nous n'ayons rapporté que sa dépouille,
c'est bien lui, en réalité, qui rentre dans Venise comme libé-
rateur ! »

Le troisième jour, on transporta le corps sur le devant
de l'église Saint-Marc, et on le plaça dans un tombeau de
marbre noir, avec cette seule inscription : *Manin.*

Le soir, tout était fini.

Je voulus rester un jour de plus; et mon impression du
lendemain, au réveil, m'est encore présente.

La foule des visiteurs s'était écoulée pendant la nuit. Le
soleil avait disparu, emportant toutes ces splendeurs avec lui.
Les restes de la fête s'en allaient un à un comme une décora-
toin de théâtre; les tentures étaient décrochées, les couronnes
fanées pendaient le long des murs, les fenêtres des palais
s'étaient refermées et éteintes; Venise était redevenue la ville

du demi-silence, de la demi-solitude, de la souriante mélancolie. Jamais elle ne me parut plus charmante. C'est qu'en
effet Venise, reléguée au fond de l'Adriatique, tenue à l'écart
de tout grand mouvement politique et commercial, mais toujours belle de la grâce orientale de ses monuments, de la
pureté de son doux ciel, de l'amusante animation de sa vie
extérieure, Venise reste la seule ville poétique de l'Italie
d'aujourd'hui, l'idéale image du délicieux autrefois! Aussi, le
soir, quand, me promenant sur la place de Saint-Marc, je vis
le nom de Manin inscrit sur le seuil de la cathédrale, il me
sembla que ce nom ajoutait une beauté suprême à tant de
beautés, car il représente la liberté présente de Venise et sa
dernière gloire passée.

VI

UNE VISITE A MADAME PASTA

C'était vers 1858, je partais pour l'Italie, Rossini me dit :
« Allez donc voir Mme Pasta, à sa villa du lac de Côme. Je ne
vous remets pas de lettre pour elle. Dites-lui mon nom, donnez-
lui le vôtre, et vous serez le très bien venu, c'est une bonne
femme. »

Quelques jours plus tard, un matin, je montais dans le petit
bateau amarré aux marches de l'hôtel d'Angleterre, sur le lac de
Côme, et je me faisais conduire chez Mme Pasta. J'arrive, je
donne ma carte au domestique, j'entre sur ses pas, et je vois
au milieu d'un assez joli salon, entourée de deux ou trois visiteurs, une bonne grosse femme, avec de forts sourcils noirs,
un peu de moustache, le teint rouge, les traits réguliers,
enfouie dans son fauteuil, et fort empressée, voire même fort
empêchée à attraper son lorgnon, perdu probablement derrière
son dos et dont elle avait grand besoin pour lire mon nom sur

ma carte, car elle était très myope. J'entrai trop tôt pour qu'elle
pût achever sa recherche, et elle resta, ma carte à la main,
sans savoir qui j'étais. J'en profitai, pour m'amuser un peu. Au
nom de Rossini, son visage s'épanouit, et je retrouvai quelque
chose de celle que j'avais tant admirée dans *Anna Bolena*, dans
Desdemona, dans *Tancrède* et dans Amina de *la Sonnambula*.

Je mis la conversation sur la musique italienne. J'étais sur
mon terrain. Pendant trois ans, je n'avais pas manqué, tout le
temps que je passais à Paris, une seule représentation du
Théâtre-Italien. J'appartenais à la catégorie des dilettantes pas-
sionnés : section des fanatiques. Je commençai par lui parler
d'elle, de chacun de ses rôles. J'entrai dans le détail du caractère qu'elle donnait aux divers personnages, et de ses effets
particuliers d'actrice ou de cantatrice ; je lui citai même
quelques représentations où elle s'était élevée au-dessus d'elle-
même. A mesure que je parlais, je la voyais jeter un regard de
côté sur ma carte, pour tâcher de lire mon nom, et se disant :
« Qu'est-ce que c'est que cet homme-là?... » Je poursuivis
alors, la comparant à la Malibran, à Mlle Sontag, à Mme Pisa-
roni, tâchant de définir le talent de chacune d'elles, et plus je
parlais, plus sa curiosité redoublait, plus elle interrogeait cette
maudite carte... muette pour ses mauvais yeux.

Après un quart d'heure ou vingt minutes de mon petit feu
d'artifice dramatico-lyrique, je m'en allai ; je sautai vivement
dans mon bateau, et je repartis pour l'hôtel d'Angleterre ; mais
je n'étais pas encore arrivé, que j'entendis, derrière moi, venir
à grand renfort de rames, une autre embarcation, d'où l'on

me hélait; je me retournai. c'était le batelier de Mme Pasta.

« Monsieur! Monsieur! Madame est désolée! Madame ne savait pas qui était Monsieur! Madame va venir voir Monsieur tout à l'heure!

— Du tout! Du tout! C'est moi qui retourne. »

Une demi-heure après, je rentrai dans son salon, elle me saute au cou!

« Ah! mon cher ami!... (nous ne nous étions jamais vus) vous m'avez fièrement intriguée! Allons! mettez-vous là, et causons. » Alors je compris bien ce que voulait dire le mot de Rossini, dont les mots voulaient toujours dire quelque chose : *C'est une bonne femme.* Nous ne connaissons guère cela en France. Nous avons beaucoup de femmes très bonnes; nous avons très peu de bonnes femmes, surtout chez les artistes. De la bonté tant qu'on veut. De la bonhomie très rarement. Il reste toujours, chez les artistes françaises, un fond de coquetterie, un fond de jolie femme... dont Mme Pasta était absolument dépourvue.

Je ne pouvais en croire mes yeux. Quoi! C'était là cette reine! Voilà ce qu'était devenue cette noblesse de physionomie, cette beauté d'attitudes! cette grâce de souveraine que Talma admirait tant! Elle avait l'air d'une bonne bourgeoise. Aucune recherche de toilette : aucune défense contre les atteintes de l'âge.

« Voyez-vous, mon cher ami, me dit-elle, tous les matins je me lève à huit heures, et je vais arroser mes légumes; mais comme l'herbe est très mouillée, je mets des bottes, et elle ajoutait en riant aux éclats : *je m'habille en zouave!*.. Mais il ne s'agit pas de tout cela; causons un peu de notre art, si vous voulez bien. J'ai lu dans les journaux que vous aviez fait, pour Mme Ristori, une Médée qui a eu un très grand succès.

— Oui, lui répondis-je, sans fausse modestie, et j'en suis très heureux.

— C'est que, moi aussi, j'ai joué une Medea de Mayer; c'était un de mes plus beaux rôles : je voudrais savoir ce que faisait la Ristori. D'abord, son costume?

— Un costume antique dessiné par Scheffer, d'après un vase grec.

— Très riche?

— Non! très simple. D'une couleur un peu sombre, et se déployant avec une grande ampleur.

— Et sa coiffure?

— Des cheveux.

— Pas de diadème?

— Non! Elle avait copié une tête de Méduse sur une médaille antique; et une masse de cheveux, tombant de chaque côté du visage en boucles très enroulées, ressemblait à un amas de petits serpents. C'était terrible.

— Moi, j'avais un diadème, composé avec beaucoup de soin et de travail. J'y avais mêlé des pierres précieuses et des lames de métal, rouges et bleues, pour figurer des flammes! Je voulais, en entrant, avoir l'aspect d'une sorcière.

— C'est que votre Médée était une sorcière.

— Sans doute, et la vôtre?

— La mienne était une femme et une mère.

— La mienne aussi.

Oui, mais moi, j'avais résolument mis de côté le char, la baguette magique, les dragons ailés, les évocations, et j'avais concentré tout mon travail dans la peinture du cœur de Médée, de ses désespoirs, de ses ressentiments, de ses fureurs; seulement, pour lui laisser son caractère tragique et épique, j'en avais fait, non pas une Grecque, mais une barbare. J'avais, pour ainsi dire, ramassé autour de sa figure et de son âme tous les orages des bords de la mer Noire: j'avais fait d'elle une sorte de prêtresse des sanguinaires divinités de la Tauride. »

Mme Pasta m'écoutait avec une extrême attention, comme tâchant de reconstruire cette nouvelle Médée; tout à coup, elle me dit :

« Mon cher ami, voulez-vous me faire un grand plaisir?

— Certes.

— Lisez-moi les scènes capitales de votre pièce.

— En français?

— En français, mais en m'expliquant les intentions et les effets de Mme Ristori.

— Rien de plus facile, car j'ai là un exemplaire que j'avais apporté pour vous l'offrir, et nous avons tellement travaillé le rôle, syllabe à syllabe, avec mon admirable interprète, que je peux vous la rendre toute vivante!... Mais permettez-moi d'y mettre une condition.

— Laquelle?

— C'est que, quand j'aurai fini, à votre tour vous me chanterez quelques passages de votre Medea.

— Mais, mon cher ami, je ne chante plus.

— Eh bien! vous chanterez pour moi, comme je lirai pour vous.

— Soit, j'accepte. »

Je commençai. Tout en lisant, je lui racontais tous les jeux de scène de Mme Ristori, je lui reproduisais même quelquefois les intonations en italien. Je tâchais enfin, de toutes manières, de la faire assister, en quelque sorte, à la représentation. Elle me suivait avec une intelligence passionnée, m'interrompant de temps en temps pour me dire :

« Je suis fâchée qu'on ne m'ait pas donné ce sentiment-là! ça aurait été beau à chanter!... »

Après plus d'une heure de lecture, je m'arrête et je lui dis : « A vous. »

Elle se mit au piano; à peine assise, aux premières notes, son visage se transfigure, ses sourcils frémissent, sa bouche se relève, tous ses traits prennent une expression de grandeur pathétique. La cantatrice d'autrefois surgit devant moi; il me semblait qu'une baguette de magicien l'avait touchée et métamorphosée. J'avais raison. Ce magicien, c'était l'art! Tout grand artiste rajeunit dès qu'il se retrouve en face du dieu. J'ai vu Bouffé, plus que septuagénaire reparaissant dans une représentation extraordinaire. Il y fut merveilleux de verve, d'esprit, d'entrain.... Il avait trente ans! La pièce finie, je cours à sa loge pour lui faire mes compliments; je trouve un homme vacillant sur ses jambes, la tête branlante, les membres tremblants, la parole incertaine... Il avait cent ans. Mme Pasta m'offrit ce

spectacle de rajeunissement. Certes, la voix était affaiblie. les
notes hautes quelque peu effritées, l'exécution imparfaite; mais
il y restait ce qu'on admire dans telle fresque à moitié détruite
de Léonard de Vinci, la beauté de la ligne... *le style!* Ainsi
entendu de tout près. ce chant à demi murmuré avait quelque
chose d'indéfini, de mystérieux, qui ajoutait le charme du rêve
à la réalité de mon impression. et je partis. emportant en moi
une image inoubliable de celle qui fut la Pasta!

VII

UN AMI DE ROSSINI

Il y a quelques années s'éteignait, à Paris, un homme complètement obscur dont les obsèques avaient attiré un nombre considérable d'artistes éminents. Les quatre cordons du char très modeste, qui renfermait ses restes, étaient tenus par un de nos premiers peintres, par deux des plus illustres représentants de l'art théâtral, et par un membre de l'Institut. Tous quatre accompagnèrent le cercueil à pied jusqu'au cimetière Montparnasse, où se retrouvèrent tous les assistants de la cérémonie religieuse; oui, tous, même les femmes. Quel était donc cet homme inconnu qui inspirait un intérêt et une sympathie réservés d'ordinaire aux personnages marquants? C'est ce que j'essayai d'exprimer dans ces quelques paroles adressées à ses amis, devant cette tombe :

« Permettez-moi, avant de nous séparer, de vous parler un moment de celui que nous regrettons. Jouault, vous le savez, ne

possedait aucun des avantages qui distinguent un homme des
autres hommes; il n'avait ni une grande fortune, ni une grande
naissance, ni une position élevée dans le monde, ni une réputation éclatante, ni un talent distingué quelconque, ni même un
esprit remarquable; d'où vient donc ce cortège d'artistes d'élite
autour de son cercueil? De ce que Jouault fut un des êtres les
plus rares de notre temps. Il a connu toutes les émotions, toutes
les agitations qui nous travaillent, nous tous, artistes de tout
genre; seulement il les a connues, non pour son compte, mais
pour le nôtre. Les premières représentations de ses amis étaient
les siennes; une œuvre nouvelle de G. Doré, un cours de Samson, une reprise de *Moïse* ou de *Sémiramide*, la rentrée d'un
des grands artistes de la Comédie-Française, et pourquoi ne le
dirais-je pas, un ouvrage de moi devenaient pour lui autant d'évé·
nements personnels. Le lendemain d'un succès, qui voyions-nous
entrer chez nous, le premier, avant le jour? Jouault. Il arrivait
tout chargé d'une moisson d'éloges, qu'il avait récoltés sous le
péristyle, dans les corridors, voire même dans la rue en suivant
les groupes. L'ouvrage avait-il quelque peu chancelé? Jouault
arrivait encore plus tôt, non pour nous consoler de notre
défaite, il n'en convenait jamais! il n'y croyait jamais! mais
pour nous prédire un lendemain éclatant. Cher et bon être!
Lui aussi, il a eu la passion de la gloire, mais de la gloire des
autres; et enlevant ainsi à ce grand sentiment la seule tache
qui le dépare, l'égoïsme, il a trouvé le moyen de faire avec une
passion, une vertu.

« C'est ce que je pensais hier encore, en lui serrant la main pour la dernière fois, dans cette petite chambre si modeste, si haute d'étage, de la rue de Cléry. Dans cet appartement, pas un objet de luxe, pas un meuble élégant, rien qui annonçât même le confortable, mais, pour seul ornement, les murailles étaient couvertes de portraits d'artistes célèbres, avec un mot de dédicace à Jouault: c'était sa galerie, son orgueil, sa joie; et sur la paroi principale figurait à la place d'honneur, l'image de Rossini avec ces mots : « Rossini à son ami Jouault »

« Jouault n'aurait pas échangé cette photographie-là pour un dessin de Raphaël. Et il avait bien raison! car ce mot n'était pas une vaine formule de politesse mondaine. Rossini a vraiment aimé Jouault. Au milieu de la foule d'admirateurs, souvent illustres eux-mêmes, qui se pressait autour de lui, Rossini avait choisi cet homme obscur et sans nom pour en faire son ami intime, son ami de tous les jours, le compagnon de toutes ses promenades, le confident de toutes ses préoccupations. Pourquoi? parce que, avec le goût naturel du génie pour les choses exquises, il ne se sentait nulle part plus à l'aise, plus en confiance qu'auprès de ce brave cœur qui ne battait jamais pour lui-même. Du reste, la façon dont Jouault se servit de l'amitié de Rossini suffit à le peindre. Au lieu d'en faire de l'orgueil, il en a fait du bonheur et de la charité. Le rayonnement de ces grands noms est tel, qu'il jette comme un éclat de reflet sur ceux qui les approchent. On devient quelqu'un, rien qu'à être à côté d'eux. Jouault le savait bien, car il y avait beaucoup de finesse mêlée à sa simplicité, et il souriait tout bas de quelques attentions un peu intéressées dont il était l'objet et dont on le croyait dupe; mais lui n'y trouvait qu'un motif pour aimer davantage celui qui les lui valait. Combien de services n'a-t-il pas rendus à l'aide de ce titre d'*ami de Rossini* dont il était si fier, sans jamais en être vain! Nous l'avons tous vu à l'œuvre dès qu'il s'agissait d'un artiste à protéger, d'un concert à patronner. Quelle activité! quelle persistance! Il avait le plus difficile des courages... il plaçait des billets! et il avait un autre mérite assez rare chez ceux qui en placent, il en prenait. Ce n'est pas qu'il fût riche; sa petite fortune eût paru à beaucoup d'autres de la pauvreté; mais, grâce à sa simplicité de goûts et à sa générosité naturelle, il ne recueillait jamais de pièces d'or sans y mêler sa pièce d'argent; une bonne œuvre lui eût semblé incomplète s'il se fût contenté de la faire faire.

« Madame de Sévigné a caractérisé d'un mot charmant l'obligeance infatigable, l'ubiquité officieuse d'un de ses amis, M. d'Hacqueville : elle l'appelait *les d'Hacqueville.* Jouault a mérité d'être nommé, lui aussi, *les Jouault.* Dans ce monde, où toutes les carrières sont, dit-on, envahies, il en avait trouvé une où il marchait sans rencontrer d'encombrement : il s'était fait un état de l'enthousiasme et de l'amitié; et si, comme je le crois, la mort ne rompt pas tous les liens, soyez sûrs qu'il est ici en ce moment avec nous, ému de nos regrets, nous écoutant, nous remerciant, à moins qu'il ne soit déjà occupé, là où il est, à faire les affaires des autres, peut-être les nôtres ; car. pour les siennes, il n'a pas à s'en mêler; il les avait faites dès ce monde-ci, et croyez bien qu'en arrivant il a trouvé sa place marquée d'avance, et parmi les meilleures. »

ÉTUDES LITTÉRAIRES

ET DRAMATIQUES

1

LES DOMESTIQUES AU THÉATRE

Domestiques est un des mots les plus riches de notre langue.
Il a une noble origine : il vient de *domus* qui signifie à la fois
la famille et le toit qui l'abrite. Dans l'antiquité, *domestici*
comprenaient, outre les serviteurs, les clients, les affranchis,

presque les amis. Au moyen âge et dans le monde moderne,
le sens se précise et se circonscrit. *Domestique* veut dire
un homme attaché au service personnel, corporel d'un autre
homme. Ainsi restreint dans sa signification, ce nom répond
encore à une infinie variété de fonctions et de costumes.
Celui qui le porte revêt tour à tour l'armure, l'habit de cour,
la livrée. C'est à la fois un signe de noblesse et un signe de
vasselage. Le page qui tient la robe de sa maîtresse, l'écuyer
qui chausse son maître est un gentilhomme faisant office
de domestique. Le grand seigneur, qui passe la chemise au
roi, fait à la fois office de prince et office de domestique. Le
grand-électeur de Brandebourg, qui, dans certaines circonstances
solennelles, versait le vin dans la coupe de l'empereur, était
un souverain remplissant une fonction de domestique.

Si nous quittons le monde royal, féodal, pour entrer dans
les époques plus modernes, dans les classes moyennes, la
domesticité nous apparaît comme constituant dans la société
un état à part, une classe à part, qui a des sentiments, des
vices, des vertus absolument particuliers. Je la comparerais
volontiers à un des quartiers des villes du moyen âge : quartier
des orfèvres, quartier des boutiquiers, quartier des juifs. La
domesticité est une sorte de *ghetto*.

L'étude psychologique de cette classe, suivie dans l'histoire
à travers les siècles, formerait certes un livre nouveau et
curieux; je ne vise pas si haut. Je voudrais simplement écrire
ici un petit chapitre de ce livre, en retraçant le rôle des domestiques au théâtre depuis Louis XIV. Je me bornerai à quatre

grands noms : Molière, Regnard, Le Sage, Marivaux. Je cher-
cherai dans leur œuvre quelle place y occupe la domesticité,
quels renseignements elle nous donne sur leur époque, et je
finirai par un coup d'œil sur le rôle que jouent au théâtre et
dans la famille les domestiques d'aujourd'hui.

MOLIÈRE

Un premier fait me frappe : c'est la différence immense qui
existe, dans Molière, entre les valets et les servantes. Ce ne
sont pas seulement deux sexes, ce sont deux races. On dirait
des gens appartenant à des époques, à des nations différentes;
tout chez les valets porte un caractère exotique, tout, même
les noms : Crispin, Scapin, Mascarille, Sbrigani, Scaramouche
sont autant de dénominations de fantaisie, autant de fantoches
de théâtre, que Molière a ramassés dans la comédie latine,
dans la comédie italienne, dans la comédie de la foire; il
leur a sans doute ajouté mille saillies, mille inventions
comiques, mais, en réalité, ils ne sont pas nés de lui et ne
représentent ni son génie ni son temps.

Une seule exception, vraiment admirable, mérite de nous
arrêter un instant. C'est un valet qui a une âme, une conscience, qui a même une minute d'héroïsme, c'est Sganarelle
du *Festin de Pierre*. Quelle création! Il me rappelle Sancho
Pança. Cervantès a mis en regard et en lutte la chimère et le
bon sens, l'idéal et le positif : Don Quichotte passe sa vie à
monter en ballon, et Sancho à tirer la ficelle pour le ramener
à terre. Molière, à côté de Don Juan débauché, athée, cynique,

hypocrite et méchant, a placé Sganarelle bon, honnête, naïf
et poltron. Son honnêteté native se révolte contre les théories
et les actions monstrueuses de son maître, et l'indignation
le pousse en avant, mais sa poltronnerie le retient en arrière....
Les coups de bâton qu'il voit planer au-dessus de sa tête,
arrêtent les paroles sur ses lèvres au moment où il va parler,
et cependant il parle! mais avec quelles précautions, quelles
circonlocutions! Ce sont les tiraillements les plus comiques
entre sa couardise et sa conscience, les compromis les plus
amusants entre ses terreurs et ses scrupules, jusqu'à ce qu'enfin
son cœur éclate! Voyant Don Juan non seulement athée et
hypocrite, mais fils impie, il n'y tient plus. Son indignation
brise tout : « Oh! s'écrie-t-il, cette dernière abomination
m'emporte, et je ne puis m'empêcher de parler. Faites de
moi ce qu'il vous plaira! Battez-moi, assommez-moi de coups,
tuez-moi, il faut que je décharge mon cœur. » Et là-dessus, le
voilà parti en une démonstration de l'existence de Dieu, de
l'immortalité de l'âme, de la damnation des scélérats comme
Don Juan, où se mêlent d'une façon si étourdissante, l'enthousiasme et le grotesque, la folie et l'éloquence, que j'entends
encore le formidable éclat de rire qui secouait toute la salle,
quand M. Samson jouait cette scène et ce rôle. Molière n'en
a pas écrit de plus original. Malheureusement il se perd au
milieu de cette cohue de coquins ténébreux qui ont pris pour
devise :

Vivat Mascarillus, furbum imperator.

Changeons de sexe, quelle métamorphose! On dirait un monde nouveau. Voilà devant nous tout un peuple sensé, dévoué, spirituel, rieur, honnête. Pas une vertu dans les valets de Molière, sauf Sganarelle. Pas un vice dans ses servantes, et en même temps quel feu! quelle vie! quelle vérité! quelle individualité! Autant de personnages, autant de personnes. Les valets ne nous apprennent rien sur leur époque. Les servantes nous montrent en action un des traits les plus caractéristiques de la famille bourgeoise au XVII° siècle. Oh! elles font bien leur office de servantes, elles nous ouvrent la porte de la maison. Entrons-y donc avec elles, pénétrons dans cette *familiarité familiale* qui unissait alors maîtres et servantes, et, pour nous rendre compte du rôle considérable que joue la domesticité dans l'œuvre de Molière, prenons *Dorine*, *Nicole*, *Martine* et *Toinette*.

DORINE

De tous les personnages de *Tartufe*, quel est le plus important? Tartufe. Après Tartufe? Elmire. Après Elmire, ou plutôt avec Elmire? Dorine. C'est elle que Molière pose résolument dès la première scène comme l'adversaire de l'ennemi commun. C'est elle qui l'attaque vis-à-vis de Mme Pernelle, elle qui le démasque aux yeux de Cléante, elle enfin qui, perçant d'un coup d'œil le fond de l'âme du scélérat, lance ces vers sur lesquels repose toute la pièce :

> Je crois que de Madame il est, ma foi! jaloux.
> Il pourrait bien avoir douceur de cœur pour elle.
> Plaise à Dieu qu'il soit vrai! la chose serait belle!

L'action s'engage. Orgon veut marier Tartufe à sa fille.
Qui prend feu la première contre ce monstrueux mariage?
Dorine. Qui part en guerre avec ou contre tout le monde?
Dorine. Elle ne craint rien, elle ne ménage personne, elle
suffit à tout. Son maître exalte Tartufe devant elle; elle lui
répond en criblant son idole de railleries et de lardons! Il
lui ordonne de se taire; elle se moque de ses ordres! Il la
menace de la chasser; elle éclate de rire!... La chasser! elle?
Comme si elle pouvait s'en aller! Elle est immeuble par des-
tination.

Après son maître, les amoureux. Valère se désespère; elle
console Valère. Mariane faiblit; elle soutient Mariane. Tous
deux se brouillent au second acte; elle les réconcilie, elle les
fiance, et tout cela avec un mélange de bon sens, de gaieté,
d'esprit, d'éloquence, de tendresse, qui fait de ce second
acte une pièce tout entière où elle joue le principal rôle.

Vient le troisième acte. Entre en scène, pour la première fois,
le personnage depuis si longtemps annoncé.... Tartufe paraît.
Qui trouve-t-il en face de lui sur le seuil de la porte? Dorine.
Dès le premier mot, l'hypocrisie de Tartufe éclate, et, dès le
premier mot aussi, Dorine lui arrache son masque et l'écrase
sous des vers immortels, que je n'ai pas besoin de citer, car
tout le monde les sait par cœur.

Ce qu'il y a d'admirable dans ce hardi sarcasme, c'est qu'il
va droit au vice du misérable! Enfin quand a lieu la demande
du rendez-vous, c'est elle qui parle au nom d'Elmire, c'est elle
qu'Elmire a chargée de ce message.

DÈS LE PREMIER MOT, DORINE LUI ARRACHE SON MASQUE. (P. 104)

Qu'est donc cette Dorine pour avoir une telle importance dans la maison? Comment y est-elle arrivée?

Je m'imagine volontiers qu'il y a quelques vingt-cinq ou trente ans, la première femme d'Orgon l'a prise tout enfant; que, la voyant intelligente et honnète, elle s'est plu à la former; qu'atteinte par la maladie, elle a trouvé en elle une *garde-malade filiale*; qu'elle lui a recommandé ses enfants en mourant, que Mariane et Damis ont été élevés par elle, qu'elle a aidé Orgon veuf à tenir le ménage, et qu'enfin la jeune et aimable Elmire a, du premier jour, deviné et rencontré en elle la plus utile auxiliaire dans son rôle difficile de belle-mère. Ainsi, grandissant de devoirs en devoirs, Dorine est devenue, sous la plume de Molière, le modèle accompli de la domesticité féminine. En elle se résument ces êtres impersonnels qui s'inféodent à la vie des autres, n'ont pour maison que la maison des autres, n'ont pour intérêts que les intérêts des autres. Dorine n'a jamais songé à se marier quand elle était jeune, et elle y songera encore moins aujourd'hui. A quoi bon? Est-ce qu'après avoir élevé Mariane elle n'a pas les enfants de Mariane à élever?

.⁎.

Après Dorine, Nicole du *Bourgeois Gentilhomme*.

Dorine est une suivante, Nicole est une servante. Dorine est une vraie fille de Paris, Nicole est une paysanne. Dorine a pour maître un riche bourgeois qui a eu rang dans l'armée, Nicole sert un simple marchand. Nous descendons du salon dans la

14

boutique, et avec ce changement de lieu et de milieu, la familiarité entre les maîtres et les serviteurs s'accentue.... Nicole ne
s'escrime-t-elle pas avec son maître? Le langage s'empreint
d'une vulgarité plus pittoresque; Nicole est encore plus *forte en
gueule* que Dorine; mais toutes deux plaident la même cause
et ont les mêmes clients, le *bon sens* et les *amoureux*.

Ce rôle de Nicole a un curieux point de départ. On se rappelle
la première scène entre elle et M. Jourdain, son explosion de
rire à la vue de l'accoutrement de son maître, ce formidable
hi! hi! qui recommence toujours, fait tous les frais du dialogue,
et stigmatise bien plus énergiquement le travers du bourgeois
gentilhomme que tous les discours du monde. C'est un trait de
génie que ce *hi! hi!* Or, ce trait de génie est un coup de hasard.
Molière avait dans sa troupe une soubrette, Mlle Beauval,
qui déplaisait souverainement à Louis XIV. « Votre Mlle Beauval, est insupportable, disait-il au poète; comme elle a de belles
dents, elle veut les montrer, et elle rit à tout propos. Congédiez-
la, je n'en veux plus. » Le poète s'incline sans répondre. Il
commençait à ce moment *le Bourgeois gentilhomme*. Tout en
rêvant, il se dit : « Congédier Mlle Beauval, je m'en garderai
bien! Le roi trouve qu'elle rit trop : eh bien! je la ferai rire
encore davantage. J'utiliserai son défaut, et son défaut, devenu
une qualité, fera son succès et le mien. » Ainsi arriva-t-il. Ce
fameux *hi! hi!* fut un des grands effets de la pièce, et Louis XIV,
après la représentation, dit à Molière : « Je garde votre actrice,
elle est excellente. » Cela me rappelle un joli mot de Scribe :
« Mon ami, me dit-il un jour, il est bien plus sûr de travailler

pour les défauts des acteurs que pour leurs qualités : leurs qualités les abandonnent quelquefois, leurs défauts jamais. »

Le rôle de Nicole, après cette scène du rire, n'en a plus qu'une, la leçon d'escrime et de grammaire. J'y veux relever un trait bien particulier, et qui rentre directement dans notre étude.

Dorine, dans *Tartufe*, soutient seule la lutte, Nicole a une auxiliaire. Qui? Sa maîtresse, Mme Jourdain. Elles combattent ensemble, côte à côte, et c'est de l'alliance de ces deux bons sens, bon sens de la bourgeoise et bon sens de la campagnarde, que partent les plus rudes assauts contre le ridicule de M. Jourdain.

MADAME JOURDAIN.

Pour moi, je suis scandalisée de la vie que vous menez. Je ne sais plus ce que c'est que notre maison. On dirait qu'il est céans carême-prenant tous les jours; et, dès le matin, de peur d'y manquer, on entend des vacarmes de violons et de chanteurs, dont tout le voisinage se trouve incommodé.

NICOLE.

Madame parle bien. Je ne saurais plus voir mon ménage propre avec cet attirail de gens que vous faites venir chez vous. Ils ont des pieds qui vont chercher de la boue dans tous les quartiers de la ville pour l'apporter ici, et la pauvre Françoise est presque sur les dents, à frotter tous les planchers que vos biaux maîtres viennent crotter régulièrement tous les jours.

MONSIEUR JOURDAIN.

Ouais! notre servante Nicole, vous avez le caquet bien affilé pour une paysanne!

MADAME JOURDAIN.

Nicole a raison; et son sens est meilleur que le vôtre. Je voudrais bien savoir ce que vous pensez faire d'un maître à danser, à l'âge que vous avez.

NICOLE.

Et d'un grand maître tireur d'armes, qui vient, avec ses battements de pied, ébranler toute la maison, et me déraciner tous les carriaux de notre salle.

MONSIEUR JOURDAIN.

Taisez-vous, ma servante et ma femme.

MADAME JOURDAIN.

Est-ce que vous voulez apprendre à danser pour quand vous n'aurez plus de jambes?

NICOLE.

Est-ce que vous avez envie de tuer quelqu'un?

Je m'arrête, ma démonstration est faite; et puis, si je ne m'arrêtais pas, je citerais tout. Une fois engagé dans la lecture de tels chefs-d'œuvre, on est pris comme dans un engrenage. Il faut s'en arracher pour en sortir.

Un dernier mot. Le rôle de Nicole est un des plus brillants du répertoire de Molière. Il rayonne sur la pièce comme une sorte de météore, c'est un éblouissement. Or sait-on ce qu'il tient de place sur le papier? quarante lignes à peine! il en tient plus de trois cents dans notre imagination. Preuve frappante que le théâtre est un art qui a ses lois d'optique particulières. Tout ce qui se produit sur la scène y change de proportions. Tel mot y vaut une page, telle page n'y vaut quelquefois pas un mot. Je ne puis mieux comparer ce rôle de Nicole qu'à une de ces fusées, dont la gaine de carton mesure à peine 3 ou 4 centimètres, contient au plus quelques milligrammes de poudre, et qui, une fois lancées dans le ciel, y éclatent en gerbes éblouissantes et remplissent tout l'horizon.

.·.

Après Nicole, Martine des *Femmes Savantes*.

Martine nous fait à la fois monter et descendre d'un degré. Sans doute, son maître Chrysale nous ramène dans la haute bourgeoisie, mais elle, elle nous jette en pleine rusticité. La

paysannerie de Nicole s'était plus ou moins frottée au langage,
aux habitudes de la ville. Martine est une pure fille de campagne, et avec elle entre dans la comédie en vers. le patois:
c'est-à-dire un vocabulaire de plus. une richesse de plus. une
arme de plus dans la main du poète. Rien de plus saisissant
comme contraste que la première rencontre entre Philaminte et
Martine. C'est une véritable bataille! Jargon contre jargon!
Cette grèle de solécismes. de barbarismes. de dictons popu-
laires, de contresens qui sont des mots de bons sens. d'exclamations burlesques qui sont des cris de nature. tombant au
milieu de ces afféteries de langage. en font ressortir le ridicule
avec un relief incomparable. Les répliques de Martine cinglent
chaque phrase de Philaminte comme autant de coups de fouet.
qui se répercutent dans la salle en éclats de rire. Ajoutez,
chose merveilleuse! que ce patois s'exprime en vers excellents,
frappés comme des médailles. où la poésie ne coûte rien à la
vérité. et où la vérité n'enlève rien à la poésie. Je ne rappellerai
que pour mémoire ces vers charmants :

> Mon Dieu ! Je n'avons pas étugué comme vous,
> Et je parlons tout droit. comme on parle cheux nous!
> . . . .
> Qui parle d'offenser grand-père ni grand'mère?
> . . . .
> Qu'il vienne de Chaillot. d'Auteuil ou de Pontoise,
> Cela ne me fait rien !
> . . . .
> . . . .

Mais la fin de la scène appelle une remarque particulière

> PHILAMINTE, à Chrysale. avec colère.
> Vous ne voulez pas, vous. me la faire sortir?

CHRYSALE, *avec crainte.*

Si fait.

(*A Martine, tout bas.*)
Va! ne l'irrite point; retire toi, Martine.

PHILAMINTE.

Comment! Vous avez peur d'offenser la coquine?

CHRYSALE.

Moi? point!

(*A Martine, avec force.*)
Allons! Sortez!

(*Tout bas.*)
Va-t'en, ma pauvre enfant.

Ce dernier vers n'est-il pas délicieux? Le pauvre homme revit là tout entier, avec sa bonté et sa faiblesse. Molière excelle ainsi à refléter les principaux personnages dans des personnages secondaires, comme dans des miroirs convergents.

Cette fin a un autre avantage : elle prépare merveilleusement la seconde partie du rôle de Martine. Ce rôle est d'une conception très singulière. Il n'a que deux scènes, mais ces deux scènes forment une antithèse complète. On dirait presque deux personnages différents. Au second acte, Martine parle en paysanne, et sort en pleurant, humble, chassée. Au cinquième, elle rentre au bras de Chrysale, triomphante, soutenue par son maître et le soutenant! Auxiliaire de son maître, et adversaire de sa maîtresse! Nous avons bien toujours devant nous Martine, le bon sens de Martine, la verve prime-sautière de Martine, mais quelle métamorphose d'idées, de sentiments, de langage! Molière l'élève au rang des Ariste, des Cléante. La raison parle par sa bouche. « Ne craignez rien, dit-elle tout bas à Chrysale,

　　　　　　　　　　　　　　　　J'aurai soin
De vous encourager, s'il en est de besoin.

La scène du contrat commence.

Philaminte ordonne au notaire d'inscrire le nom de Trissotin comme futur. Chrysale, soutenu du coude par Martine, ordonne d'inscrire le nom de Clitandre. Il parle ferme, il est au début de la scène; mais, au bout de quelques répliques, il commence à faiblir, il est près de céder.... Martine le sent, elle voit tout perdu. Alors, hardiment, elle prend le milieu du théâtre, et se jette dans la mêlée! C'est un général qui accourt sur le champ de bataille, avec des troupes fraîches.

MARTINE.

Ce n'est point à la femme à prescrire, et je sommes
Pour céder le dessus en toute chose aux hommes.

CHRYSALE, *avec énergie.*

C'est bien dit.

MARTINE.

Mon congé cent fois me fût-il hoc,
La poule ne doit point chanter devant le coq.

CHRYSALE.

Sans doute.

MARTINE.

Et nous voyons que d'un homme on se gausse
Quand sa femme chez lui porte le haut-de-chausse.

CHRYSALE.

Il est vrai.

MARTINE.

Si j'avais un mari, je le dis,
Je voudrais qu'il se fît le maître du logis;
Je ne l'aimerais point s'il faisait le jocrisse,
Et si je contestais contre lui, par caprice,
Si je parlais trop haut, je trouverais fort bon
Qu'avec quelques soufflets il rabaissât mon ton.

S'imagine-t-on la stupéfaction, l'indignation, la rage de
Philaminte, en entendant ces paroles de bravade sortant de
la bouche de sa servante, et en voyant Chrysale ajouter d'un
air de triomphe :

> C'est parler comme il faut.

La scène se poursuit, le débat s'accentue. Le rôle de Martine
s'élève. Molière sait sans doute, avec un art infini, semer çà
et là quelques termes de patois, pour rappeler la Martine du
début, mais le fond du langage appartient à la haute comédie.

> Il lui faut un mari, non pas un pédagogue ;
> Et, ne voulant savoir le *grais* ni le latin,
> Elle n'a pas besoin de Monsieur Trissotin.
>
> CHRYSALE.
>
> Fort bien !
>
> PHILAMINTE.
> Il faut souffrir qu'elle jase à son aise.
>
> MARTINE.
> Les savants ne sont bons que pour prêcher en chaise :
> Et pour mon mari, moi, mille fois je l'ai dit,
> Je ne voudrais jamais prendre un homme d'esprit.
> L'esprit n'est point du tout ce qu'il faut en ménage.
> Les livres cadrent mal avec le mariage ;
> Et je veux, si jamais on engage ma foi,
> Un mari qui n'ait point d'autre livre que moi,
> Qui ne sache A ne B, n'en déplaise à madame,
> Et ne soit, en un mot, docteur que pour sa femme.

On le voit, la dualité est complète. C'est toujours Martine,
mais c'est aussi Molière.

.·.

Après Martine, Toinette du *Malade Imaginaire*.
Toinette a cela de particulier, qu'elle est, tout ensemble, plus

gaie et plus pratique, plus vive et plus adroite, plus pétillante
et plus calculée que les trois autres. C'est une diplomate
de premier ordre. Je ne sais rien au théâtre de plus follement
comique que la scène où son maître la poursuit à coups
d'oreiller, si ce n'est la scène de son déguisement en médecin.
Elle y pousse la bouffonnerie jusqu'à l'extravagance, et en
même temps elle mène l'action avec une habileté, et enlève
le dénouement avec une audace qui la mettent, selon moi,
au-dessus de Dorine elle-même.

Dorine ne fait que combattre l'ennemi commun, Toinette
fait plus : elle tue le monstre! le monstre, c'est Béline. Béline
est aussi hideuse que Tartufe. Argan est encore plus aveugle
qu'Orgon, et Angélique plus menacée que Mariane... Comment
démasquer l'une? Comment ouvrir les yeux de l'autre? Comment
sauver la jeune fille? Par une ruse que j'appellerais volontiers
diabolique s'il ne s'agissait pas de se débarrasser du diable.
« Ne m'abandonne pas! lui dit Angélique. — Vous aban-
« donner! répond Toinette avec énergie, moi, vous aban-
« donner! J'aimerais mieux mourir. Laissez-moi faire, et ne
« vous étonnez de rien, j'ai un plan. »

Quel est ce plan? Au lieu de se poser en adversaire de Béline,
elle se fait son alliée, presque sa complice. Elle entre dans
ses calculs les plus sinistres. Elle la flatte. Elle l'exalte devant
Argan; elle la défend contre Béralde.

Ah! monsieur, lui dit-elle, ne parlez point mal de madame; c'est une
femme sur laquelle il n'y a rien à dire, une femme sans artifice, et qui
aime monsieur... qui l'aime... on ne peut pas dire cela!

ARGAN.

Demandez-lui un peu les caresses qu'elle me fait.

TOINETTE, *à Béralde.*

Voulez-vous que je vous en convainque et vous fasse voir, tout à l'heure, comme madame aime monsieur. (A *Argan*.) Monsieur, souffrez que je lui montre son béjaune, et le tire d'erreur.

ARGAN.

Comment?

TOINETTE.

Madame s'en va revenir. Mettez-vous tout étendu dans cette chaise, et contrefaites le mort. Vous verrez la douleur où elle sera quand je lui dirai la nouvelle.

ARGAN.

Je le veux bien.

TOINETTE.

Oui; mais ne la laissez pas trop longtemps dans le désespoir, car elle en pourrait bien mourir?

Est-ce assez habile? assez féminin? assez étonnant d'invention?... Et pouvait-on amener par un double coup de théâtre plus saisissant, ce merveilleux dénouement, qui est un des chefs-d'œuvre de notre répertoire?

Voilà ce que le génie de Molière a tiré de la domesticité féminine. Voilà ce qu'il doit à ses quatre fidèles servantes... j'en oublie une, qui lui a peut-être inspiré les autres... Laforêt!

REGNARD

Regnard et Molière se touchent : Regnard avait vingt ans quand Molière est mort. *Le Joueur* a paru vingt et un ans après *le Malade imaginaire*, 1675-1696.

Ils sont donc du même siècle, leur gloire a la même date, et enfin, dernier rapprochement curieux, ils ont eu la même actrice... Mlle Beauval! la fameuse Mlle Beauval du *hi! hi!* a créé tous les rôles de suivantes chez Molière et chez Regnard.

Personne ne peut donc, mieux qu'elle, nous renseigner sur les différences qui les séparent. Interrogeons-la, sachons d'elle quel changement dans sa condition a produit son changement de maître. Qu'elle nous dise si elle était chez Regnard ce qu'elle était chez Molière. Oh! pas le moins du monde, nous répondrait-elle. J'étais *de la famille* chez Molière, il n'y avait pas de famille chez Regnard. Je logeais, chez Molière, sous le toit de mes maîtres, dans leur intérieur; chez Regnard, j'étais presque toujours à l'hôtel, en camp volant; chez Molière, je m'intéressais aux enfants, je me dévouais à mes maîtres, je m'alliais avec eux; chez Regnard, je pillais mes maîtres; je ne m'intéressais qu'à moi, et j'avais Crispin pour complice. J'étais certes encore une bonne fille sous Regnard, mais chez Molière j'étais une brave fille... je valais mille fois mieux.... Seulement, il faut en convenir, je me suis bien amusée chez Regnard!... Enfin, pour tout dire en un mot, j'étais une servante chez Molière: chez Regnard, j'étais une soubrette.

La Soubrette, telle est, en effet, la vraie création de Regnard: La soubrette, c'est-à-dire je ne sais quoi de coquet, de coquin, de pétillant, de pétulant, d'insolent, et de charmant. Le type est écrit tout vivant, ce me semble, dans ces vers des *Folies amoureuses* :

LISETTE.
Et comment, s'il vous plaît, voulez-vous qu'on repose?
Chez vous, toute la nuit, on n'entend autre chose
Qu'aller, venir, monter, fermer, descendre, ouvrir,

Crier, tousser, cracher, éternuer, courir.

. . . .
              Je croyais que ces brusques manières
Venaient de quelque esprit qui voulait des prières;
Et pour mieux m'éclaircir, dans ce fâcheux état,
Si c'était âme ou corps qui faisait ce sabbat,
Je mis, un certain soir, à travers la montée
Une corde, aux deux bouts fortement arrêtée;
Cela fit tout l'effet que j'avais espéré.
Sitôt que pour dormir chacun fut retiré,
En personne d'esprit, sans bruit et sans chandelle
J'allai dans certain coin me mettre en sentinelle.
Je n'y fus pas longtemps qu'aussitôt, patatras!
Avec un fort grand bruit, voilà l'esprit à bas!
Ses deux jambes, à faux dans la corde arrêtées,
Lui font avec le nez mesurer les montées.
Soudain j'entends crier : « A l'aide! Je suis mort! »
A ces cris redoublés, et dont je riais fort,
J'accours, et je vous vois étendu sur la place
Avec une apostrophe au milieu de la face;
Et votre nez cassé me fit voir par écrit
Que vous étiez un corps, et non pas un esprit.

En somme, c'est une fort vilaine action qu'elle a faite là;
elle pouvait casser le cou à son maître, mais quel feu! quel
relief! quel pittoresque! Molière lui-même n'est jamais arrivé
à cette verve jaillissante et mousseuse.

.·.

A côté de Lisette, Crispin. Ils se valent.

Molière doit beaucoup à la domesticité. Regnard lui doit tout.
Parcourez tout son répertoire. Pas un caractère! (sauf le joueur).
Pas un amoureux, pas une jeune femme, pas un père, pas une
jeune fille! Il n'y a de personnages vraiment vivants chez lui

que Lisette et Frontin. Allons donc à la Comédie où règnent nos
deux maîtres fripons, au *Légataire universel*, nous nous trou-
verons du même coup devant le chef-d'œuvre de Regnard.

Regnard, dans *le Légataire*, renouvelle le prodige accompli
par Molière dans le *Tartufe*. Si un sujet comme celui du *Tartufe* tombait aujourd'hui dans la tête d'un poète comique, et
que ce poète allât consulter un ami, l'ami lui dirait : « Ça ! un
« sujet de comédie ! C'est impossible ! Ce monstre qui, recueilli
« par un homme de bien, entre dans sa maison pour l'en
« chasser, pour dépouiller son fils, pour suborner sa femme, pour
« épouser sa fille, et dénoncer son bienfaiteur ! Il n'y a là qu'un
« affreux mélodrame qui ne peut inspirer qu'horreur et dégoût. »
« Qu'a fait Molière ? Il en a tiré la plus puissante de ses comédies.

Or, qu'est-ce que le sujet du *Légataire* ? Un sujet de cour
d'assises. Il ne s'y agit que de vols, de faux, de secrétaires
forcés, de mort, d'apoplexie, de léthargie. C'est lugubre.... Et
on y rit aux éclats, du commencement à la fin ! La dernière scène
du troisième acte est une pure folie, mais une folie épique.

Crispin, surpris par la nouvelle de la mort de Géronte, en
plein costume de douairière, parcourt la scène à grands pas, à
la façon d'un général sur un champ de bataille ; il jette sa coiffe,
il relève ses jupes, il monte sur la table, comme sur un pro-
montoire, pour haranguer ses troupes :

> Il n'est pas temps ici de répandre des pleurs.
> Faisons voir un courage au-dessus des malheurs
>
> . . . .
>
> Il faut, premièrement, d'une ardeur salutaire.

> Courir au coffre-fort, sonder les cabinets,
> Démeubler la maison, s'emparer des effets.
> Lisette, quelque temps tiens ta bouche cousue,
> Si tu peux....

Ce « si tu peux », jeté là, n'est-il pas bien joli? Et ces derniers vers :

> Surtout, dans l'action gardons le jugement.
> Le sort conspire en vain contre le testament :
> Plutôt que tant de bien passe en des mains profanes,
> De Géronte défunt j'évoquerai les mânes ;
> Et vous aurez pour vous, malgré les envieux,
> Et Lisette, et Crispin, et l'enfer, et les dieux.

On a dit quelquefois que, pour être un grand artiste, il suffit d'une seule qualité poussée jusqu'au génie, Regnard le prouve. Regnard n'est ni un penseur, ni un moraliste, ni un peintre de caractère, ni un grand écrivain, ni un inventeur de situations dramatiques, mais il a le génie de la gaieté! Et sa gaieté suffit à tout et supplée à tout : elle lui inspire des saillies d'un imprévu incroyable.

> DORANTE.
> Laissez-moi lui couper le nez.
>   LISETTE.
>   Laissez-le aller.
> Que feriez-vous, monsieur, du nez d'un marguillier?

Elle le rend poète :

> J'aurais un beau carrosse, à ressorts bien liants,
> De ma rotondité j'emplirais le dedans.

Elle le rend peintre :

> LISETTE.
> Ne verrons-nous jamais les femmes détrompées
> De ces colifichets, de ces fades poupées
> Qui n'ont pour imposer qu'un grand air débraillé.

> Un nez de tous côtés de tabac barbouillé,
> Une lèvre qu'on mord pour rendre plus vermeille, etc., etc.

Sa gaieté est une magicienne qui transforme tout ce qu'elle touche. Regnard ne se contente pas de faire rire aux larmes, il tire le rire des larmes mêmes. L'idée du *Légataire* lui a été donnée par un fait réel; mais qu'on se figure ce fait même. Qu'on se représente cette réalité, ce faux mourant, ce faux testament, cette voix éteinte sortant de derrière ces rideaux à demi tirés, cette chambre de malade, rien de plus sinistre. Regnard arrive; il touche ces murailles de sa baguette, et soudain voilà la lumière qui entre à flots au milieu de ces ténèbres sépulcrales. Chacun des mots de Crispin, le legs qu'il se fait, ses dettes qu'il paye, la part de son maître qu'il écorne, la dot qu'il donne à Lisette, éclatent comme autant de rayons de soleil. Que dire de l'acte qui suit, où reparait Géronte ressuscité? « C'est votre léthargie » est devenu proverbe.

« Comment! dit Géronte, j'ai fait mon testament! C'est impossible! »

CRISPIN.

> On ne peut pas vous dire
> Qu'on vous l'ait vu tantôt absolument écrire;
> Mais je suis très certain qu'au lieu où vous voilà,
> Un homme, à peu près mis comme vous êtes là,
> Assis dans un fauteuil auprès de deux notaires,
> A dicté mot à mot ses volontés dernières.
> Je n'assurerai pas que ce fût vous. Pourquoi?
> C'est qu'on peut se tromper! Mais c'était *vous, ou moi*.

Cet hémistiche est absolument sublime : jamais l'impudence et l'audace n'ont été plus loin.... Tromper avec la vérité! La race des valets se peint là tout entière.

TURCARET

Turcaret a une tout autre portée que *le Légataire*. C'est la première comédie sociale de notre répertoire, c'est peut-être la seule. L'auteur ne s'attaque pas à un vice comme dans *l'Avare* ou *le Joueur*, à un ridicule comme dans *le Bourgeois gentilhomme*, à un travers comme dans *le Misanthrope*. Il ne se borne pas à la satire d'une corporation comme dans *le Malade imaginaire*, c'est la société même qu'il prend à partie, c'est le pillage de la richesse publique et privée qu'il met en scène : on dirait le sac d'une ville. Des voleurs de tout étage, de toute provenance passent devant nous, dévalisant à pleines mains tout ce qui est près d'eux, et pourchassant ce qui est loin. Or, quels sont les chefs de la bande? Qui est-ce qui mène toute cette bacchanale de rapine? Le valet et la soubrette, Lisette et Frontin. C'est par la bouche de Frontin que l'auteur résume, à la fin du premier acte, toute la conception de la pièce, dans les trois lignes suivantes :

J'admire le train de la vie humaine. Nous plumons une coquette, la coquette mange un homme d'affaires; l'homme d'affaires en pille d'autres, cela fait un ricochet le plus plaisant du monde.

Le Sage fonde la dynastie des Frontin. Les Frontin sont aussi fripons que leurs prédécesseurs; mais ils le sont autrement. Les valets de Molière et de Regnard volent, soit, mais pas pour eux seuls. Ils volent pour leurs maîtres, ils partagent avec leurs maîtres, quelquefois même ils ne partagent pas. Ils font de l'art pour l'art. L'imagination est de la partie. Ce qui les tente, ce qui les pousse au larcin, ce n'est pas seulement

« VOILA SOIXANTE PISTOLES QUE NOUS POUVONS METTRE DE CÔTÉ. »
(PAGE 120)

l'amour du gain. c'est le goût de l'aventure, c'est l'amour même
du danger. Les galères ont pour eux je ne sais quel attrait de
perspective comme le champ de bataille pour le soldat. Ce
sont des artistes en friponnerie, comme le Dorante du *Menteur*
est un artiste en mensonge.

Rien de pareil chez Lisette et Frontin de *Turcaret*. Ce sont
des gens rangés, des industriels, des associés. Frontin, valet
de Turcaret, fait entrer Lisette chez la baronne comme on in-
troduit un espion dans la place, et, une fois installés là tous
deux, lui chez la dupe, elle chez la dupeuse, ils établissent leur
petite maison de commerce. C'est vraiment admirable d'ordre.

Tout ce qu'ils volent, ils le placent. Sans doute le mariage
est leur but ; mais, quoique Lisette soit jeune et fraîche, leur
amour n'est qu'une association, une affaire.

FRONTIN.

Voilà soixante pistoles que nous pouvons mettre de côté. Serre-les, ce sera
le fondement de notre communauté.

LISETTE.

Oui ! Mais il faut bâtir sur des fondements. Car je fais des réflexions morales,
je t'en avertis. Hâte-toi d'amasser du bien, autrement, quelque engagement
que nous ayons ensemble, le premier riche faquin qui viendra peut m'épouser.

FRONTIN.

Donne-moi le temps de m'enrichir.

LISETTE.

Je te donne trois ans ! C'est assez pour un homme d'esprit.

FRONTIN.

Je ne t'en demande pas davantage.

Qu'on ne croie pas que ce soient là de purs jeux d'esprit.
Ce qu'elle dit, elle le fait. et elle est fort résolue à le faire. Au
cours de la pièce, une revendeuse à la toilette vient offrir à la

16

baronne comme mari un gros commis qui a du bien, et cherche une petite femme sans fortune. La baronne refuse, un commis ne lui suffit pas.

« Voilà mon fait à moi, s'écrie Lisette, je le prends. »

Plus loin, la baronne se sent prise de pitié pour Turcaret.

« Ruinons-le d'abord, madame, pendant que nous le tenons, dit Lisette. Brusquons son coffre-fort, saisissons ses billets, mettons M. Turcaret à feu et à sang, enfin rendons-le si misérable qu'il fasse pitié même à sa femme. »

C'est une harpie; et elle a vingt ans. Enfin arrive le dénouement. Turcaret est ruiné, et Frontin, ce semble, avec lui. On l'a arrêté! on l'a fouillé! On a saisi, à ce qu'on croit, sur lui des billets apportés à la baronne et qu'il avait escroqués. « Quel parti allons-nous prendre? » lui dit Lisette avec inquiétude, et toute prête à le quitter.

FRONTIN.

Vive l'esprit, mon enfant! Je viens de payer d'audace! Je n'ai pas été fouillé

LISETTE, avec un cri de joie.

Tu as les billets?

FRONTIN.

J'en ai touché l'argent. Il est en sûreté. J'ai 40 000 francs. Si ton ambition veut se borner à cette petite fortune, nous allons former souche d'honnêtes gens.

LISETTE.

J'y consens.

FRONTIN.

Voilà le règne de M. Turcaret fini, le mien commence.

Ainsi finit cette terrible pièce. Par un vol, par un mariage fondé sur un vol! C'est la lie remontant à la surface. C'est le triomphe de la valetaille. La date de la pièce ajoute à notre éton-

nement, et je dirais presque à notre terreur : 14 février 1709.
Sous le règne de Louis XIV ! Ainsi la France en était déjà là six
ans avant la Régence. Ainsi en 1709, cette effroyable image
de la société française était si ressemblante, qu'elle arrachait un cri d'admiration à cette société même qu'elle repré-
sentait si hideuse! On ne se demande pas, en face d'un tel
spectacle, comment la Révolution de 1789 a éclaté ; mais
comment elle a éclaté si tard.

Un autre étonnement me frappe malgré moi. Comment un
chef-d'œuvre comique a-t-il pu sortir d'un tel sujet? *Le Tartufe*
n'est qu'un individu. *Le Légataire* n'est qu'une anecdote. Mais
ce qu'on nous montre ici, c'est une partie de la société française en pourriture. Et Le Sage a fait rire avec une telle pièce!
Faut-il donc le mettre au rang de Molière et même de Regnard?
Non. D'abord *Turcaret* est en prose, et la poésie ajoute à une
œuvre de théâtre une difficulté et une valeur considérables. Puis
une autre raison plus forte encore. *Le Tartufe* et *le Légataire*
font encore rire. On ne rit plus à *Turcaret*. Depuis trente ans,
trois ou quatre reprises successives n'ont rencontré qu'un
public froid et ennuyé. Ce n'est certes pas que l'esprit et le
talent manquent dans la pièce, ni la force du dialogue, ni la
vérité des caractères, ni même, au cinquième acte, une très
heureuse invention de situation! Mais l'ignominie du sujet pèse
sur la pièce. Le Sage n'a pas pu en triompher comme Molière
et comme Regnard. Il y fallait du génie, il n'a eu que du
talent. Ses personnages y sont trop vils! Le vice y est trop
cru! Cela fait froid. Le dégoût éteint le rire sur les lèvres.

On se sent triste jusqu'à la mort. *Turcaret* n'en est pas moins un chef-d'œuvre, mais un chef-d'œuvre de bibliothèque, et tant qu'on le lira, Lisette et Frontin resteront les témoins les plus saisissants du talent de l'auteur et de l'esprit de son époque.

MARIVAUX

Passer de *Turcaret* aux *Fausses Confidences*, c'est sortir d'un coupe-gorge pour entrer dans un boudoir de grande dame, et cependant on assiste presque à la même pièce.

La scène se passe toujours à Paris. C'est le même monde mêlé de bourgeoisie et de noblesse. L'action est toujours menée par deux valets : Lisette s'appelle Marthon, Frontin s'est changé en Dubois; et voici une transformation bien curieuse, Dubois n'est pas moins menteur que Frontin, pas moins intrigant que Frontin, pas moins fécond en artifices que tous les Frontin et tous les Scapin ses aïeux; seulement, au lieu de s'appliquer à capter un héritage, à exploiter un vieil oncle, à extorquer un testament, et à nous faire pénétrer dans les plus tristes recoins de la nature humaine, seulement, dis-je, l'industrie de ce valet, d'une espèce toute nouvelle, a pour but de nous initier aux plus délicats mystères de la tendresse, d'assurer le bonheur d'un maître qui ne lui paye même pas ses gages, enfin de faire, sans aucune sorte d'intérêt personnel, le siège d'un cœur de vingt ans.

C'est là, il faut l'avouer, une conception absolument originale, et où se peint tout le génie de Marivaux.

Le sujet est des plus simples.

Araminte est sur le point d'épouser un comte qu'elle n'aime qu'à moitié. Dorante, follement épris d'elle sans qu'elle le sache, est séparé d'elle par son manque de fortune et sa condition modeste. Dubois qui a été son valet, et s'est attaché à lui, le présente chez Araminte comme intendant.

Il est accepté, le voilà dans la place. « Ne tremblez pas, lui « dit Dubois. Je sais votre mérite, je sais vos talents ; je vous « conduis, et on vous aimera, toute raisonnable que l'on est, et « on vous acceptera, toute fière que l'on est, et on vous épou- « sera, tout ruiné que vous êtes. Entendez-vous, fierté, raison « et richesse, il faudra que tout se rende. L'amour parle, « il est le maître, il parlera. »

Là-dessus, le voilà en campagne. Coup sur coup éclatent les inventions les plus amusantes, les subterfuges les plus comiques : fausses confidences, lettres supposées, envoi de portrait, il se sert de tout, même de la vérité. Les autres domestiques de la maison ne sont que des instruments dans sa main, ses complices sans le savoir. Il utilise la hauteur même de Mme Argante, et le dépit du comte, pour faire entrer de force dans l'âme de la jeune femme, les preuves de la passion de son maître. Il l'en poursuit, il l'en accable, et quand il voit cette passion la saisir, elle aussi, à son tour, il l'attise, il l'irrite par le dépit, par la jalousie, par la fierté, par l'attendrissement, jusqu'à ce qu'enfin, vaincue, à bout de forces, Araminte laisse échapper son secret dans un cri d'amour que Dubois lui a arraché, et ce cri est sa seule

récompense. Et c'est pour arracher ce cri qu'il travaille pendant
toute la pièce. Que nous voilà loin de Molière, de Regnard, de
Le Sage!

Marthon, elle aussi, est une femme de chambre qui ne
ressemble guère à aucune autre. Moitié demoiselle, moitié soubrette, ces deux personnages se mêlent et se succèdent si bien
en elle que, quand on croit avoir affaire à l'un, on voit tout à
coup apparaître l'autre. D'une bonne famille bourgeoise, et
réduite par nécessité à se mettre en condition, elle est traitée
par Araminte en compagne, presque en amie, et garde en son
nouvel état quelque chose de la délicatesse de sentiments de son
ancienne condition.

Mais une rivalité d'amour s'élève entre elles deux; adieu
la demoiselle! la soubrette reprend le dessus! elle saisit au
passage une lettre qui n'est pas pour elle, elle la décachette,
elle y voit la preuve que Dorante aime Araminte, et, pour
se venger, elle lit tout haut la lettre devant toute la famille
assemblée, sans souci d'affliger, d'irriter ou de compromettre
sa maîtresse. C'est bien là un vilain acte de femme de chambre!
Ne vous indignez pas trop, et fiez-vous à Marivaux pour faire
reparaître la demoiselle.

La scène de son repentir est charmante.

MARTHON.

Ah! Madame, pourquoi m'avez-vous exposée au malheur de vous déplaire?
Pourquoi avez-vous eu la cruauté de m'abandonner au hasard d'aimer un
homme qui n'est pas fait pour moi, qui est digne de vous et que j'ai jeté dans
une douleur dont je suis pénétrée.

ARAMINTE, *d'un ton doux.*

Tu l'aimais donc, Marthon?

« RENDEZ-MOI VOTRE AMITIÉ COMME JE L'AVAIS, ET JE SERAI CONTENTE. » (P. 126)

Quel mot délicieux!

MARTHON.

Laissons là mes sentiments. Rendez-moi votre amitié comme je l'avais, et je serai contente.

ARAMINTE.

Ah! je te la rends tout entière.

MARTHON, *lui baisant la main.*

Me voilà consolée.

ARAMINTE.

Non, Marthon, tu ne l'es pas encore. Tu pleures et tu m'attendris.

MARTHON.

N'y prenez point garde. Rien ne m'est si cher que vous.

N'est-ce pas charmant? On croit lire le dénouement de *l'Étincelle.* Marthon est comme la première ébauche de ce rôle exquis d'Antoinette. M. Pailleron s'est-il souvenu de Marivaux? Je ne le crois pas, ce n'est pas de l'imitation, c'est de l'hérédité.

Je ne puis quitter Marivaux sans dire un mot du *Jeu de l'amour et du hasard.* Écrite d'abord pour le Théâtre-Italien, représentée par les acteurs italiens, créée par la fameuse Sylvia, et transportée en 1796 au Théâtre-Français par Mlle Contat, cette jolie comédie a un caractère singulier : c'est de tenir à la fois des deux théâtres où elle a paru. Sylvia a gardé son nom de Sylvia, mais Arlequin est devenu Pasquin, et Colombine s'est changée en Lisette. Seulement, Dieu merci! ils n'ont changé que de nom. Ils ont gardé leur folle gaieté, leurs lazzis, leur excentricité de mimique, et de là un mélange charmant de la sentimentalité française et de la verve italienne. *Le Jeu de l'amour et du hasard* est la plus piquante des comédies de Marivaux, comme *les Fausses Confidences* en sont la plus touchante:

et, si dans toutes deux, les valets et les soubrettes doivent
beaucoup à l'auteur, l'auteur ne leur doit-il pas quelque chose
à son tour? Dubois et Marthon, Lisette et Pasquin, n'ont-ils
pas leur part dans la gloire de Marivaux?

AUJOURD'HUI

Aujourd'hui, dans le répertoire moderne, plus de grands rôles
de valets. La dynastie de ce qu'on appelait les *grandes casaques*
a disparu depuis le commencement du siècle. L'emploi existe
cependant encore au Conservatoire; mais à peine entrés dans la
maison de Molière, les Scapins de la rue Bergère émigrent dans
les autres emplois. M. Samson a été deux fois marquis, trois
fois comte, une fois premier ministre, une fois pair de France,
une fois même, Empereur, et quel Empereur! Charles-Quint!
M. Regnier s'est approprié la bourgeoisie. Les avocats, les
avoués, les hommes d'affaires, sans compter les caractères
comme Annibal de *l'Aventurière*; ou les premiers rôles comme
Julien de *Gabrielle*. M. Got a trouvé quelques-uns de ses plus
beaux succès dans un jeune premier *le Duc Job*, dans le rabbin
de *l'Ami Fritz*, dans un notaire, *Maître Guérin*, dans un industriel millionnaire, *M. Poirier*. Quant à M. Coquelin, nous l'avons
vu Duc, héros, dandy et le reste; je dis le reste, car il s'est créé
en dehors du théâtre un emploi où il a porté toutes ses qualités
de théâtre : il s'est fait l'interprète de la poésie lyrique moderne.

Comment s'expliquer cette disparition des grands rôles de

valets dans le répertoire moderne? Rien de plus simple

Les domestiques sur la scène n'ont plus la même importance, parce qu'ils ne sont plus au même rang dans nos
maisons.

Ils n'ont plus part dans nos grands intérêts, mariages, deuils.
successions.

Ils se mêlent toujours de nos affaires, mais ils n'y sont plus
mêlés.

Ils sont toujours dans la famille, mais ils ne sont plus de la
famille.

Ainsi exclue du grand répertoire moderne, la domesticité
s'est réfugiée dans la *comédie de genre*. et s'y éparpille
en un grand nombre de rôles spirituels, piquants. mais épiso-
diques et secondaires. Nous y relèverons seulement un fait
important, caractéristique, et qui servira de conclusion à notre
étude.

A en croire certains esprits chagrins. ce changement dans
nos mœurs a détruit un des caractères les plus touchants de
la domesticité d'autrefois? Les liens d'affection qui unissaient
jadis les serviteurs aux maîtres, sont détruits. et il faut
regretter. comme un type à jamais perdu, le personnage légen-
daire du vieux domestique.

Est-ce juste?

Trois jolies comédies modernes vont nous répondre.

La Joie fait peur. de Mme de Girardin, est un petit chef
d'œuvre, et un des plus jolis rôles de la pièce est celui de
Noël, or qu'est-ce que Noël, sinon un pendant de Caleb?

17

Scribe, vingt-cinq ans auparavant, a créé, dans le *Mariage de raison*, un type nouveau de domestique, le domestique soldat.

Bertrand, sergent, et amputé d'une jambe, est au service de son général, le comte de Brémont, qui l'a spécialement attaché à son fils, le capitaine Édouard.

Bertrand a donc deux maîtres.... Voyons-le vis-à-vis de l'un et de l'autre.

Édouard, un peu souffrant, entre, s'appuyant sur le bras de Bertrand.

BERTRAND.

Ne craignez rien, mon capitaine, je suis là pour soutenir le corps d'armée.

SUZETTE.

Y pensez-vous, Bertrand, avec votre jambe?

ÉDOUARD, *prenant le bras de Suzette.*

Elle a raison. Tu aurais besoin toi-même de soutien.

BERTRAND, *frappant sur sa jambe de bois.*

Laissez donc, c'est aussi solide qu'une autre, et quand ça casse, on en a de rechange. Vous ne pourriez pas en dire autant.

SUZETTE, *conduisant Édouard à un fauteuil.*

Ne vous pressez pas, et appuyez-vous sur moi. Comment cela va-t-il ce matin?

ÉDOUARD.

Mal. Je souffre horriblement.

BERTRAND.

Allons donc! mon capitaine, qu'est-ce que c'est que de s'écouter comme une petite-maîtresse? Je vous ai vu marcher gaiement sous le feu du canon, et pour un misérable accès de fièvre, voilà que vous avez le frisson.

ÉDOUARD.

Tu en parles bien à ton aise; si tu avais dansé hier, comme moi, douze contredanses.

BERTRAND.

Il est de fait que dans le moment je ne pourrais pas en faire autant, parce que chez moi les amours et les zéphyrs ne battent plus que d'une aile. Mais vous, morbleu!

Cette familiarité, cette camaraderie affectueusement grondeuse, cette goguenardise respectueuse et dévouée, n'ajoutentelles pas quelque chose au type des vieux serviteurs d'autrefois?

Le général entre, voilà un autre Bertrand qui nous apparaît.

LE GÉNÉRAL.

Tu as quelque chose à me demander? Tant mieux. Allons, ne tremble pas.
Parle donc.

BERTRAND.

C'est pour vous dire, mon général, que je suis fils d'un de vos fermiers,
que je suis parti conscrit, que je ne vous ai jamais quitté, et que je vous dois
tout. C'est vous qui m'avez mené au feu, c'est vous qui m'avez nommé caporal,
puis sergent; c'est vous, mon général, qui, en Russie, et quand je tombais de
froid, avez ôté votre manteau pour couvrir le corps de votre soldat.

LE COMTE.

Où veux-tu en venir?

BERTRAND.

J'en veux venir à vous apprendre que je suis chez vous, logé, nourri,
hébergé, de l'argent dans ma poche, le verre de vin à discrétion, et le cigare
à volonté : c'est ce qui fait que je n'ai besoin de rien, et que je n'ai rien
à vous demander.

Et le rôle continue ainsi pendant les deux actes, tour à tour
émouvant, comique, pittoresque, nous mettant à tout instant
le rire aux lèvres et les larmes aux yeux, jusqu'au moment
où nous apprenons, par un coup de théâtre très ingénieux,
que si le pauvre Bertrand n'a plus qu'une jambe, c'est qu'il
a perdu l'autre en se battant pour empêcher le fils de son
général de se battre. Un tel personnage était-il possible dans
l'ancien théâtre? Non! Pour le produire, il fallait cette longue
communauté de dangers et de gloire, il fallait les vingt-
cinq années de guerres de la Révolution et de l'Empire qui

mêlant toutes les classes, pouvaient seules faire du soldat le
frère d'armes de son général.

Labiche, dans *les Vivacités du capitaine Tic*, a repris ce
personnage en y ajoutant un trait de plus.

Les vivacités du capitaine Tic ne viennent pas de ce qu'il a
la main leste, mais le coup de pied..., facile. Son domestique Bernard a fait avec lui toutes les campagnes du second
Empire.

LE CAPITAINE.

Te souviens-tu du joli coup de sabre que j'ai reçu à Montebello?

BERNARD.

Oh! une écorchure.

LE CAPITAINE.

Oui! Une écorchure qui me prenait depuis le haut de la tête jusqu'au bas
du nez..., et sans mon brave Bernard qui m'a ramené à l'ambulance au milieu
de la mitraille....

BERNARD, brusquement.

Je ne me souviens pas de ça du tout!... D'ailleurs, c'est recollé!

LE CAPITAINE.

Ce jour-là, le capitaine a dit à Bernard : « Mon vieux; quand on a vu
ensemble la mort de si près, il ne faut plus se quitter ».

BERNARD.

Vous avez eu la bonté de m'attacher à votre personne, pour la vie....

LE CAPITAINE.

Puisque tu n'as pas voulu que je te fasse des rentes, imbécile!...

Voilà le ménage, et il vaut certes bien celui du général de
Brémont et de Bertrand.

Quelques scènes après, éclate dans la coulisse un bruit épou-
vantable. C'est Bernard qui a fait je ne sais quelle maladresse, et
le capitaine qui entre dans une colère violente.

LE CAPITAINE.

Butor! animal!

BERNARD.

Capitaine, c'est que vous m'aviez dit....

LE CAPITAINE, *lui donnant de son pied, à la place ordinaire.*

Tiens!

BERNARD.

Ah!

Là-dessus le capitaine entre en scène.

LE CAPITAINE.

Sapristi! Je crois que je lui ai lancé... un coup de pied! Ça m'a échappé!...
Je ne sais pas ce qu'il m'a dit... Je n'ai pas été maître de moi... et.... Ah!
Je suis fâché de ça!... Mon vieux Bernard .. un ami... un soldat qui m'a
sauvé la vie!

BERNARD. *paraissant très pâle et très ému.*

Ah! capitaine....

LE CAPITAINE.

Voyons, Bernard... mon vieux Bernard!

BERNARD.

Ah! capitaine!... (*Il s'essuie les yeux.*)

LE CAPITAINE.

Il pleure!...

BERNARD.

Oui... c'est de rage! C'est... Je ne suis pas habitué à recevoir de ça!

LE CAPITAINE.

Voyons, Bernard... mon vieux Bernard....

BERNARD.

Non!... Il fallait me tuer plutôt!...

LE CAPITAINE.

J'ai eu tort, là! Je le regrette... es-tu content?

BERNARD, *froidement.*

Non, capitaine....

LE CAPITAINE.

Alors, que veux-tu?... Tu n'espères pas pourtant que je te fasse des
excuses?

BERNARD, *vivement.*

Oh! non, capitaine....

LE CAPITAINE.

Eh bien! alors.... Je ne vois pas....

BERNARD.

Mettez-vous à ma place.... Si quelqu'un vous avait....

LE CAPITAINE, *tout à coup.*

Ah ! je comprends !... Tu veux un coup de sabre ?

BERNARD.

Dame ! Si c'était un effet de votre bonté....

LE CAPITAINE.

Diable ! tu n'es pas dégoûté !... C'est que... un capitaine et un soldat....

BERNARD.

Puisque nous ne sommes plus au service.

LE CAPITAINE.

C'est juste, nous ne sommes plus.... Mais tu es mon domestique !

BERNARD.

Mettez-moi à la porte et je ne le serai plus.

LE CAPITAINE.

Oui... il y a encore ça !... Voyons !... Ça te ferait donc, là... bien plaisir ?

BERNARD.

Dame ! Je ne peux pas rester avec ça dans mon sac !...

LE CAPITAINE, *se décidant.*

Eh bien, allons !

BERNARD, *avec joie.*

Oh ! capitaine !

LE CAPITAINE.

Bernard, je te chasse !... mais je te reprendrai après la chose...

BERNARD.

Oui, capitaine !

LE CAPITAINE.

Et tu m'aimeras toujours ?

BERNARD.

Oh ! plus qu'auparavant.

LE CAPITAINE.

Nous partirons dans un quart d'heure, va chercher les outils ! ..

Quelle jolie scène ! C'est à la fois une trouvaille d'invention dramatique et un trait de mœurs. La pièce date de 1861. Labiche eût-il eu la pensée de mettre quarante ans plus tôt cet étrange duel sur le théâtre ? Je ne sais. La marche des idées l'a

peut-être seule rendu possible. Égaux devant la loi, les domestiques sont devenus peu à peu égaux de leurs maîtres devant
l'honneur. Supposez donc aujourd'hui un maître battant son
domestique! Le domestique le lui rendrait.

Terminons cette courte étude sur la domesticité au xixᵉ siècle,
par deux faits réels, dont l'un s'est produit quinze ans avant
le *Mariage de raison* de Scribe.

Ce ne sont plus deux acteurs que nous allons avoir devant
nous, ce sont deux hommes vivants, mais dans quel rôle! et sur
quel théâtre : le champ de bataille de Wagram!

Masséna[1] commanda à Wagram, comme le maréchal de Saxe
à Fontenoy, porté dans une voiture. Blessé la veille, il ne
voulut pas moins garder son poste de combat, et le 4 juillet au
matin arrivait, devant sa tente, une calèche légère attelée de
quatre chevaux de ses écuries et conduite par deux soldats du
train. Mais à ce moment se présentent le cocher et le postillon
du maréchal, qui déclarent que, puisque leur maître se servait
de ses propres chevaux, c'était à eux seuls de les conduire On se
récrie, on leur représente les dangers auxquels ils s'exposent;
pour toute réponse, le cocher monte sur son siège, le postillon
saute à cheval, et les voilà, pendant huit jours que dura la
série de combats qui précéda la bataille, promenant leur maître
à travers les boulets et les obus. Le cocher eut sa redingote
traversée d'une balle, le postillon eut son cheval tué sous
lui, et Napoléon, dans une de ses fréquentes apparitions

---

1. J'emprunte ce récit aux *Mémoires du général Marbot*.

auprès de Masséna, lui dit : « Monsieur le maréchal, il y
a 500 000 combattants sur le champ de bataille. Eh bien!
savez-vous quels sont les deux plus braves? C'est votre cocher
et votre postillon, car nous sommes tous ici pour faire notre
devoir, tandis que ces deux hommes, n'étant tenus à aucune
obligation militaire, pouvaient s'exempter du péril; ils ont
donc plus de mérite qu'aucun autre. » Puis, s'adressant aux
conducteurs de la voiture, il s'écria : « Oui, vous êtes deux
braves! »

L'ancien régime peut-il nous présenter deux domestiques
ayant de tels états de service? S'exposer à la mort pendant huit
jours, pour prouver qu'on a l'honneur d'appartenir au maréchal
Masséna! C'est l'orgueil de la domesticité.

Enfin, dernier fait décisif, qui date d'aujourd'hui; dernière
preuve que les changements dans les mœurs ne changent pas
les traits caractéristiques et fondamentaux d'une nation, que
le dévouement du serviteur est chez nous une affaire de race,
de tradition, et que la domesticité d'aujourd'hui n'a rien à
envier à la domesticité d'autrefois : l'Académie distribue chaque
année une vingtaine de prix de vertu.... Eh bien, un quart au
moins en revient à de vieux domestiques!

II

CE QUE LA FONTAINE DOIT AUX AUTRES

Aucun poète n'a autant imité que La Fontaine; aucun n'est resté aussi inimitable.

L'idée première de ses fables ne lui appartient presque jamais. Il l'emprunte tantôt à Ésope, tantôt à Phèdre, parfois à tous les deux. *Il prend son bien* tour à tour dans les poètes indiens. dans les conteurs du moyen âge, dans les récits et apologues de tous pays; il y ajoute des imitations partielles d'Horace. de Virgile. de Térence. et, de cet amalgame de mille emprunts divers, il sort une œuvre si originale. si puissante, qu'elle a traversé deux siècles sans subir aucun des caprices de la mode, sans être atteinte par aucune des révolutions du goût public.

La gloire de La Fontaine est la seule qui n'ait jamais connu d'éclipse. Corneille, Racine, Boileau, ont eu des hauts et des bas de renommée. Au xviie siècle, Corneille et Racine se disputaient le premier rang, et Louis XIV s'étonna, lorsque,

demandant à Boileau, le juge suprême, quel était le plus
grand poète de son époque, Boileau lui répondit : « Molière ».

Au xviiie siècle, Racine l'emporte sur Corneille ; au xixe,
Corneille reprend le dessus ; puis, voilà que dans ces derniers
temps Racine redevient le premier. On dirait deux préten-
dants, passant leur vie à descendre du trône et à y remonter.
Quant à Boileau, qui avait fort baissé sous Voltaire :

> Boileau, correct auteur de quelques bons écrits,

il tombe en 1830 à un rang presque infime, d'où il est en train,
lui aussi, de se relever quelque peu ; et le piquant c'est qu'il
le doit à Victor Hugo. L'auteur d'Hernani vantait beaucoup le
talent pittoresque de Boileau, et citait volontiers ces deux vers :

> Et dans quatre mouchoirs de sa beauté salis,
> Envoie aux blanchisseurs ses roses et ses lys.

Molière, lui-même, n'est pas entré de plain-pied dans cette
sphère olympienne où nous le voyons rayonner aujourd'hui.
J'ai connu un temps, où Molière ne *faisait pas d'argent* au
Théâtre-Français. Il n'était plus à la mode. Seul, au milieu
de ce va-et-vient dans l'empyrée, La Fontaine reste à l'état
d'étoile fixe. Il est le poète de tous les âges, de toutes les
conditions, le poète de chevet. N'oublions pas, du reste, que
Molière l'avait prédit. Un jour, regardant Racine et Boileau
qui s'amusaient un peu de La Fontaine : « Nos beaux-esprits
ont beau se trémousser, dit-il tout bas, ils n'effaceront pas le

bonhomme ». Enfin, un fait irréfutable, un chiffre, est venu confirmer la prédiction de Molière. Un chercheur, un curieux, s'étant amusé à relever le nombre des éditions de nos grands écrivains, a constaté que le poète qui s'est toujours *le plus vendu*, c'est La Fontaine.

A quoi tient donc cette fortune singulière? Comment comprendre qu'un poète qui n'a rien créé, soit resté l'égal des grands génies créateurs?

Tel est précisément l'objet de notre travail, et voici notre chemin pour arriver au but. Prendre quatre des plus belles fables; mettre en regard le texte imité et les textes empruntés; comparer non seulement les sujets, les points de départ, l'idée générale, mais suivre ce parallèle vers à vers, mot à mot; saisir sur le vif le phénomène de la métamorphose; voir comment La Fontaine s'y prend pour faire sien ce qui est à autrui :

> Je tâche à rendre mien cet air d'antiquité,

enfin le regarder travailler, comme on regarde un oiseau qui, volant deçà et delà, attrape au vol un brin de laine, un bout de fil, une parcelle d'étoffe, une feuille sèche, et en compose cette merveille qu'on appelle un nid. Il y a là, ce me semble, un curieux chapitre littéraire, une intéressante étude d'art, et un portrait en action de La Fontaine, qui le fera revivre devant nous.

Pour mettre notre idée bien en relief, nous allons commencer par deux fables qui offrent ce caractère assez particulier : que, dans l'une, il n'a presque rien reçu, que, dans l'autre, il n'a presque rien inventé, et que cependant toutes deux comptent parmi ses chefs-d'œuvre.

C'est *le Vieillard et les trois jeunes Hommes* et *l'Alouette et ses Petits.*

LE VIEILLARD ET LES TROIS JEUNES HOMMES

Cette fable est l'avant-dernière du onzième livre. La Fontaine avait cinquante-huit ans quand il l'a publiée, et là s'inaugure sa seconde manière. Un avertissement, mis en tête du recueil, nous apprend que le poète, s'affranchissant de l'imitation d'Ésope et de Phèdre, a cherché des sujets nouveaux, qu'il a puisé à d'autres sources, qu'il a étendu les circonstances de ses récits, qu'il a tâché, ce sont ses propres termes, d'y mettre tous les enrichissements et toutes les diversités dont il est capable. Le volume s'ouvre par *les Animaux malades de la peste*, et on trouve à la fin *le Vieillard et les trois jeunes Hommes*, que précède *le Paysan du Danube; ces trois titres justifient bien l'avertissement.

La fable, dont nous allons nous occuper, lui a été inspirée par un apologue d'un fabuliste latin nommé Abstemius. En voici la traduction[1] :

« Un vieillard décrépit était raillé, comme fou, par un « jeune homme, parce qu'il greffait des arbres dont il ne « devait pas voir les fruits. A quoi le vieillard répond : « Ni « toi non plus, tu ne récolteras peut-être pas les fruits de « l'arbre que tu t'apprêtes à greffer. La preuve ne se fit pas « attendre. Le jeune homme tomba de l'arbre dont il comptait « recueillir les fruits et, précipité à terre, se rompit le cou. « Cette fable montre que la mort est commune à tous les âges. »

Certainement ce court récit ne manque pas d'une certaine énergie saisissante. La concision des termes ajoute à l'impression. Le dénouement rapide et inattendu fait coup de théâtre, et l'affabulation qui en sort, brève comme un arrêt, exprime fortement l'incertitude de la vie humaine. Mais combien tout cela est triste, décoloré, sec, dur!

La Fontaine arrive, et du premier mot, tout change. Quel était le titre de l'auteur latin?

---

1. Vir decrepitæ senectutis irridebatur a juvene quodam, ut delirus, quod arbores insereret, quarum non esset poma visurus. Cui senex : « Nec tu, inquit, ex iis quas nunc inserere paras, fructus fortasse decerpes ». Nec mora. Juvenis ex arbore, quam surculos decerpturus ascenderat, ruens, collum fregit. Fabula indicat mortem omni ætati esse communem.

Un vieillard décrépit greffant des arbres.

La Fontaine écrit :

Le Vieillard et les Trois jeunes Hommes.

Ne sent-on pas soudain un flot de poésie qui entre dans cette sombre réalité? Il n'y a pas jusqu'au mot de *Trois jeunes hommes*, mis au lieu de *trois jeunes gens*, qui n'ajoute à ce titre, une sorte de grâce idéale.

> Un octogénaire plantait.
> « Passe encor de bâtir; mais planter à cet âge! »
> Disaient trois jouvenceaux, enfants du voisinage :
> Assurément il radotait.
> « Car, au nom des dieux, je vous prie,
> Quel fruit de ce labeur pouvez-vous recueillir?
> Autant qu'un patriarche il vous faudrait vieillir.
> A quoi bon charger votre vie
> Des soins d'un avenir qui n'est pas fait pour vous?
> Ne songez désormais qu'à vos erreurs passées;
> Quittez le long espoir et les vastes pensées;
> Tout cela ne convient qu'à nous. »

La substitution de trois jeunes hommes à un seul, élargit le sujet, l'étoffe, lui donne la vie! Aucun des interlocuteurs n'est désigné, et cependant on entend les trois voix. C'est comme un chœur avec des répliques alternées. Le premier mot est un mot de moquerie, le dernier un mot d'orgueil, avec çà et là des accents de compassion mêlée de mépris, qui caractérisent au vif la jeunesse arrogante, confiante, sûre d'elle-même et de l'avenir.

> — Il ne convient pas à vous-mêmes,
> Repartit le vieillard. Tout établissement
> Vient tard, et dure peu. La main des Parques blêmes
> De vos jours et des miens se joue également.

LE VIEILLARD, ET LES TROIS
JEUNES HOMMES.

FABLE CCXII.

« PASSE ENCOR DE BÂTIR, MAIS PLANTER À CET AGE ! »
(PAGE 142)

> Nos termes sont pareils par leur courte durée.
> Qui de nous des clartés de la voûte azurée
> Doit jouir le dernier? Est-il aucun moment
> Qui vous puisse assurer d'un second seulement?
>   Mes arrière-neveux me devront cet ombrage :
>   Eh bien ! défendez-vous au sage
>   De se donner des soins pour le plaisir d'autrui?
>   Cela même est un fruit que je goûte aujourd'hui ;
>   J'en puis jouir demain, et quelques jours encore ;
>   Je puis enfin compter l'aurore
>   Plus d'une fois sur vos tombeaux. »

La mise en regard de la fable française et de la fable latine vous cause une sorte de stupéfaction. La métamorphose d'Abstémius en La Fontaine, ressemble à un de ces contes de fées, où l'on voit, sous un coup de baguette, une vieille femme, sèche, ridée, aux traits durs, et maigrement vêtue, se métamorphoser soudain en une princesse noble de visage et riche de costume.

Chaque détail accentue le contraste. Comment s'expliquer que de cette petite maxime prosaïque et terne :

> La mort est commune à tous les âges,

soient sortis des vers comme ceux-ci :

> La main des Parques blêmes
> De vos jours et des miens se joue également.

Où La Fontaine a-t-il trouvé, dans cet apologue de six lignes, ces nuances d'impressions, ces progressions de sentiments et cette image de l'aurore qui éclate à la fin des deux passages, comme un rayon de soleil perçant tout à coup un nuage?

Mais il est un vers qui appelle une remarque particulière :

Mes arrière-neveux me devront cet ombrage.

Presque tous les lecteurs font, je crois, un contre-sens à ce vers. Ils le disent comme *une affirmation*. Le vieillard, selon eux, se réjouit à l'idée de ce que lui devront ses arrière-neveux. Tel n'est pas le sens. Le vieillard suppose une objection, faite par les jeunes gens : « Mais, bonhomme, il s'écoulera des années avant que votre arbre ait assez de feuilles pour donner de l'ombrage. » Il faut donc lire ce vers comme s'il y avait : *Vous me dites que mes arrière-neveux*, et mettre un accent moqueur à *arrière*, pour bien marquer que ce sont les jeunes gens qui parlent. Une preuve évidente que tel est le sens, c'est le *Eh bien!* qui commence le vers suivant. Eh bien est une réponse, et ne peut être qu'une réponse. J'engage fort nos jeunes lecteurs à chercher l'intonation caractéristique qu'il faut donner à la dernière syllabe du mot *ombrage*, pour exprimer l'idée de La Fontaine. Il y a là un très joli exercice de diction.

La fin de la fable complète notre étude d'opposition entre les deux auteurs.

Le *ruens fregit collum*, et, *précipité à terre, il se casse le cou*, se transforme en ces vers touchants :

Le troisième tomba d'un arbre
Que lui-même il voulut enter;
Et, pleurés du vieillard, il grava sur leur marbre
Ce que je viens de raconter.

Pleurés du vieillard termine ce délicieux morceau par une note attendrie qui le poétise encore.

La Fontaine, dans aucune de ses fables, n'a peut-être jamais mis autant de lui-même.

Son génie seul ne suffit pas pour nous en expliquer la beauté. Son âge y a sa part. Il ne l'aurait pas écrite à quarante ans, ni même à cinquante. Il faut avoir longtemps vécu, il faut avoir souffert, avoir pleuré, s'être consolé, avoir pardonné, pour réunir en une seule page tant de trésors d'indulgence, de grâce, de gravité, de mélancolie souriante. Il y a dans ces vers un charme d'automne, indéfinissable. Le feuillage des arbres à l'arrière-saison, est bien plus varié de couleurs, bien plus riche de nuances qu'au printemps ou à l'été, et les couchers de soleil y ont d'incomparables douceurs de rayons. La fable : *le Vieillard et les trois jeunes Hommes*, est un beau soir d'octobre.

L'ALOUETTE ET SES PETITS
AVEC LE MAITRE D'UN CHAMP

Nous venons de voir La Fontaine, faisant sortir une merveille de poésie et d'émotion de quelques lignes sèches et sans couleur. Nous allons le voir aux prises avec une petite œuvre complète et achevée. Après le premier texte, nous nous disions : Que peut-il tirer de là? Après le second, nous dirons : Que pourra-t-il ajouter à cela?

Voici cet apologue, textuellement traduit d'Aulu-Gelle :

« Ésope le Phrygien passe, non sans raison, pour fabuliste,
« parce qu'il savait présenter les sages conseils et les maximes
« utiles sous une forme agréable, et les faisait ainsi pénétrer
« dans l'esprit de ses lecteurs. Sa fable : *l'Alouette et ses*
« *Petits*, nous montre, par un aimable exemple, comment, dans
« les choses de la vie, il ne faut jamais se fier qu'à soi seul.
« Il s'agit d'un petit oiseau, dit-il; son nom est l'alouette. Elle

« habite et fait son nid au milieu des blés, à peu près au mo-
« ment où les moissons commencent à poindre. Une alouette
« avait pondu par hasard dans des blés trop hâtifs : aussi, quand
« la moisson fut blonde, les petits étaient encore sans plumes.
« L'alouette, partant pour leur aller chercher pâture, leur
« recommande de remarquer s'il se produit quelque chose
« de nouveau, afin de l'en avertir à son retour. Le maître de ce
« champ vient avec son fils, et lui dit : « Tu vois que ces blés
« sont mûrs et appellent la main du moissonneur. Demain
« donc, dès qu'il fera jour, va chez nos amis et prie-les de
« venir nous prêter leur aide pour faire cette moisson. »

« Le maître part, l'alouette revient. Les petits, tout trem-
« blants, tout frémissants, supplient leur mère de se hâter et
« de se transporter dans un autre lieu. « Le maître, disent-ils,
« a envoyé son fils vers ses amis pour qu'au lever du jour,
« ils viennent moissonner. La mère leur répond de se calmer.
« Si le maître, dit-elle, s'en remet à ses amis pour mois-
« sonner, la moisson ne se fera pas demain, et il n'est pas
« nécessaire que je vous emmène aujourd'hui d'ici. »

« Le lendemain, la mère partie, le maître attend ceux qu'il
« avait convoqués. Le soleil se lève : rien ne paraît, pas d'amis.
« Le maître dit alors à son fils : « Ces amis sont de grands
« paresseux. Va donc prier nos parents, nos alliés, nos
« voisins, de venir moissonner demain avec nous. » Les petits,
« effrayés, annoncent cette nouvelle à leur mère. Elle les exhorte
« à rester sans crainte et sans souci. « Les parents, les voisins,
« leur dit-elle, ne sont pas si serviables que de faire effort

« pour se charger d'un travail et obéir ainsi à un mot
« d'ordre. Vous, pourtant, écoutez bien ce qui se dira. »
 « Le jour levé, la mère part à l'essor. Les parents et voisins
« manquent à l'appel. Le maître dit à son fils : « Laissons là
« les parents et amis. Tu apporteras deux faucilles au point du
« jour. J'en prendrai une, tu prendras l'autre, et nous ferons
« notre moisson nous-mêmes. » Dès que la mère entendit ces
« paroles du maître : « Voici le moment de partir, dit-elle.
« Plus de doute! ce qu'il a annoncé se fera, car il se fie, non
« aux autres, mais à lui. » L'alouette partit alors avec sa
« nichée, et la moisson fut faite pour le matin. »

On le voit, le tableau est complet. Rien n'y manque : ni
l'action, ni les diverses phases de l'action, ni la mise en scène,
ni les personnages, ni leur caractère. Le seul rôle qui reste
à La Fontaine est, selon moi, celui de traducteur. Oui! traducteur, mais encore plus créateur. Nous allons le voir là,
faisant son métier d'abeille. Le suc est dans les fleurs, mais
c'est lui qui fait le miel :

> Les alouettes font leur nid
> Dans les blés quand ils sont en herbe,
> C'est-à-dire environ le temps
> Que tout aime et que tout pullule dans le monde,
> Monstres marins au fond de l'onde,
> Tigres dans les forêts, alouettes aux champs.

Quelle admirable envolée poétique! Comme nous voilà loin de
ce petit sillon! Comme le poète embrasse l'univers entier d'un
coup d'aile! Et comme nous redescendons joliment sur la terre
par le dernier hémistiche. La Fontaine seul a de telles trouvailles.

Les sept vers qui suivent ne sont pas moins caractéristiques :

> Une pourtant de ces dernières
> Avait laissé passer la moitié du printemps
> Sans goûter le plaisir des amours printanières.
> A toute force enfin elle se résolut
> D'imiter la nature et d'être mère encore.
> Elle bâtit un nid, pond, couve, et fait éclore,
> A la hâte : le tout alla du mieux qu'il put.

Tout est à remarquer dans ce petit tableau.

Ce vers délicieux :

> Pour goûter le plaisir des amours printanières.

Et ce trait touchant :

> D'imiter la nature et d'être mère encore.

Et cette hâte de la mère, si pittoresquement exprimée par cette succession précipitée de verbes entassés dans le même alexandrin :

> Elle bâtit un nid, pond, couve et fait éclore.

Et ce rejet : *à la hâte*, qui achève de peindre la précipitation. Or, d'où tout cela est-il sorti? D'un pauvre et unique adjectif : *tempestiores*!

> Congesserat in segetes tempestiores.

L'alouette avait pondu dans des blés trop *hâtifs* :

> Les blés d'alentour mûrs avant que la nitée
> Se trouvât assez forte encor
> Pour voler et prendre l'essor,
> De mille soins divers l'alouette agitée
> S'en va chercher pâture, avertit ses enfants
> D'être toujours au guet et faire sentinelle.

> « Si le possesseur de ces champs
> Vient avecque son fils, comme il viendra, dit-elle,
> Écoutez bien : selon ce qu'il dira,
> Chacun de nous décampera. »
> Sitôt que l'alouette eut quitté sa famille,
> Le possesseur du champ vint avecque son fils,
> « Ces blés sont mûrs, dit-il : allez chez nos amis
> Les prier que chacun, apportant sa faucille,
> Nous vienne aider demain à la pointe du jour. »

Rien à dire sur ces vers ; le poète n'a guère ajouté au prosateur que ce que la versification ajoute à la prose. Même je trouve dans Aulu-Gelle une élégance d'expression que La Fontaine n'a pas reproduite. Les blés qui *appellent la main du moissonneur*. Ce n'est en somme qu'une prose agréable mise en jolis vers, rien de plus.

> Notre alouette de retour
> Trouve en alarme sa couvée.
> L'un commence : « Il a dit que l'aurore levée,
> L'on fît venir demain ses amis pour l'aider.
> — S'il n'a dit que cela, repartit l'alouette,
> Rien ne nous presse encor de changer de retraite ;
> Mais c'est demain qu'il faut tout de bon écouter.
> Cependant soyez gais ; voilà de quoi manger. »
> Eux repus, tout s'endort, les petits et la mère.

Comme La Fontaine prend ici sa revanche !

Certes, le récit d'Aulu-Gelle ne manque ni de vérité ni de finesse ! J'y trouve même, pour peindre le bruyant émoi des petits, une image supérieure au vers de La Fontaine :

> *Aviculi trepiduli obstrepere.*

« Les petits tremblants, frémissent autour d'elle, » est plus expressif que :

> Trouve en alarme sa couvée.

J'y relève encore ce trait spirituel :

> S'il s'en remet à ses amis pour la moisson,
> On ne moissonnera pas demain. »

Mais quelle différence dans l'ensemble des deux passages!
Comme la scène se pose plus vivement dans le poète!

> L'un commence : « Il a dit....

Ce l'un *commence* donne à la terreur des petits je ne sais
quoi de solennel, qui fait valoir par le contraste la brève réponse
rieuse de l'alouette :

> « S'il n'a dit que cela.... »

Quant aux derniers vers. La Fontaine s'y trouve tout entier :

> « Cependant soyez gais, voilà de quoi manger. »
> Eux repus, tout s'endort, les petits et la mère.

Le premier est charmant de vérité et de bonne humeur, et
le suivant est un de ces tableaux complets, en un seul vers,
comme il ne s'en trouve que dans notre poëte. Il s'en exhale
je ne sais quelle impression de bien-être, d'apaisement, de
repos, de sommeil! On les voit dormir, on a presque envie de
dormir avec eux :

> L'aube du jour arrive, et d'amis point du tout.
> L'alouette à l'essor, le maître s'en vient faire
> Sa ronde ainsi qu'à l'ordinaire.
> « Ces blés ne devraient pas, dit-il, être debout.
> Nos amis ont grand tort; et tort qui se repose
> Sur de tels paresseux, à servir aussi lents.
>   Mon fils, allez chez nos parents
>   Les prier de la même chose. »

Le conteur latin vaut ici le poëte; mais les quatre vers qui
suivent sont plus expressifs, plus vivants dans La Fontaine :

> L'épouvante est au nid plus forte que jamais.
> « Il a dit ses parents, mère! c'est à cette heure....
>   — Non, mes enfants; dormez en paix :
>   Ne bougeons de notre demeure. »

Le : *Il a dit ses parents, mère!* peint d'un mot l'épouvante
des petits, et le calme de la mère, l'apaisement subit qui
découle de ses paroles se traduit délicieusement dans :

> « Non, mes enfants; dormez en paix :
> Ne bougeons de notre demeure. »
> L'alouette eut raison, car personne ne vint.
> Pour la troisième fois, le maître se souvint

> De visiter ses blés : « Notre erreur est extrême,
> Dit-il, de nous attendre à d'autres gens que nous.
> Il n'est meilleur ami ni parent que soi-même.
> Retenez bien cela, mon fils. Et savez-vous
> Ce qu'il faut faire? Il faut qu'avec notre famille
> Nous prenions dès demain chacun une faucille :
> C'est là notre plus court; et nous achèverons
> Notre moisson quand nous pourrons. »

Ici encore, j'hésiterais entre La Fontaine et Aulu-Gelle, si notre poète n'avait jeté au milieu de ce passage un vers frappé comme une médaille, devenu proverbe et où se résume toute la morale de cet apologue :

> Il n'est meilleur ami ni parent que soi-même.

Mais courons à la fin, et voilà le génie du poète et du peintre qui reprend tous ses droits :

> Dès lors que ce dessein fut su de l'alouette :
> « C'est ce coup qu'il est bon de partir, mes enfants! »
>   Et les petits en même temps,
>   Voletants, se culebutants,
>   Délogèrent tous sans trompette.

Autant de vers, autant de tableaux! *Voletants, se culebutants, délogèrent tous sans trompette*. Tout cela vit, remue, déménage. Le premier mot :

> C'est ce coup qu'il est bon de partir!...

est comme un coup de clairon qui sonne le départ. Et rien de plus gai, rien de plus amusant que le dernier vers.

La part de La Fontaine dans cet apologue est donc à la fois restreinte et immense. Qu'y a-t-il apporté? La poésie.

LES DEUX CHÈVRES

Nous voici, avec notre troisième exemple, en face d'un collaborateur de La Fontaine, bien inattendu, et d'une collaboration bien singulière. C'est encore d'un fabuliste latin qu'il s'est inspiré; seulement, cet auteur latin est un Français; ce fabuliste est un enfant de huit ans; cet enfant est un prince... le duc de Bourgogne; et cette collaboration est devenue une amitié.

Qui donc a rapproché le poète et le prince? Qui a donné à ce rapprochement le caractère d'un lien d'affection? On le devine : c'est Fénelon. Il établit entre eux les plus aimables commerces. Tantôt ce sont les fables du poète qui servent de sujet aux compositions latines de l'enfant, tantôt c'est l'enfant qui indique des sujets au poète, qui lui inspire et même lui commande des fables. Quelle plus jolie preuve puis-je en donner que ces vers d'un tour si original, d'une si ingénieuse invention poétique et rythmique :

A monseigneur le duc de Bourgogne, qui m'avait demandé une fable nommée : le Chat et la Souris.

LE CHAT ET LA SOURIS

Pour plaire au jeune prince à qui la Renommée
Destine un temple en mes écrits,
Comment composerai-je une fable nommée
Le chat et la souris?

> Dois-je représenter dans ces vers, une belle
> Qui, douce en apparence, et toutefois cruelle,
> Va se jouant des cœurs que ses charmes ont pris
>   Comme le chat de la souris?
>
> Prendrai-je pour sujet les jeux de la fortune?
> Rien ne lui convient mieux : et c'est chose commune
> Que de lui voir traiter ceux qu'on croit ses amis
>   Comme le chat fait la souris.
>
> Introduirai-je un roi qu'entre ses favoris
> Elle respecte seul, roi qui fixe sa roue,
> Qui n'est point empêché d'un monde d'ennemis,
> Et qui des plus puissants, quand il lui plaît, se joue
>   Comme le chat de la souris?
>
> Mais insensiblement, dans le tour que j'ai pris,
> Mon dessein se rencontre ; et, si je ne m'abuse,
> Je pourrais tout gâter par de plus longs récits :
> Le jeune prince alors se jouerait de ma muse
>   Comme le chat de la souris.

Est-il possible d'imaginer rien de plus léger, de plus rempli de grâce piquante et d'imagination?

Mais nous arrivons à un fait plus curieux encore : Fénelon eut l'idée de faire *composer* ensemble l'enfant et le poète, oui, composer comme deux écoliers. Le même sujet leur fut donné à l'un et à l'autre: l'enfant dut le traiter en prose latine, le poète en vers français; l'un en fit un thème, l'autre une fable, et le bonheur veut que les deux compositions aient été conservées : de façon que nous pouvons décider qui mérite le prix, dans le récit des *Deux Chèvres*.

Voici le thème latin du duc de Bourgogne, corrigé par Fénelon, et portant sur le revers de la copie : *Bonum thema*[1] :

---

1. *Thema* a deux sens : tantôt il veut dire version du latin en français ; tantôt, sujet, matière d'un devoir.

Due capellæ aberrantes a grege, arresperunt in rupes præruptas, et ceperunt morsu dumeta. Post longos circui-tus, tandem sibi invicem obviæ factæ sunt, ad trajectum alti rivi, in quo tabula angusta pons erat. Eis ex adverso positis, unaquæque contendebat se nunquam cessuram locum sociæ : « Avia, inquit una, erat olim Polyphemo gratissima. — Mea, vero, respondit altera, erat Amalthæa quæ lactavit Jovem. » Sic, dum sese exagitant, præcipites ruunt in gurgitem.

Dans ce thème, les mots, *sibi invicem, una, olim, vero,* sont de la main du précepteur.

J'ai transcrit le texte en latin pour les parents; en voici la traduction pour les enfants :

« Deux chèvres, errant loin du troupeau, grimpèrent sur des roches abruptes pour y brouter les ronces. Après de longs circuits, elles se trouvèrent, allant à l'encontre l'une de l'autre, au passage d'un profond ruisseau, sur lequel une planche étroite était jetée comme pont. Ainsi mises en présence, chacune sou-tenait qu'elle ne céderait pas la place à l'autre : « Mon aïeule, « dit l'une, fut autrefois très aimée de Polyphème. — La « mienne, répondit l'autre, était Amalthée, qui allaita Jupiter. » Tandis qu'elles se disputent le droit de passage, elles sont toutes deux précipitées dans le torrent. »

Les corrections de Fénelon sont à remarquer, parce qu'elles tendent toutes à donner plus de précision à la description. *Sibi invicem* marque bien qu'elles vont à l'encontre l'une de l'autre;

olim, autrefois, recule ingénieusement les relations affectueuses de la nymphe et de Polyphème, de façon à donner
comme des quartiers de noblesse à leur affection. Enfin, les deux
mots *una* et *vero* établissent bien l'opposition des deux
rivales.

Les commentateurs se partagent sur la question de savoir si
c'est le thème de l'enfant qui a fourni le sujet de sa fable au
poète, ou si c'est la fable qui a servi de texte à l'enfant.
Aucune de ces deux opinions ne me semble la vraie. Si la fable
avait été d'abord montrée à l'enfant, il en aurait tiré autre chose
que ce petit récit, si sec et si peu pittoresque; et je pense
que, de son côté, La Fontaine eût hésité à triompher d'une
façon si éclatante de l'enfant. Mon sentiment est que c'est
Fénelon qui leur a donné à tous deux le sujet trouvé par lui
dans quelque conteur ancien, car il a été traité par plus d'un,
entre autres, par Pline qui y a mis un dénouement bien
inattendu. Les deux chèvres, après s'être disputé les honneurs
du pas, prennent un parti fort spirituel : l'une d'elles se
couche sur le pont, l'autre lui passe sur le dos, et voilà le pont
franchi par toutes deux.

Voyons le second devoir, la fable de La Fontaine :

LES DEUX CHÈVRES

Dès que les chèvres ont brouté,
Certain esprit de liberté
Leur fait chercher fortune : elles vont en voyage
Vers les endroits du pâturage
Les moins fréquentés des humains.
Là, s'il est quelque lieu sans route et sans chemins,
Un rocher, quelque mont pendant en précipices,
C'est où ces dames vont promener leurs caprices.
Rien ne peut arrêter cet animal grimpant.
Deux chèvres donc s'émancipant,
Toutes deux ayant patte blanche,
Quittèrent les bas prés, chacune de sa part :
L'une vers l'autre allait pour quelque bon hasard,
Un ruisseau se rencontre, et pour pont une planche.
Deux belettes à peine auraient passé de front
Sur ce pont :
D'ailleurs, l'onde rapide et le ruisseau profond
Devaient faire trembler de peur ces amazones.
Malgré tant de dangers, l'une de ces personnes
Pose un pied sur la planche, et l'autre en fait autant.
Je m'imagine voir, avec Louis le Grand
Philippe Quatre qui s'avance
Dans l'île de la Conférence :

LES DEUX CHEVRES.

FABLE CLXVIII.

AINSI S'AVANÇAIENT PAS A PAS,
NEZ À NEZ, NOS AVENTURIÈRES. (P. 159)

Ainsi s'avançaient pas à pas,
Nez à nez, nos aventurières,
Qui, toutes deux étant fort fières,
Vers le milieu du pont ne se voulurent pas
L'une à l'autre céder. Elles avaient la gloire
De compter dans leur race, à ce que dit l'histoire,
L'une, certaine chèvre, au mérite sans pair,
Dont Polyphème fit présent à Galathée ;
Et l'autre, la chèvre Amalthée,
Par qui fut nourri Jupiter.
Faute de reculer, leur chute fut commune :
Toutes deux tombèrent dans l'eau.

Cet accident n'est pas nouveau
Dans le chemin de la Fortune.

La comparaison est impossible, le commentaire inutile. Tout, dans ce chef-d'œuvre, est si vivant, si pittoresque, les mots, les tours, les rythmes, les coupes des vers, tout s'y fond et y éclate dans une harmonie si pleine de contrastes, qu'on n'a qu'à lire pour comprendre.

Mais un fait d'histoire littéraire bien intéressant se dégage de cette lecture.

Cette fable fut publiée d'abord à part dans *le Mercure galant*. Or voici quel en était le début :

Les chèvres ont une propriété,
C'est qu'ayant fort longtemps brouté,
Elles prennent l'essor, et s'en vont en voyage,
Vers les endroits du pâturage
Inaccessibles aux humains.
Est-il quelque lieu sans chemins,
Quelque rocher, un mont pendant en précipices,
Nos dames s'en vont là promener leurs caprices.

Comparez ce début avec celui de la fable définitive. Quelle différence ! quelles admirables corrections ! Ces huit premiers

vers, si lourds, et si impropres même d'expression (des
chèvres qui *prennent l'essor*), se métamorphosant en un commencement léger, brillant, pittoresque, prouvent, d'une façon
irréfutable, que le plus naturel de nos poètes, le plus naïf,
n'est arrivé à effacer dans son œuvre toute trace de travail
qu'à force de travail. Lui-même nous l'a dit dans la fable
du *Loup et le Renard*, dont il devait, dit-il, au duc de Bourgogne, le dialogue, le sujet, et la morale.

> Ce qui m'étonne est qu'à huit ans
> Un Prince en fable ait mis la chose.
> Tandis que sous mes cheveux blancs
> *Je fabrique à force de temps*
> Des vers moins sensés que sa prose.

Je m'arrête. J'en ai assez dit pour prouver ce fait charmant :
le Duc de Bourgogne et Fénelon ont été les collaborateurs de
La Fontaine.

L'HOMME ET LA COULEUVRE

Nous arrivons au dernier et au plus caractéristique de nos exemples, car aucun ne nous montre La Fontaine ayant autant reçu des autres, et leur ayant autant ajouté.

C'est à Pilpay qu'il doit *l'Homme et la Couleuvre*.

Pilpay suppose qu'un brahme, allant en pèlerinage sur les bords du Gange, rencontre un crocodile qui le supplie de le transporter au milieu de ces eaux sacrées, parce qu'elles sont très abondantes et très salutaires. Le brahme y consent, met le crocodile sur son dos, dans un sac, et va le déposer au plein milieu du fleuve. Mais tout à coup, au moment où il se retire, il se sent prendre à la jambe par le crocodile qui cherche à l'entraîner au fond de l'eau pour le dévorer. Saisi de frayeur et indigné de cette trahison :

« Perfide! scélérat! s'écrie-t-il, est-ce donc ainsi que tu rends le mal pour le bien? Est-ce donc là, la reconnaissance que j'avais le droit d'attendre de toi, après t'avoir rendu un tel service ?

— Que veux-tu dire, reprend le crocodile, avec ton grand mot de reconnaissance? Aujourd'hui, chez les hommes, la reconnaissance c'est de dévorer ceux qui vous font du bien. »

Le brahme, prenant alors le ton de la supplication, demande au crocodile de suspendre son dessein.

« Soumettons l'affaire à des arbitres, lui dit-il. Si tu en trouves trois qui t'approuvent, je consens à ce que tu me dévores. »

Le crocodile accepte et l'arbitrage commence.

Voyons La Fontaine :

> Un homme vit une couleuvre :
> « Ah ! méchante, dit–il, je m'en vais faire une œuvre
> Agréable à tout l'univers ! »
> A ces mots l'animal pervers
> (C'est le serpent que je veux dire,
> Et non l'homme; on pourrait aisément s'y tromper),
> A ces mots le serpent, se laissant attraper,
> Est pris, mis en sac; et, ce qui fut le pire,
> On résolut sa mort, fût–il coupable ou non.
> Afin de le payer toutefois de raison,
> L'autre lui fit cette harangue :
> « Symbole des ingrats ! être bon aux méchants,
> C'est être sot; meurs donc : ta colère et tes dents
> Ne me nuiront jamais. » Le serpent, en sa langue,
> Reprit du mieux qu'il put : « S'il fallait condamner
> Tous les ingrats qui sont au monde,
> A qui pourrait-on pardonner?

Quelle profondeur mélancolique dans ces trois derniers vers!

> Toi-même tu te fais ton procès : je me fonde
> Sur tes propres leçons; jette les yeux sur toi.

L'HOMME ET LA COULEUVRE

A CES MOTS LE SERPENT, SE LAISSANT ATTRAPER,
EST PRIS, MIS EN UN SA . . . . P. 162.

> Mes jours sont en tes mains, tranche-les; ta justice,
> C'est ton utilité, ton plaisir, ton caprice.

Remarquez la progression de ces trois mots : *utilité*, —
plaisir, — *caprice*.

> Selon ces lois, condamne-moi;
> Mais trouve bon qu'avec franchise
> En mourant au moins je te dise
> Que le symbole des ingrats
> Ce n'est point le serpent, c'est l'homme. »

Quelle différence entre ces deux débuts! Comme le sujet,
chez La Fontaine, se pose avec plus de netteté, et plus de
force! Comme la grande idée de l'*ingratitude humaine* s'y
dessine! Notre poète s'est débarrassé de cet attirail de contes
de fées de l'auteur indien. Il laisse là le grotesque tableau
du brahme portant le crocodile sur son dos, dans un sac. Il
n'a garde de nous montrer l'homme sous les traits d'une créature charitable, avant de le traduire à notre barre comme
le symbole des ingrats. Nous sommes en pleine réalité, en
pleine humanité, en plein tribunal et, à peine le procès commencé, les deux personnages se transforment. L'accusé devient
accusateur : la victime se pose en juge. Jamais héroïque martyr,
en face d'une condamnation certaine, n'a montré plus d'indifférence de la mort, n'a parlé un langage plus plein de tristesse
hautaine et amère :

> ... le symbole des ingrats
> Ce n'est point le serpent, c'est l'homme.

Puis, ce terrible vers lancé, il se tait, et sans implorer sa

grâce, sans l'espérer, je dirais presque sans la désirer, il attend
l'effet de sa harangue, en stoïque, à la façon du paysan du
Danube. Il ne demande pas, comme dans la fable indienne, des
témoins à décharge qui peut-être le sauveront; non! Son bourreau lui offre l'arbitrage, il l'accepte avec indifférence, également certain que tous les arbitres lui donneront gain de cause,
et que sa cause n'en est pas moins perdue.

Dans le conte indien, les trois arbitres choisis sont la *vache*,
le *cheval* et l'*arbre*.

« Les plaideurs virent une vieille vache qui paissait sans
« gardien sur le bord du fleuve. Ils l'appelèrent. Le brahme lui
« demande s'il était permis de faire du mal à ceux qui nous fai-
« saient du bien, et si la reconnaissance n'était pas un devoir et
« une vertu « Que parles-tu, répond la vache, de reconnais-
« sance? Ma cruelle expérience m'a appris ce que tout cela
« compte aujourd'hui dans le monde. J'ai rendu à l'homme les
« plus importants services, j'ai labouré ses champs. Je lui ai
« donné des veaux. Je l'ai nourri de mon lait. Maintenant que
« je suis devenue vieille, et qu'il n'a plus rien à attendre de
« moi, il me rebute, et je me vois ici abandonnée aux bords du
« fleuve et exposée à chaque instant à devenir la proie des
« bêtes féroces. »

L'accusation est accablante, et cette dernière image de la
pauvre vache errant sur les bords du fleuve, donne une
réelle grandeur au tableau.

Qu'y ajoute donc La Fontaine?

Le pathétique! Les plaintes de la vache dans le conteur

indien sont justes, amères. sans réplique: mais elles vous
convainquent plus qu'elles ne vous touchent. On lui donne
raison plus qu'on ne s'apitoie sur elle. Ces petites phrases :
*j'ai labouré son champ. je lui ai donné des veaux. je l'ai
nourri de mon lait*. ont toute la force, mais aussi toute la
sécheresse d'un fait. En les lisant. on n'éprouve pas le trouble
profond de la pitié; cela manque de larmes.

Que dit La Fontaine?

> Je nourris celui-ci depuis longues années:
> Il n'a sans mes bienfaits passé nulles journées;
> Tout n'est que pour lui seul: mon lait et mes enfants
> Le font à la maison revenir les mains pleines;
> Même j'ai rétabli sa santé que les ans
>   Avaient altérée: et mes peines
> Ont pour but son plaisir ainsi que son besoin.

Comme nous voilà transportés dans un autre monde! Comme
le beau déroulement de la phrase poétique ajoute à l'attendrissement! Comme l'harmonie devient de l'émotion!

> Enfin me voilà vieille; il me laisse en un coin
> Sans herbe : s'il voulait encor me laisser paître!
> Mais je suis attachée : et si j'eusse eu pour maître
> Un serpent, eût-il su jamais pousser si loin
> L'ingratitude?

Les poëtes du XIXe siècle se vantent justement d'avoir assoupli
le vers français, d'avoir ôté à l'alexandrin sa monotonie pédan-
tesque par l'habile variété des tours, par la mobilité des césures,
par l'emploi calculé des rejets et des enjambements. Ils ont
raison. Mais La Fontaine n'a-t-il pas été leur maître? Où trouver,
même dans Victor Hugo. rien de plus hardi et de plus expressif.

comme coupe de vers, que ce *sans herbe*? Et ce grand mot,
l'*ingratitude*, se dressant tout seul à la tête du dernier vers,
n'y apparaît-il pas comme une sorte de monstre gigantesque?

Le second arbitre choisi, dans le récit du conteur indien, est
un vieux cheval qui n'avait plus que la peau et les os. Interrogé, il répond simplement : « J'ai consumé tout ce que
j'avais de forces au service de l'homme, et, pour récompense,
il va me tuer et m'écorcher.

La Fontaine a substitué le bœuf au cheval, et voici les admirables vers qu'il a tirés de ces deux lignes, saisissantes sans
doute, mais bien froides dans leur brièveté :

> ... Le bœuf vient à pas lents.
> Quand il eut ruminé tout le cas en sa tête,
>   Il dit que du labeur des ans
> Pour nous seuls il portait les soins les plus pesants,
> Parcourant sans cesser ce long cercle de peines
> Qui, revenant sur soi, ramenait dans nos plaines
> Ce que Cérès nous donne, et vend aux animaux ;
>   Que cette suite de travaux
> Pour récompense avait, de tous tant que nous sommes,
> Force coups, peu de gré ; puis, quand il était vieux,
> On croyait l'honorer chaque fois que les hommes
> Achetaient de son sang l'indulgence des dieux.

La Fontaine a une qualité suprême, il donne la vie. Tous les
êtres qu'il met en scène sont des créatures réelles. Les paroles de
ce bœuf ne sont-elles pas son portrait? Ne semble-t-il pas qu'on
le voie? Ces vers n'ont-ils pas son allure? Ne marchent-ils pas
comme il marche? Ne sont-ils pas graves, et un peu pesants,
comme lui? Ce *long cercle de peines qui, revenant sur soi*,
ne nous représente-t-il pas le bœuf qui, arrivé au bout du

sillon, *revient aussi sur soi*, pour recreuser plus profondément? Enfin la dernière image, nous reportant à l'antiquité,
complète la physionomie de ce grave philosophe du labourage.

Après le bœuf, l'arbre.

Voici le récit indien :

« Ils s'adressèrent à un manguier planté sur le bord du
« fleuve. Le brahme lui demanda s'il était permis de faire du
« mal à ceux qui nous avaient fait du bien. « Je ne sais pas si
« cela est permis ou non, répondit le manguier; mais je sais
« bien que c'est là précisément la conduite que les hommes,
« tes semblables, tiennent envers moi. En effet, j'apaise leur
« faim en les nourrissant de mes fruits succulents; je les
« garantis des ardeurs du soleil en les couvrant de la fraîcheur
« de mon ombre; mais dès que la vieillesse ou quelque acci-
« dent m'a mis hors d'état de leur procurer ces biens, oubliant
« aussitôt mes services passés, ils coupent d'abord mes branches
« et finissent par m'ôter la vie en m'arrachant avec mes racines :
« d'où je dois conclure que la vertu, de nos jours, parmi les
« hommes, c'est de détruire ceux qui les nourrissent. »

Ce petit tableau est complet, et La Fontaine n'a guère eu,
paraît-il, qu'à traduire; mais, pour lui, imiter c'est créer :

> .... L'arbre étant pris pour juge,
> Ce fut bien pis encore. Il servait de refuge
> Contre le chaud, la pluie et la fureur des vents;
> Pour nous seuls il ornait les jardins et les champs.
> L'ombrage n'était pas le seul bien qu'il sût faire,
> Il courbait sous les fruits. Cependant pour salaire
> Un rustre l'abattait : c'était là son loyer;
> Quoique, pendant tout l'an, libéral il nous donne

Ou des fleurs au printemps, ou du fruit en automne,
L'ombre l'été, l'hiver, les plaisirs du foyer.
Que ne l'émondait-on, sans prendre la cognée?
De son tempérament il eût encor vécu.

On voit tout ce que notre poète a ajouté de fleurs et de
fruits à cet arbre.

Notre étude serait incomplète, si je n'y joignais deux
observations qui me viennent toujours à l'esprit quand je lis
cette fable, et que je n'ai encore vues exprimées nulle part.
La première, c'est que les trois discours de la *vache*, du *bœuf*
et de l'*arbre*, si admirables qu'ils soient comme morceaux
de poésie, ont un grand défaut comme acte d'accusation; ils
manquent de vérité. Les reproches adressés à l'homme
portent sur des faits auxquels il y a beaucoup à répondre,
et, si j'étais à la place de l'homme, je ne passerais pas si
facilement condamnation. « Où vois-tu, dirais-je à la vache,
que quand tu deviens vieille on te mette à l'attache, sans
te laisser paître? On te vend, mais on ne te laisse pas
mourir de faim. » Je dirais au bœuf : Ton :

Force coups, peu de gré,

est une calomnie. Quel laboureur bat ses bœufs? Tout au
plus, quand la voix ne suffit pas pour t'exciter au travail, te
pique-t-on parfois de l'aiguillon? Mais, dans le cours de ta
vie, à l'étable, à la pâture, que de soins pour ta nourri-
ture, pour ta litière, pour ta propreté, pour ta santé! A ta
moindre maladie, j'appelle celui qui peut te guérir... Ce que

je ne fais pas toujours pour moi. Que signifie ton mot :

Ce que Cérès nous donne et vend aux animaux.

« Est-ce que Cérès ne nous le vend pas plus cher qu'à toi? Tu travailles? Est-ce que je ne travaille pas comme toi? Tu tires la charrue, moi je la dirige. Tu pèses sur le joug, moi sur le timon. Tu laboures le champ, moi je l'ensemence, je le fume, je le prépare. Quand vient la moisson, tu arrives dans le champ, vers le soir, avec une charrette vide, que tu remmènes pleine de gerbes, rien de plus vrai. Mais, ces gerbes, qui les a moissonnées? Qui les a rassemblées? Qui les a liées? Moi! moi, qui, courbé sur le sillon avant le jour, ai travaillé pendant quatorze heures pour te préparer deux ou trois heures de labeur. Nous sommes deux compagnons de peine, et je partage avec toi les fruits que nous avons récoltés ensemble. De quoi te plains-tu? »

« Enfin, je répondrais à l'arbre : Tu parles de mon ingratitude. Que dirai-je donc de la tienne? Jamais père a-t-il eu pour son enfant plus de sollicitude que je n'en ai montré pour toi? Tu me dois tout ce que tu es. La nature n'avait créé en toi qu'un sauvageon, destiné à porter des fruits amers ou insipides. C'est moi qui, insérant sous ton écorce une sève généreuse, t'ai rendu l'honneur du verger. Je t'ai planté dans une terre choisie, je t'ai arrosé de l'eau la plus salutaire. Une de tes branches meurt-elle? Je t'en délivre pour qu'elle ne nuise pas aux autres. C'est grâce à mon art que s'établit, entre tes racines et tes rameaux, un équilibre qui fait ta beauté, ta

22

fécondité, ta richesse. Enfin je ne t'abats que quand la mort est
près de t'abattre. Viens donc maintenant me parler de tes
services et de mon ingratitude. »

Voilà, si j'étais à la place de l'homme, ce que je dirais à
mes accusateurs, et je ne vois pas trop ce qu'ils pourraient me
répondre.

D'où je conclus que le début de cette fable est admirable,
que les quatre discours sont de la plus haute éloquence, que le
sujet *l'Ingratitude humaine* est grandiose, mais qu'il demandait des exemples plus vrais. L'humanité en offrait à foison. La
Fontaine a été trompé par la fable indienne, il s'est trop astreint
à la suivre. Il n'a fait qu'imiter, là où il eût fallu inventer.

Mon second reproche est plus sérieux encore, il porte sur
l'affabulation.

> L'homme, trouvant mauvais que l'on l'eût convaincu,
> Voulut à toute force avoir cause gagnée.
> « Je suis bien bon, dit-il, d'écouter ces gens-là ! »
> Du sac et du serpent aussitôt il donna
>   Contre les murs, tant qu'il tua la bête.
>
>   On en use ainsi chez les grands.
>   La raison les offense, ils se mettent en tête
>   Que tout est né pour eux, quadrupèdes et gens,
>   Et serpents.
>   Si quelqu'un desserre les dents,
>   C'est un sot. J'en conviens : mais que faut-il donc faire ?
>   Parler de loin, ou bien se taire.

Cette fin, je l'avoue, me déconcerte absolument. Elle n'a
aucun lien avec le sujet. Il ne s'agit plus de l'ingratitude des
hommes, mais de l'infatuation des courtisans, et ce petit conseil
de prudence pusillanime termine mal cette fable; mais elle con-

tient quelques-uns des vers les plus puissants, les plus pitto-
resques de notre poète, et elle reste, en dépit de ses imperfections, un chef-d'œuvre. Ces imperfections, je n'ai pas craint
de les signaler. L'étude des œuvres du génie n'est féconde
qu'à la condition de s'appeler culte, et non pas fétichisme.
Admirer, c'est juger.

Un dernier mot. Ces quatres fables nous ont montré, sous
quatre formes différentes, ce que La Fontaine doit aux autres;
mais, du même coup, elles nous ont fait voir aussi ce que les
autres lui doivent. Qu'étaient en effet, avant lui, les apologues
d'Abstémius, d'Aulu-Gelle, de Pilpay? Des lettres mortes.
La Fontaine les touche, et les voilà immortels! Son travail
d'imitation est un travail de résurrection.

III

LES FICELLES DRAMATIQUES

—

SCRIBE

Le centenaire de Scribe a été célébré d'une façon bien inac-
coutumée. Pour fêter les noces d'or de ce mort illustre avec la
postérité, on l'a affublé, entre autres titres d'honneur, de ce
nom : *Faiseur de ficelles*. Eh bien! qu'on me permette d'essayer ici, en dehors, bien entendu, de toute polémique... la
polémique n'est pas plus de mon goût que de mon âge, d'essayer, dis-je, une étude purement littéraire, sur ce sujet : Les
ficelles dramatiques et Scribe.

Qu'est-ce qu'une ficelle dramatique? J'ouvre le dictionnaire et je lis :

« *Ficelle*, sorte de petite corde, qui est faite de plusieurs fils de chanvre, et dont on se sert pour lier de petits paquets. »

« *Ficelles dramatiques*, petits moyens artificiels, ruses de métier, ainsi désignés, par assimilation aux fils cachés avec lesquels on manœuvre les marionnettes. »

Voilà le terrible mot expliqué! *Marionnettes!* Cela dit tout. *Marionnettes!* c'est-à-dire non pas des êtres réels, mais des pantins! *Ficelles dramatiques*, c'est-à-dire non des articulations vivantes, mais des ressorts tout matériels, faisant mouvoir des créatures de carton ou de bois : *la croix de ma mère, le sabre de mon père, les cheveux de ma sœur*, etc., avec le cortège des évanouissements, des reconnaissances, des erreurs de nom, des portes ouvertes ou fermées, c'est-à-dire autant de trucs qui déshonorent l'art en le réduisant à l'état de métier, et font du talent dramatique un jeu de passe-passe, un exercice de prestidigitation.

Or, voilà ce qu'on reproche à Scribe. C'est lui qui a infecté notre théâtre de ce fléau; il est le grand ficelier! On le traite comme l'âne dans *les Animaux malades de la peste*.

> .... On cria haro sur le baudet.
> Un loup, quelque peu clerc, prouva par sa harangue
> Qu'il fallait dévouer ce maudit animal,
> Ce pelé, ce galeux, d'où venait tout leur mal!

L'avouerai-je? il me touche, ce pauvre baudet. Je me demande s'il est aussi coupable qu'on le prétend, et si, par hasard, son seul tort ne serait pas d'avoir fait ce qu'ont fait

tous les autres auteurs. même tragiques, avant lui. Pour nous
en éclaircir. interrogeons la conscience des plus hauts personnages de cette cour. et commençons par le lion, par le roi des
rois. par Eschyle.

Les *Choéphores* restent. selon moi. l'œuvre la plus puissante du grand tragique. C'est le meurtre de Clytemnestre par
Oreste. Oreste s'associe sa sœur Electre pour cette effroyable
besogne. et cet assassinat qui ressemble à un arrêt! Ces deux
parricides qui sont deux justiciers! Ces deux justiciers qui
représentent la justice divine! tout cela imprime un incomparable caractère de grandeur terrible à cette tragédie. où il
coule tant de sang et pas une larme!

Or. quel est le ressort de l'œuvre? Une mèche de cheveux...
une mèche de cheveux qu'Électre trouve sur la tombe d'Agamemnon. qu'elle reconnaît immédiatement pour les cheveux de
son frère. parti depuis plus de dix ans. et qu'elle reconnaît. à
quoi? à leur ressemblance avec les siens! Avouons-le tout bas :
S'il ne s'agissait pas d'Eschyle. nous dirions : quelle ficelle!

Après Eschyle. Euripide.

Je préfère infiniment l'*Iphigénie en Aulide* d'Euripide à celle
de Racine. Ce rôle d'Iphigénie, dans la tragédie grecque. a une
juvénilité. une ingénuité. une grâce et. en même temps. un
héroïsme qui dépasse de bien loin l'Iphigénie de notre poète.
Son hymne. en marchant au supplice. est d'une beauté épique.
Mais, enfin, pour qu'elle aille au supplice. il faut qu'elle arrive
dans le camp. qu'elle y arrive malgré toutes les précautions
paternelles d'Agamemnon, qui a envoyé Arcas au devant de

la mère et de la fille pour les forcer à rebrousser chemin.
Qu'est-il donc advenu? Qui s'est opposé à l'exécution des ordres
du roi? un obstacle tout matériel : une rencontre fortuite.
Arcas arrêté par Ménélas, une lettre saisie au passage comme
il s'en voit tant dans la comédie moderne, une ficelle enfin,
qui nous a valu un chef-d'œuvre.

Après Euripide, Shakespeare.

S'il vous fallait choisir entre les chefs-d'œuvre de Shakespeare, lequel mettriez-vous au premier rang? Moi, je prendrais
Othello. Jamais le poète ne s'est montré aussi pathétique,
aussi humain, aussi profond, aussi touchant. Aucune autre
étude de cœur humain ne me paraît comparable à la peinture
de la jalousie tombant dans cette grande âme. Ce qui fait la
beauté de la conception, c'est que ce terrible jaloux n'est
pas un jaloux, c'est un confiant : il a pleine foi dans celle
qu'il aime; il ne s'effraye, ni de la distance d'âge, ni des
quelques cheveux blancs qui commencent à argenter ses tempes.
« Elle avait des yeux, dit-il, et elle m'a choisi. » Il ajoute
ces délicieuses paroles qui semblent sortir de la bouche d'Ariste
de *l'École des maris* : « On ne me rendra pas jaloux de ma
« femme en me disant qu'elle est jolie, rieuse, qu'elle aime les
« belles compagnies, qu'elle chante, joue, et danse bien. Là où
« est la vertu, ce sont vertus nouvelles. » On comprend quels
effroyables ravages doit produire la jalousie dans un tel cœur!
Mais comment l'y faire naître? Comment en arrivera-t-il à ce
paroxysme de folie qui lui met le poignard à la main? Quelle
preuve évidente, flagrante, irréfutable, peut l'amener à soup-

çonner la plus pure des créatures humaines, à la croire coupable, à la tuer? Cette preuve est un mouchoir; un mouchoir qu'il lui avait donné. qu'elle conservait comme une relique, qu'elle laisse tomber par terre, qu'elle ne ramasse pas, que sa suivante Emilia ramasse. que cette Emilia donne à Cassio sans aucune raison. qu'Othello voit de loin aux mains de Cassio, et là-dessus le voilà immédiatement transformé en assassin! Quel faible fil pour faire mouvoir un tel colosse!

Après Shakespeare. Corneille.

S'il y a deux choses qui jurent ensemble, c'est le génie de Corneille et ces petits moyens matériels que j'ose à peine nommer en parlant de lui. Et cependant sa plus belle pièce de passion, le Cid. et sa plus belle tragédie historique, Horace, reposent, l'une sur une équivoque et l'autre sur un subterfuge.

Dans le Cid, ce qui arrache à Chimène le cri d'amour d'où sort le dénouement, n'est-ce pas l'épée de don Sanche. épée qu'elle maudit comme l'instrument de la mort de Rodrigue. tandis que c'est le témoin de sa victoire?

Quant à Horace. écoutons Corneille lui-même. Les préfaces de Corneille sont des modèles de candeur. Jamais homme n'a parlé de soi avec tant de simplicité, en bien et en mal. « Il passe pour constant, dit-il, que le second acte est un des plus pathétiques qui soient sur la scène, et le troisième un des plus artificieux. »

L'artifice était là en effet bien nécessaire, car le poète n'avait plus que le récit du combat pour matière des troisième

et quatrième actes. « J'ai coupé, dit-il, ce troisième acte
très heureusement, de façon à laisser Horace le père dans la
colère et le déplaisir, et lui donner ensuite un bon retour
à la joie dans le quatrième. »

Comment donc a-t-il coupé ce troisième? Par l'arrivée et
le récit de Julie, confidente de Sabine, et qui était témoin de
ce combat. « Cette Julie est une impatiente, qui suit brusquement sa première idée, nous dit Corneille, et présume le combat
achevé parce qu'elle a vu deux des Horaces par terre et le
troisième en fuite. Un homme, ajoute-t-il, qui doit être plus
posé et plus judicieux, n'eût pas été propre à donner cette
fausse alarme. Il eût dû prendre plus de patience afin d'avoir
plus de certitude de l'événement et de ne pas se laisser
emporter si légèrement, par les apparences, à présumer le
mauvais succès d'un combat dont il n'a pas vu la fin. »
L'aveu n'est-il pas complet et l'excuse n'est-elle pas délicieuse?
Évidemment si Corneille eût vécu de notre temps, et s'il fût
resté aussi ingénu, il aurait dit : « J'ai trouvé là une ficelle
assez ingénieuse. »

Après Corneille, Racine.

Racine, en dépit du mot de Victor Hugo, reste et restera
toujours, en poésie, une étoile de première grandeur. Il a dit
ce que personne n'a dit avant lui, ni depuis. Jamais même
chez Virgile, la passion n'a parlé un langage aussi puissant
et aussi vrai. *Britannicus* est un chef-d'œuvre absolu, et, ose-
rai-je le dire? aujourd'hui encore, une de mes joies est
d'apprendre et de me réciter des scènes entières de Racine. Or,

en l'étudiant, j'ai remarqué un fait, et qui, je crois, n'a pas
encore été relevé : c'est que ses tragédies sont, presque toutes,
construites comme des comédies.... Je veux dire que ses personnages, son style, sa méthode de développement appartiennent à
l'art de Sophocle, tandis que les ressorts, l'agencement de la
fable semblent souvent empruntés à l'art de Molière. *Mithridate*
en est un frappant exemple. Voilà certes un bien grand nom !
un bien grand homme ! Son langage est à la hauteur de sa
situation, ses desseins à la hauteur de son langage ; mais regardez la marche de la pièce, c'est une intrigue bourgeoise. Deux
frères rivaux ! Un vieux mari jaloux ! Jaloux avec toutes les
petitesses de la jalousie ! Il épie, il ment, il tend des pièges.
Possesseur inquiet d'un trésor qui lui échappe, gardien aux
abois de la jeunesse et de la beauté, Mithridate est un Arnolphe
qui tue.

Dieu me garde de le reprocher à Racine ! Si, en effet, ses
pièces sont, en général, plus vivantes, plus humaines que
celles de Corneille, il le doit peut-être à l'emploi de ces petits
moyens qui appartiennent à la vie de tous les jours, mais enfin
son théâtre en est plein. Néron se cache, au second acte, pour
assister, invisible, à l'entretien de Junie et de Britannicus.
L'épée d'Hippolyte, laissée entre les mains de Phèdre, amène
la péripétie. L'évanouissement d'Atalide et la lettre de Bajazet,
saisie sur elle, amènent la catastrophe. *Athalie*, la sublime
Athalie, repose sur une équivoque... le mot *trésor* pris dans
deux sens différents, signifiant tour à tour une somme d'argent
et un enfant. Or, n'est-ce pas en jouant sur ce double sens

que Joad s'attache Abner sans s'ouvrir à lui, inquiète Mathan sans l'éclairer et attire Athalie dans le piège?

Que dirons-nous donc d'*Esther*? La délicieuse scène du second acte où Aman prépare le triomphe de Mardochée en croyant préparer le sien, est une scène de méprise. La terrible catastrophe de la chute d'Aman repose sur un pur artifice.

Esther, Assuérus et Aman sont en présence. Esther se déclare juive et dénonce Aman comme le promoteur d'un massacre général des Juifs. Aman est consterné. Le roi est éperdu :

> Quel jour mêlé d'horreur vient effrayer mon âme!
> Tout mon sang de colère et de honte s'enflamme.
> J'étais donc le jouet.... Ciel, daigne m'éclairer!
> Un moment sans témoins cherchons à respirer.

Sur quoi, il sort; et, après avoir respiré un peu... très peu... juste assez pour permettre à Aman de se jeter aux genoux de la reine en implorant sa grâce, il rentre, et, trouvant son ministre dans cette posture bien naturelle, il s'imagine... quoi? qu'il veut assassiner ou violenter Esther!

> Quoi?.. le traître sur vous porte ses mains hardies!
> . . . .
> Qu'à ce monstre à l'instant l'âme soit arrachée;
> Et que devant sa porte, au lieu de Mardochée,
> Apaisant par sa mort et la terre et les cieux,
> De mes peuples vengés il repaisse les yeux.

On le voit, la tragédie est en dessus, mais la comédie est en dessous. Cette sortie, cette entrée, cette supposition sont autant de petits moyens, bien factices, mais sans lesquels cet admirable troisième acte n'existerait pas.

Après Racine, Molière.

Il y a dans le *Tartufe* un cabinet que je vous recommande, car il y joue un des rôles les plus importants.

Le second acte s'ouvre par une scène entre Orgon et Mariane.

> ORGON.
> Approchez, j'ai de quoi
> Vous parler en secret.
> MARIANE, *à Orgon, qui regarde dans un cabinet.*
> Que cherchez-vous?
> ORGON.
> Je voi
> Si quelqu'un n'est point là qui pourrait nous entendre;
> Car ce petit endroit est propre pour surprendre.

C'est ce qu'on appelle au théâtre une préparation. Préparation fort utile, car vous allez voir au début du troisième acte, Damis, voulant assister à l'entretien d'Elmire et de Tartufe, se cacher dans ce cabinet d'où il sort impétueusement, au milieu de la scène, pour dénoncer le traître; et de là toute l'admirable fin du troisième acte. Pas de cabinet, pas de péripétie. Attendez, ce n'est pas tout. Au quatrième acte dans la grande scène entre Elmire et Tartufe, quels sont les premiers mots d'Elmire :

> Et regardez partout de crainte de surprise,
> Une affaire pareille à celle de tantôt
> N'est pas assurément ici ce qu'il nous faut.

Et à la fin de la scène, elle le renvoie encore à la découverte, ce qui permet à Orgon de sortir de dessous la table, de se cacher derrière sa femme, et de saisir le scélérat à la gorge au moment où il accourt les bras ouverts :

Ha ! ha ! l'homme de bien, vous m'en vouliez donner !

Voilà, certes, un cabinet bien commode, et Molière a eu grandement raison de lui ménager une place dans un coin du salon. Il sert presque autant que le double nom donné à Arnolphe, dans l'*École des Femmes*, double nom qui, on le sait, fait une méprise en cinq actes, de ce délicieux chef-d'œuvre.

Après Molière, Voltaire.

Je suis bien hardi d'oser parler de Voltaire, il est presque aussi démodé comme auteur dramatique que Scribe. Que dira-t-on donc si j'ajoute que Voltaire me semble une des gloires de notre théâtre? Son malheur est de n'avoir pas été aussi grand versificateur que grand poète. Il a des vers de génie, des cris de passion sublimes, des passages d'une éloquence puissante, mais jetés sur un fond de style de pacotille. On dirait une étoffe vulgaire brodée d'ornements d'or et de pierres précieuses. Ah! s'il avait écrit en vers comme il écrit en prose! Mais, sauf cette réserve, que d'imagination! que d'invention! que de nouveauté! Il a créé la mise en scène. Il a transporté la tragédie dans tous les pays du monde. Il a mis sur le théâtre une variété infinie de costumes, de coutumes, de sujets. La révolution dramatique de 1830 porte bien plus la marque de Voltaire que celle de Shakespeare. *Lucrèce Borgia* est construite sur le même patron que *Mérope*. Enfin, Voltaire a fait en 1731 ce que Corneille a fait en 1636 avec *le Cid*, ce que Racine a fait en 1667 avec *Andromaque*, et ce que Victor Hugo a fait en 1829 avec *Hernani*; il a fait une révolution théâtrale avec une tragédie de passion, avec *Zaïre*. *Zaïre* se joue encore aujourd'hui, et cependant sur quoi repose-t-elle? Sur trois moyens absolument matériels : au second acte, la cicatrice de Nérestan, la croix de Zaïre et, au dernier, la lettre de son frère.

Après Voltaire, Victor Hugo.

J'admire beaucoup *Ruy Blas*. C'est une œuvre d'imagination absolument charmante, pleine de poésie, de romanesque, d'esprit. Mais supposez qu'au troisième acte, quand Don Salluste, proscrit, pénètre si insolemment et si imprudemment dans le palais sous une livrée, et quand armé de la fameuse lettre du premier acte, signée Ruy Blas, il ordonne au premier ministre de fermer la fenêtre, supposez, dis-je, qu'à ce moment, son ancien domestique lui réponde ce qu'il devrait lui répondre... « Ruy Blas? Qu'est-ce que cela, Ruy Blas? Je ne suis pas Ruy Blas. Je suis votre cousin :

Don César,
Comte de Garofa, près de Vilalcazar,

c'est vous qui m'avez présenté à la cour sous ce titre, c'est grâce à vous que je suis arrivé au rang de premier ministre, et j'en profite pour ordonner à ces valets de vous jeter à la porte comme un drôle, et, si vous résistez, de vous faire pendre comme proscrit. » Qu'adviendrait-il si Ruy Blas parlait ainsi? Que la ficelle casserait et que la pièce tomberait par terre.

Après Victor Hugo, Alexandre Dumas.

J'assistais à la première représentation de *Mademoiselle de Belle-Isle*, non loin de Scribe. Il applaudissait, il riait, il était enchanté comme tout le public. Le lendemain, il me dit : « Le théâtre est chose bien singulière. Voilà une comédie qui aura cent représentations, qui les mérite, et qui est fondée non pas sur une invraisemblance, mais sur une impossibilité absolue. Seulement, et là est l'habileté, cette impossibilité est de telle nature qu'on n'osera en parler tout haut ni dans le monde, ni dans la presse. »

Après Dumas, Augier.

Un des grands charmes d'Augier était son absence complète d'amour-propre littéraire, sa virile habitude de solliciter toujours la vérité et de se la dire à lui-même. Aussi, suis-je bien certain qu'il eût été le premier à rire avec moi, si je lui avais dit tout bas : « Votre *Aventurière* est une bien belle pièce, mais votre Monteprade est un vieillard bien singulier ; il y voit assez clair pour s'affoler de la beauté de Clorinde et il n'y voit pas assez pour reconnaître son fils. »

Je m'arrête, non pas, certes, faute de preuves nouvelles, mais je tiens à me borner aux morts. D'ailleurs, j'en ai assez dit, je crois, pour avoir le droit de conclure : que les ficelles sont un des éléments secondaires, sans doute, inférieurs, j'en conviens, mais constitutifs d'une pièce de théâtre ; qu'il n'y a pas de meilleur moyen de nouer une action et de la dénouer ; qu'il y a de mauvaises ficelles et de bonnes, mais que les mauvaises même peuvent aider à la production d'un chef-d'œuvre ; que

Scribe en s'en servant a imité les maîtres les plus illustres. Loin de moi l'idée de le comparer à eux. Il ne me le pardonnerait pas; mais il faut avouer qu'en fait de ficelles, les siennes valent mieux que les leurs. J'en pourrais citer bien des exemples. Je me contenterai de trois. Qu'on relise dans *Bertrand et Raton* la scène de la clef; dans le *Mariage de raison* la scène du paravent; dans le premier acte des *Malheurs d'un amant heureux* la scène du pari, et qu'on me dise si ce ne sont pas des merveilles d'ingéniosité, d'invention, et relevant non du métier, mais de l'art.

J'entends la réponse. « Nous ne contestons pas à Scribe sa supériorité de ficelier, nous lui reprochons de n'être qu'un ficelier. »

Ici, je laisse la parole aux voix les plus autorisées.

∴

Al. Dumas, qui sait faire tenir tant de choses dans une ligne, a mis cette phrase dans une de ses préfaces : « L'auteur dramatique, qui unirait la puissance d'observation de Balzac et le talent de théâtre de Scribe, serait plus grand que Molière. »

É. Augier m'a dit un jour, après le second acte de *Bertrand et Raton* : « C'est notre maître à tous. »

Labiche répondit à un jeune auteur qui venait lui demander des conseils : « Voulez-vous apprendre les secrets de notre art? analysez les pièces de Scribe. »

Théophile Gautier appelait Scribe un librettiste de génie.

24

J.-J. Weiss, un de nos plus distingués critiques dramatiques,
a été plus loin; il a écrit en toutes lettres : « Scribe? c'est un
homme de génie ».

Le mot me semble excessif. Il manque trois choses à Scribe
pour le mériter. Sa valeur d'écrivain n'est pas égale à sa valeur
d'homme de théâtre : il a plutôt créé des rôles que des caractères; enfin il fait rire et pleurer, mais il ne fait pas penser. On
n'en peut pas moins l'appeler hardiment *un génie dramatique*.

Les preuves sont là.

Pendant plus de trente ans il a régné sur nos quatre principaux théâtres. Eh bien, il n'y en a pas un où il n'ait apporté
un renouvellement ou une nouveauté.

Il a renouvelé l'opéra, il a renouvelé le ballet (le ballet de *la
Somnambule* fut une petite révolution chorégraphique), il a
renouvelé l'opéra comique, il a renouvelé le vaudeville et il a
donné au Théâtre-Français la première et peut-être la seule
grande comédie politique de notre répertoire : *Bertrand et
Raton*.

Si l'on comptait le nombre des sujets de pièces qu'il a trouvés,
des situations nouvelles qu'il a créées, des personnages qu'il a
mis le premier sur la scène, des combinaisons, des péripéties,
des dénouements, ou comiques, ou pathétiques, ou amusants,
qu'il a tirés de son cerveau, on verrait qu'aucun pays n'offre
peut-être l'exemple d'un aussi puissant inventeur.

Après inventeur, disons constructeur... une certaine école
dit : *carcassier*. Va pour carcassier! car la carcasse est à une
pièce de théâtre ce que l'ossature est au corps humain, elle

seule la fait se tenir debout et marcher. Racine disait : « Quand mon plan est fait, ma pièce est faite ».

Malgré ces mérites réels, auxquels j'en pourrais ajouter d'autres, je ne m'étonne ni ne m'irrite que la mode se soit éloignée de Scribe; que d'autres genres aient succédé aux siens; que des critiques, même acerbes, aient battu en brèche son système : c'est la loi. Il en souffre comme il en a profité. Il a remplacé, on le remplace; rien de plus juste; le désir *d'autre chose* me semble un des plus légitimes besoins de la curiosité humaine. Mais qu'un homme qui pendant plus d'un quart de siècle a été un des enchantements d'une société... qui valait bien la nôtre; qu'un écrivain, qui a rendu toute l'Europe tributaire de l'esprit français; qui a été traduit dans tous les idiomes; qui a porté dans toutes les grandes villes du monde les coutumes, les goûts, les habitudes, la langue de la France; qui dans toutes ses œuvres n'a jamais plaidé que des causes saines et honnêtes; qui a rendu amusante la glorification des vertus de famille; qui a une part de création dans les chefs-d'œuvre de Rossini, de Meyerbeer, d'Auber, d'Halévy; que cet homme, dis-je, soit poursuivi même dans la mort par des hostilités qui vont jusqu'à l'outrage; qu'enfin des plumes françaises s'acharnent à détruire une gloire française, voilà ce qu'il m'est absolument impossible de comprendre! voilà ce qui ne pouvait se produire que dans un siècle d'iconoclastie comme le nôtre, où l'on est possédé de la double rage d'élever des statues et d'en abattre, et de construire les nouvelles avec les débris des anciennes.

Vous l'avouerai-je? Je ne m'étonne pas moins que la Comédie-Française n'ait pas célébré, par une représentation toute spéciale, le centenaire de celui qui a tant fait pour sa prospérité.

L'occasion était pourtant bien belle, et le moyen, je le crois, facile.

Par un de ces hasards qui ne se rencontrent que sur le chemin des hommes supérieurs, le répertoire de Scribe contient deux pièces que rapproche une similitude singulière : l'une en cinq actes, l'autre en deux; l'une jouée au Théâtre-Français, l'autre jouée au Gymnase; toutes deux également intéressantes, également amusantes, également applaudies et qui, toutes deux, portent exactement sur le même sujet. L'idée de la pièce est la même; la position des personnages vis-à-vis les uns des autres est la même, et cependant, par une puissance de transformation absolument incroyable, Scribe en est arrivé à ce que pas une de ces situations identiques ne se ressemble! pas un de ces personnages tout pareils ne rappelle l'autre! Il a tiré non pas deux moutures du même sac, mais deux moissons du même champ : c'est *la Chaîne* et les *Malheurs d'un amant heureux*.

Eh bien! supposez que la Comédie-Française ait eu l'idée, pour ce centenaire, de représenter ces deux pièces le même jour, avec toutes les ressources de sa troupe qui reste la première du monde.... Quelle preuve du talent de Scribe, que la réunion de ces deux preuves! Quel plaisir pour le public! Quel joli sujet de feuilleton pour les critiques! Quelle heureuse occasion de regret pour ses détracteurs de bonne foi! Et, enfin,

pour le Théâtre-Français, quelle belle façon d'acquitter sa dette
envers Scribe que de lui offrir le moyen de se défendre lui-
même et par ses propres œuvres!

On y arrivera! Quand? Comment? Par qui? Je n'en sais rien.
Mais ce double répertoire est trop riche, pour qu'un jour
ou l'autre, Scribe ne reprenne pas la place qui lui est due dans
la maison de Molière, celle d'un des maîtres de l'art dramatique
français.

IV

LA TRANSFORMATION D'UNE LÉGENDE

Un des faits les plus curieux de l'histoire littéraire est la
métamorphose que subissent dans la poésie, par la seule
action du temps, les figures des personnages légendaires.

Un travail récent nous a montré les nébuleux héros d'Ossian,
rapprochés des rudes guerriers des poèmes gaéliques dont s'est
inspiré Macpherson; on croit rêver en voyant que de tels fils
sont sortis de tels pères.

Le Cid de Corneille nous offre un exemple plus illustre et
plus frappant encore de cette transformation. Pour nous en
rendre compte, nous allons comparer la tragédie de notre poète,

non pas à celle de Guillen de Castro, les deux œuvres sont trop
voisines! Elles se ressemblent trop! L'une est trop issue de
l'autre! Non! Nous allons reculer de six cents ans en arrière,
et remonter jusqu'à la source où a puisé Guillen de Castro
lui-même, au *Romancero*. Les personnages de Corneille, mis
ainsi en regard des héros primitifs, feront directement revivre
devant nous deux poésies, deux races, deux époques, deux civi-
lisations, et, grâce à ce parallèle, nous assisterons à la genèse
et au développement graduel de ce phénomène si singulier....
La transformation d'une légende.

Commençons par don Diègue.

Insulté et désarmé par don Gomez, que fait don Diègue dans
Corneille? que dit-il?

> O rage! ô désespoir! ô vieillesse ennemie!
> N'ai-je donc tant vécu que pour cette infamie?
> Et ne suis-je blanchi dans les travaux guerriers,
> Que pour voir en un jour flétrir tant de lauriers?
> . . . .
> O cruel souvenir de ma gloire passée!
> Œuvre de tant de jours, en un jour effacée!
> Nouvelle dignité fatale à mon bonheur!
> Précipice élevé d'où tombe mon honneur!
> Faut-il de votre éclat voir triompher le comte,
> Et mourir sans vengeance, ou vivre dans la honte

Voilà, certes, de bien beaux vers! Le premier est un cri
de rage admirable! Et le dernier résume, sous une forme saisissante, l'effroyable alternative du vieillard désespéré.

Voyons maintenant le *Romancero*. « Diego Laynès, sous le
« coup de l'outrage qu'a reçu sa maison, et voyant que
« les forces lui manquent pour la vengeance, ne peut dormir

« O RAGE! Ô DÉSESPOIR! Ô VIEILLESSE ENNEMIE! » (P. 192)

« la nuit, ni goûter à aucun mets, ni lever les yeux de
« dessus la terre; il n'ose plus sortir de sa maison, il ne
« parle plus à ses amis, il évite de leur parler, craignant
« que le souffle de son infamie ne les offense. »

Corneille est évidemment plus dramatique, plus pathétique;
l'explosion des vers français convenait seule à un désespoir
de théâtre. Mais il y a dans le don Diègue du *Romancero*,
une désespérance plus intime, plus amère. Corneille nous
fait entendre le cri de cette âme: le *Romancero* nous en
montre le fond.

Après l'insulte, la vengeance.

Dans Corneille, don Diègue s'adresse à son épée tombée de
sa main :

> Fer jadis tant à craindre, et qui dans cette offense
> M'as servi de parade, et non pas de défense,
> Va, quitte désormais le dernier des humains,
> Passe, pour me venger, en de meilleures mains.
>   (*Puis courant à Rodrigue qui paraît.*)
> Rodrigue, as-tu du cœur?
>   — Tout autre que mon père
> L'éprouverait sur l'heure.
>   — Agréable colère!... etc.

Et il lui remet son épée.

Ce court dialogue est sublime.

Le vieillard du *Romancero* est moins impétueux. Il semble
avoir peur de parler de son affront, peur surtout de ne pas
trouver de vengeur :

« Étant donc aux prises avec ces inquiétudes de l'honneur,
« il voulut faire une expérience, laquelle ne lui fût pas

25

« contraire. Il fit appeler ses enfants, et, sans leur dire un
« seul mot, serra l'un après l'autre leurs nobles et tendres
« mains, en empruntant des forces à l'honneur. Malgré l'affai-
« blissement de l'âge, son sang refroidi, ses veines, ses nerfs
« et ses artères glacés, il les serra de telle sorte qu'ils dirent :
« Assez! Seigneur, assez! lâchez-nous au plus tôt, car vous
« nous tuez. »

Le premier sentiment que nous inspirent ces paroles est
celui de la surprise. Comment s'expliquer tant de force et tant
de faiblesse? Comment peut-il serrer de telle sorte la main de
ses fils, et n'a-t-il pas pu tenir son épée? Comment enfin va-t-il
chercher des vengeurs, puisqu'il pourrait se venger lui-même?

C'est qu'il y a loin d'une minute d'effort à la fatigue d'une
longue lutte. Désarmé déjà une fois, il tremble de courir à un
second affront. Il *tâte le courage* de ses fils, mais l'épreuve
ne le satisfait pas. Il ne les sent pas assez révoltés contre sa
violente étreinte. Alors, il va à son plus jeune fils, Rodrigue,
« et lui serre la main avec plus de violence encore; mais
« Rodrigue, les yeux enflammés, plein de rage, comme un
« tigre furieux d'Hyrcanie, s'écrie : « Lâchez-moi, mon père,
« dans cette mauvaise heure; car, si vous n'étiez pas mon
« père, il n'y aurait pas entre nous une satisfaction de paroles.
« Loin de là! Mais de cette même main je vous déchirerais
« les entrailles, en faisant pénétrer le doigt en guise de poi-
« gnard ou de dague. — Fils de mon âme! s'écrie le vieillard.
« ta colère me charme, ton indignation me plaît. Cette vio-
« lence, mon Rodrigue, montre-la à la vengeance de mon

« honneur, lequel est perdu s'il ne se recouvre par toi et par
« ton triomphe. »

Et il lui conte son déshonneur!

Ce n'est pas plus beau que Corneille, mais c'est aussi beau;
c'est autrement beau, avec je ne sais quoi de sauvage qui
marque bien la différence du farouche moyen âge avec la générosité chevaleresque du xvi⁰ siècle.

Après la provocation, le combat.

Corneille, inspiré par Guillen de Castro, a placé là une
scène d'un grand pathétique. Don Diègue connaît l'issue
du duel, il a couru sur le lieu du combat pour voir son
ennemi mort; mais il n'a pu rejoindre son fils. Il craint
qu'il n'ait été tué par les amis du comte dans une embuscade,
et il erre pendant la nuit à travers la ville, à la recherche
de Rodrigue.

> J'ai vu mort l'ennemi qui m'avait outragé,
> Et je ne saurais voir la main qui m'a vengé.
> En vain je m'y travaille, et d'un soin inutile,
> Tout cassé que je suis, je cours toute la ville;
> Ce peu que mes vieux ans m'ont laissé de vigueur
> Se consume sans fruit à chercher ce vainqueur;
> A toute heure, en tous lieux, dans une nuit si sombre,
> Je pense l'embrasser, et n'embrasse qu'une ombre.

Cette poursuite haletante est un tableau admirable, auquel
Guillen de Castro avait ajouté une image plus énergique
encore : « La lionne à qui on a enlevé ses petits, ne court pas
« après eux avec un plus douloureux rugissement, que moi
« après mon fils adoré. »

Enfin Rodrigue paraît. Quel cri d'ivresse!

> Rodrigue! enfin le ciel permet que je te voie!
> Laisse-moi prendre haleine, afin de te louer.
> Ma valeur n'a point lieu de te désavouer;
> Tu l'as bien imitée, et ton illustre audace
> Fait bien revivre en toi les héros de ma race.
> C'est d'eux que tu descends, c'est de moi que tu viens :
> Ton premier coup d'épée égale tous les miens;
> Et d'une belle ardeur ta jeunesse animée
> Par cette grande épreuve atteint ma renommée.
> Appui de ma vieillesse, et comble de mon heur,
> Touche ces cheveux blancs à qui tu rends l'honneur;
> Viens baiser cette joue, et reconnais la place
> Où fut empreint l'affront que ton courage efface.

Que c'est grand! Que c'est noble! Que c'est touchant!
Quelles belles larmes cela vous fait couler des yeux! Le *Romancero* aura-t-il pu rien offrir d'égal à un tel élan de cœur?
Peut-être.

Don Diègue, dans le poème, n'a pas le courage de sortir
de chez lui. Immobile, cloué sur son siège par l'angoisse, le
front penché sur sa table, il attend. Rodrigue entre, tenant par
les cheveux la tête du comte, coupée et ruisselante de sang; il
va à son père, le tire par le bras pour le faire sortir de sa
rêverie, et lui dit : « Ouvrez les yeux, mon père, et levez le
« visage, car voilà que votre honneur est assuré et qu'il vous
« ressuscite de la mort. La tache est lavée, malgré l'orgueil
« de l'ennemi. Maintenant il y a là des mains qui ne sont plus
« des mains, et une langue qui n'est plus une langue. Je vous
« ai vengé. »

« Le vieillard s'imagine qu'il rêve. L'abondance de ses larmes

« lui fait voir mille images confuses. A la fin cependant, il lève
« ses yeux qu'offusquaient les pleurs, et, reconnaissant son
« ennemi, quoique sous la livrée de la mort : « O infâme
« comte! le ciel te punit! Et mon bon droit a donné des forces
« contre toi à Rodrigue! Sieds-toi à table, mon Rodrigue! fils
« de mon âme! Sieds-toi à la place où j'étais, au haut bout!
« car celui qui apporte une telle tête doit être le chef de
« la maison! »

Eh bien! N'est-ce pas plus tragique encore que *le Cid*?
Ces deux convives s'asseyant à table, en face de cette
tête, n'ont-ils pas une grandeur terrible qui touche à
l'épopée?

Corneille fait pleurer, le *Romancero* fait frémir.

Après don Diègue, Chimène et Rodrigue. Où trouver une
situation plus pathétique que celle de Rodrigue et de Chimène,
des sentiments plus nobles et plus émouvants que les leurs,
dans notre Corneille? Ces deux êtres charmants, frappés en
pleine joie de fiançailles, arrachés l'un à l'autre par le coup le
plus imprévu et le plus terrible; ce jeune homme, forcé de
tuer le père de celle qu'il aime; cette jeune fille, forcée de
poursuivre la mort de celui dont elle se voyait déjà la femme;
cette lutte effroyable entre deux passions également puis-
santes, l'amour et le devoir, tout cela offre au poète le plus
touchant des sujets de drame; et il a inspiré à Corneille des
accents de passion, qui sont dans toutes les mémoires. La scène
du troisième acte entre Rodrigue et Chimène reste comme un
chant immortel!

. . . .
Ah! Rodrigue, il est vrai, quoique ton ennemie,
Je ne te puis blâmer d'avoir fui l'infamie;

. . . .
Tu n'as fait le devoir que d'un homme de bien;
Mais aussi, le faisant, tu m'as appris le mien.

. . . .
Hélas! ton intérêt ici me désespère.
Si quelque autre malheur m'avait ravi mon père,
Mon âme aurait trouvé dans le bien de te voir
L'unique allègement qu'elle eût pu recevoir;
Et contre ma douleur j'aurais senti des charmes
Quand une main si chère eût essuyé mes larmes.
Mais il me faut te perdre après l'avoir perdu!

. . . .
Que de maux et de pleurs nous coûteront nos pères!

. . . .
Rodrigue, qui l'eût cru!...
                              — Chimène, qui l'eût dit!...
— Que notre heur fût si proche, et sitôt se perdît?

. . . .

Et tant d'autres vers qui nous montrent le romanesque poussé
jusqu'au sublime! Passons au *Romancero.*

Chimène arrive au palais du roi.

Il s'élève un grand bruit confus d'armes, de voix et de
cris dans le palais de Burgos où sont les barons. Le roi
descend de son appartement, et avec lui toute la cour. Et
voilà qu'aux portes du palais, ils trouvent Chimène Gomez,
les cheveux épars : « Justice, bon roi! et vengeance du
« traître, voilà ce que je demande! Celui qui ne main-
« tient pas la justice ne mérite point d'être appelé roi, ni
« de manger du pain sur une nappe, ni d'être servi par des
« nobles. »

« SIRE, SIRE ! JUSTICE ! » (P. 198)

Guillen de Castro, et après lui Corneille se sont emparés de cette scène, mais y ont ajouté une puissante émotion tragique par l'intervention de don Diègue.

Sire, Sire, justice!

DON DIÈGUE.

Ah! Sire, écoutez-nous

CHIMÈNE.

Je me jette à vos pieds.

DON DIÈGUE.

J'embrasse vos genoux!

CHIMÈNE.

Je demande justice.

DON DIÈGUE.

Entendez ma défense.

CHIMÈNE.

D'un jeune audacieux, punissez l'insolence.
Il a de votre sceptre abattu le soutien.
Il a tué mon père.

DON DIÈGUE.

Il a vengé le sien.

Évidemment la tragédie, là, est supérieure à la légende. Mais la légende, à défaut de don Diègue, a mis, en face de Chimène, un adversaire qui le vaut bien. Qui donc? Rodrigue! Oui, Rodrigue. Il est, lui aussi, devant le palais, à cheval, l'estoc encore tout taché de sang, l'air superbe et furieux.

« Meurtrier féroce, s'écrie Chimène, dirige ton épée contre « mon sein! Tue-moi aussi, traître! Ne m'épargne pas « comme femme! Considère seulement que Chimène demande « justice contre toi! » Pour toute réponse, Rodrigue prend les rênes de son cheval d'où il était descendu, remonte dessus,

s'éloigne avec dédain, et laisse Chimène éperdue, et criant
à tous les chevaliers qui l'entourent : « Vengeance! Seigneurs!
« Vengeance! » Quelle scène étrange! Qu'est-ce que nous
voyons? qu'est-ce que nous entendons? Qu'est-ce donc que ce
Rodrigue, et cette Chimène, si différents de ceux que nous
connaissons? Le *Romancero* va nous le dire.

A quelques mois de là, Chimène, n'ayant pas obtenu
justice, arrive encore au palais toute couverte de deuil, coiffée
de cendal noir, et les genoux en terre, commence à parler
ainsi : « O Roi, je vis dans la tristesse! Dans la tristesse
« est morte ma mère! Chaque jour qui se lève, je vois
« celui qui a tué mon père, à cheval, tenant en main
« un épervier ou un faucon qu'il emporte à la chasse, et
« pour me faire insulte, il le lance dans mon colombier.
« Il me tue mes colombes. Le sang qui en jaillit teint mes
« jupes. »

« Je le lui ai envoyé dire; il m'a fait menace de me couper
« le pan de ma robe, afin de me livrer au ridicule. Il a tué
« un petit page à mes pieds. »

« Le roi, à ces paroles, tomba dans une grande per-
« plexité. « Que Dieu me conseille! dit-il. Si je prends
« et fais tuer le Cid, mes cortès se révolteront, et si je ne fais
« pas justice, mon âme le payera. »

« Chimène alors lui répondit :

« Tiens tes cortès sans crainte, roi! Seulement voici ce que
« je te demande : Rodrigue a tué mon père; donne-le moi
« pour mari. Je me tiendrai pour bien établie, et m'estimerai

« très honorée ; car je suis sûre que son bien doit aller s'amé-
« liorant, et deviendra, grâce à toi, le plus considérable du
« royaume. »

« Par le ciel ! répondit le roi, j'ai toujours entendu dire (et
« je vois bien à présent que c'est la vérité) que le sexe
« féminin avait des idées extraordinaires. Voici Chimène, qui
« est venue me demander de condamner le Cid, et maintenant
« elle veut se marier avec lui. Je le ferai de très bon gré, je
« vais lui écrire une lettre. »

« La lettre est envoyée. Le Cid arrive au palais. Le roi
« lui dit : « Voilà Chimène Gomez qui te demande pour mari
« et te pardonne la mort de son père ; si tu acceptes, je vous
« accorderai mainte grâce. »

« J'obéirai avec plaisir, seigneur, » répondit Rodrigue.

« Après quoi on les marie en grande pompe. Au moment
« de donner à la mariée sa main et le baiser, le Cid, la regar-
« dant, lui dit :

« J'ai tué ton père, Chimène, mais non en trahison. Je l'ai
« tué d'homme à homme pour venger une injure réelle. Je
« l'ai tué en homme, et je te donne un homme. Me voici à tes
« ordres. En place d'un tel mort tu as acquis un époux
« honoré. »

« Tout le monde approuva ce qu'avait dit le Cid ; on loua
« son esprit ; ils se marièrent et vécurent heureux, et ils
« eurent plusieurs enfants. »

On reste stupéfait comme le bon roi, en lisant ces pages.
Quoi ! Voilà le point de départ de ce chef-d'œuvre de poésie et

26

d'amour, qui s'appelle le Cid? Quoi, le soldat brutal et grossier qui insulte celle dont il a tué le père, c'est notre Rodrigue! Quoi, cette vulgaire Espagnole qui épouse le meurtrier de son père, parce qu'elle voit, dans ce mariage, une bonne affaire, c'est notre Chimène! Qui les a métamorphosés ainsi? Qui a tiré cet admirable drame d'amour, de cet admirable poème sans amour? C'est Guillen de Castro. Comment? Par quel moyen? Par une trouvaille de génie. Il a supposé que Rodrigue et Chimène s'aimaient *avant le duel*; étaient fiancés *avant le duel*. Tout le drame est découlé de là. Mais cette invention merveilleuse, ne la doit-il qu'à lui seul? Non. Il a eu un collaborateur. Qui? Son époque.

Je m'explique.

L'œuvre de Guillen date du commencement du xviie siècle. Or, quel était l'idéal, le rêve de toutes les imaginations à ce moment? L'amour chevaleresque! L'amour héroïque! Les cinq cents ans qui s'étaient écoulés depuis le rude moyen âge n'avaient été qu'une marche constante vers une civilisation raffinée et élégante. Les contemporains du poète espagnol n'auraient pas supporté la reproduction exacte des héros primitifs et grossiers du *Romancero*! Guillen de Castro lui-même était, à Valence, le chef d'une brillante école de poésie, toute romanesque, toute passionnée! On dit que sa plus célèbre comédie, *El perfeto caballero*, *le Parfait chevalier*, n'est autre chose que son portrait. Il a donc regardé autour de lui, et en lui, il a transporté sur la scène les sentiments qui remplissaient toutes les âmes, et c'est sous l'impulsion de son siècle, qu'il créa ce double et admirable type d'amour avec deux personnes qui s'étaient épousées sans s'aimer.

V

UN COURS COMPLET DE LECTURE EN UNE LEÇON

— Mon cher ami, me dit un jour un membre de l'Université qui joint au savoir d'un érudit l'imagination d'un poète, donnez-moi donc une leçon de lecture.

— À un homme si haut placé dans l'instruction publique, m'écriai-je, vous n'y pensez pas!

— Au contraire! J'ai besoin de connaître tout ce qui s'apprend. Or, j'ai lu vos livres, je connais vos principes, mais la parole écrite est toujours plus ou moins lettre morte. Seule, est vraiment vivante la leçon parlée. Rien ne vaut l'enseignement de regards à regards, de bouche à oreille.

— Soit! vous tombez à merveille.... Je suis sous le coup d'une idée de leçon, qui me tente, et je vais en faire l'expérience sur vous, *in anima nobili*.

— Quelle est donc cette idée?

— Je voudrais faire un cours complet de lecture en une leçon.

— Hein?

— Entendons-nous! *Complet* ne veut pas dire ici, embrassant toutes les questions de l'art de la lecture. Mon projet serait seulement de prendre quarante vers pour sujet d'études, et de montrer, dans ces quarante vers, l'application des règles principales de la diction; j'y comprendrai même quelques-unes des observations qui ne s'appliquent qu'à la poésie.

— Besogne bien difficile! me dit en riant mon interlocuteur.

— Difficile? oui. Impossible? non. En effet, quels sont les points principaux de l'art de la lecture? *L'articulation, la ponctuation, le mot de valeur, et le mélange des différents registres de la voix.*

— Et tout cela pourra tenir dans quarante vers?

— Oui! Mais ce sont des vers de La Fontaine. c'est-à-dire du poète qui a su réunir le plus de tons différents dans le plus petit nombre de lignes.

— Quels sont ces vers?

— Je les emprunte à ce fameux livre septième, qui ne contient guère que des chefs-d'œuvre. C'est le début de la fable : *Un animal dans la lune.*

> Pendant qu'un philosophe assure
> Que toujours par leurs sens les hommes sont dupés,
> Un autre philosophe jure
> Qu'ils ne nous ont jamais trompés.

Arrêtons-nous à ce début; car nous voilà déjà en face de deux règles importantes.

Vous savez quel rôle immense joue la ponctuation dans la
lecture. Bien ponctuer en lisant, c'est déjà presque bien lire,
car c'est dessiner la phrase, sinon la colorer; c'est l'imprimer
claire et nette dans l'oreille de l'auditeur. Ajoutez que l'heureux privilège de cette règle, c'est qu'il suffit d'ouvrir les
yeux pour l'appliquer, puisque le *point* qui clôt le sens, la
virgule qui suspend le mouvement, le *point et virgule* qui
le suspend un peu plus, les *deux points* qui l'arrêtent
à demi, le *point d'exclamation* et le *point d'interrogation*
qui portent leur intonation avec eux, sont autant de signes
représentatifs de la pensée de l'auteur, et par conséquent le lecteur n'a qu'à reproduire ce qui est écrit. Mais
ces quatre vers nous offrent encore une autre application
de cette règle: ils nous enseignent la ponctuation *non
écrite,* la ponctuation créée par le lecteur, la ponctuation
poétique.

— Je ne comprends pas.

— Rien de plus facile à vous expliquer. Supposez que ces
quatre vers soient de la prose, et écrivons : *Pendant qu'un
philosophe, assure que toujours par leurs sens les hommes
sont dupés, un autre philosophe, jure qu'ils ne nous ont
jamais trompés.*

Comment ponctuerez-vous cette phrase en lisant? Vous
mettez une virgule après *dupés,* peut-être un léger temps
d'arrêt après *un philosophe,* et un second temps d'arrêt après
un autre philosophe pour marquer l'opposition des deux personnages, puis ce sera tout. En va-t-il de même avec ces vers?

Non. Il faut de toute nécessité que le lecteur place une virgule après *assure*, et une après *jure*, quoique le poète ne l'ait pas écrite. Pourquoi? Parce que, s'il liait *assure* et *jure* avec le vers suivant, il noierait ainsi la rime, et avec elle l'harmonie, dans le courant de la phrase. La syntaxe commande peut-être cette liaison au lecteur, mais la poésie la lui défend. Ainsi, de la lecture de ces quatre vers, se dégage pour nous ce principe fondamental, que la ponctuation est chose si importante dans la lecture, que non seulement le lecteur doit reproduire tous les signes ponctuatifs marqués par l'auteur, mais qu'il peut, qu'il doit, surtout dans la poésie, en ajouter quelques-uns, qui ne sont indiqués que par les lois du rythme....

— Quelques esprits critiques, me dit mon ami, vous reprocheront peut-être d'être subtil, mais la subtilité n'est souvent que de la vérité aiguisée. Passons donc à la seconde règle.

— Vous l'accepterez, j'espère, plus facilement encore. Un des grands avantages de la lecture à haute voix est, vous le savez, de développer le goût et le jugement littéraires, c'est-à-dire le sens critique. Eh bien, deux mots dans ces quatre vers ont une signification cachée que peut seul nous révéler le travail de l'interprétation; c'est *dupés* et *trompés*. Au premier abord ils semblent synonymes. La Fontaine a l'air de les avoir placés indifféremment pour les seuls besoins de la rime. Croyez-vous cependant que le lecteur doive les dire sur le même ton?

— Je vois entre eux une nuance, mais bien légère.

— C'est plus qu'une nuance, c'est un contraste. *Dupés* est

un terme de mépris, parce que le rôle de dupe est un rôle de
sot. Être *trompé*, au contraire, peut être le fait du plus habile
homme. *Dupés* doit donc être prononcé avec un accent persi-
fleur, *trompés* avec un accent sérieux et convaincu, et ainsi
s'affirmera et s'appliquera ce second axiome de l'art de la diction : qu'apprendre à exprimer, c'est apprendre à comprendre.

— Rien de plus juste.

— Je continue :

> Tous les deux ont raison ; et la philosophie
> Dit vrai quand elle dit que les sens tromperont
> Tant que sur leur rapport les hommes jugeront ;
>   Mais aussi, si l'on rectifie
> L'image de l'objet sur son éloignement,
>   Sur le milieu qui l'environne,
>   Sur l'organe, et sur l'instrument,
>   Les sens ne tromperont personne.

Retrouvez-vous là quelques-unes des règles déjà signalées ?

— Oui, la ponctuation poétique, comme vous l'appelez.
En lisant, vous avez placé une virgule après *philosophie* et
après *rectifie*, quoique ni la syntaxe ni le texte ne l'indiquent.
Et j'ajouterai même que vous avez mis en relief *tromperont* et
jugeront, ce qui touche, je crois, à ce que vous appelez le mot
de valeur.

— On ne peut mieux dire, mais le passage fait encore appel
à un autre précepte important, quoique d'une application moins
générale.

— Lequel ?

— Avez-vous remarqué la façon dont j'ai lu ces trois vers :

27

> L'image de l'objet sur son éloignement,
>   Sur le milieu qui l'environne,
>   Sur l'organe et sur l'instrument.

— Non.

— Eh bien, j'ai eu soin de mettre la même note sur *éloigne-ment*, *environne*, *organe* et *instrument*.

— Pourquoi?

— Parce que c'est une énumération. Or, tout lecteur habile sait que souvent le meilleur moyen de faire ressortir les objets énumérés, c'est de leur appliquer à tous la même prononciation. La monotonie, dans ce cas-là, fait la force. Chacun des mots alors va pour ainsi dire s'ajouter aux autres, fait nombre avec eux, grossit le défilé. En voulez-vous un exemple frappant? Prenez, dans la grande scène de *Cinna*, ces vers célèbres d'Auguste :

> De tous ces meurtriers te dirai-je les noms?
> Procule, Glabrion, Virginian, Rutile,
> Marcel, Plaute, Lénas, Pomponne, Albin, Icile.

Prononcez ces dix noms exactement avec le même ton, et vous verrez que cette note uniforme, en tombant sur chacun d'eux, accroîtra singulièrement la force de l'énumération; elle grossira, ce semble, la liste des conjurés.

Je poursuis :

> J'aperçois le soleil : quelle en est la figure?
> Ici-bas ce grand corps n'a que trois pieds de tour;
> Mais si je le voyais là-haut dans son séjour,
> Que serait-ce à mes yeux que l'œil de la Nature?

Voilà le tour de la règle des mots de valeur. Quels sont-ils dans les deux premiers vers? Évidemment, *ici-bas* et *la-haut*, puisque leur opposition constitue la pensée même du morceau. Il faut donc à la fois les isoler, en les prononçant, par une virgule bien marquée et les mettre en lumière par une articulation très nette. Comprenez-vous?

— Parfaitement.

— Je continue donc :

> Que serait-ce à mes yeux que l'œil de la Nature?

Ici, nouveau précepte : toutes les fois que vous rencontrez de ces grands vers lancés d'un seul souffle, dites-les d'un seul trait, et réservez-leur vos plus belles notes élevées. Les trois vers précédents sont des vers didactiques, qui ne demandent que l'emploi du médium; mais, à partir de *la-haut dans son séjour* les cordes hautes doivent commencer à vibrer, et vous servir comme de tremplin pour vous élancer en plein ciel, avec cette belle image : *Que serait-ce à mes yeux que l'œil de la Nature?* Le son, bien entendu, doit être sans emphase; la déclamation est le contraire de la véritable poésie.

Les vers suivants sont d'un tout autre caractère, et se prêtent à une autre observation :

> Sa distance me fait juger de sa grandeur;
> Sur l'angle et les côtés ma main la détermine.
> L'ignorant le croit plat : j'épaissis sa rondeur;
> Je le rends immobile, et la terre chemine.
> Bref, je démens mes yeux en toute sa machine :

Que sont ces vers? Une démonstration. Or, la première qualité du lecteur démonstrateur est la clarté. Comment s'obtient la clarté? Par la netteté du débit. Dans toute démonstration bien faite, comme celle de La Fontaine, chaque mot compte. Il faut donc dessiner chaque mot, et, pour ainsi dire, le sculpter. Il ne s'agit pas de charmer, d'entraîner, mais de convaincre; il faut faire pénétrer de force l'idée de l'auteur dans l'esprit de l'auditeur, et on n'y arrive que par l'articulation. Pourtant ici, il est bon, je crois, d'ajouter à ce principe d'articulation, un peu de pittoresque et de coloris, pour l'ingénieux hémistiche : *j'épaissis sa rondeur*, car c'est plus qu'un fait, c'est une image. Je demanderai aussi un peu de grandeur poétique pour : *la terre chemine.*

Et j'arrive aux dix derniers vers; ils doivent se diviser en deux parts. Les six premiers :

> Ce sens ne me nuit point par son illusion,
> Mon âme, en toute occasion,
> Développe le vrai caché sous l'apparence;
> Je ne suis point d'intelligence
> Avecque mes regards peut-être un peu trop prompts,
> Ni mon oreille, lente à m'apporter les sons.

Ces six premiers vers, tout de raisonnement, ne veulent qu'une sévère observance de la ponctuation et une grande netteté de débit. Le lecteur a besoin seulement d'être précis, sauf peut-être dans ce joli vers :

> Développe le vrai caché sous l'apparence,

où je voudrais une certaine souplesse de diction qui entrât,

pour ainsi parler, dans le sinueux mouvement de la phrase, et
m'amenât à ces quatre derniers vers :

> Quand l'eau courbe un bâton, ma raison le redresse;
> La raison décide en maîtresse.
> Mes yeux, moyennant ce secours,
> Ne me trompent jamais en me mentant toujours.

Tout est objet de remarque dans ces vers. D'abord le premier, si énergique, si concis, et où le mot *raison* semble se
lever comme pour dominer la phrase. Puis, le dernier, où
chaque mot est un mot de valeur. Tout le morceau tient dans
ce dernier vers. Il en est le résumé spirituel et profond. Aussi
le lecteur doit y mettre chaque parole en relief. *Jamais, toujours, trompent, mentant,* exigent de lui la même intensité de
son, mais avec une diversité complète d'intonation. Autant le
premier hémistiche doit être sévèrement affirmatif, autant le
second veut être railleur et rieur.

Je m'arrête, et je vous dis comme La Fontaine, dans *le
Lièvre et la Tortue,* eh bien! *avais-je pas raison?* Ne vous
ai-je pas donné un cours entier de lecture en une leçon?
Certes, les règles indiquées et les qualités demandées dans ces
quarante vers, ne suffiraient pas à l'interprétation de tous les
grands écrivains. La puissante et grandiose période de Bossuet,
l'élégance harmonieuse de Racine, les vigoureux développe-
ments de Corneille, l'ampleur et le pittoresque du style de
Molière, exigent dans le lecteur autre chose que ces qualités
moyennes de correction, de précision, de justesse, d'ingéniosité
et de poésie à petites doses. Mais celui qui lirait parfaitement

ces quarante vers, en sachant ce qu'il fait et en faisant ce qu'il veut, celui-là serait tout préparé à bien lire non seulement La Fontaine, mais Pascal, Boileau, La Bruyère, La Rochefoucauld, et ce que Voltaire a de meilleur, sa prose. N'en est-ce pas assez pour justifier mon ambition de faire tenir un livre dans un chapitre? Je le crois; seulement j'ajoute bien vite que l'élève fera sagement de ne pas se borner à ce chapitre-là.

ES DEUX PRÉLATS

Je ne puis jamais me figurer, sans émotion, Bossuet, en pleine gloire, et la tête déjà couverte de cheveux blancs, se promenant dans les belles allées de Versailles ou de Saint-Germain à la façon des grands philosophes de la Grèce, au milieu d'un cortège d'admirateurs et de disciples. Dans ce groupe figuraient Pélisson, l'abbé Fleury, La Bruyère. L'évêque conversait librement avec eux sur un point de morale ou d'histoire, récitait tout haut quelque passage des poètes anciens et modernes dont sa mémoire était pleine: se faisait même lire des fragments de ses propres ouvrages, sur lesquels il provoquait les réflexions, et s'adressait volontiers à un jeune homme de

vingt-cinq ans, beau, noble, dans la première fleur d'une
renommée naissante : l'abbé Fénelon. Quelle réunion que
celle de ces deux noms, de ces deux hommes! Fénelon écoutant Bossuet! Bossuet observant Fénelon! L'un, tout troublé
d'admiration devant ce qu'il entendait; l'autre, tout ému de
ce qu'il devinait : tous deux se comprenant, se pénétrant,
s'aimant. Quand Bossuet apprit la nomination de Fénelon
comme précepteur du duc de Bourgogne, il écrivit à Mme de
Laval : « Enfin, madame, *nous ne perdrons pas* M. l'abbé
de Fénelon. Vous pourrez en jouir, et moi, quoique provin-
cial, je m'échapperai quelquefois pour aller l'embrasser. »

Je ne sais pas de plus noble image des amitiés humaines,
que cette fusion de deux grands génies, et de deux grands
cœurs; mais rien non plus de plus triste que cette belle
union se rompant pour une querelle théologique, et ces deux
amis changés tout à coup en deux adversaires qui ne se sont
jamais réconciliés.

Chose étonnante! Leur mort même n'a pas mis fin à leur
antagonisme. Depuis près de deux siècles, il va s'accentuant
sous la plume des écrivains qui parlent d'eux. On les oppose
toujours l'un à l'autre; on n'exalte l'un que pour rabaisser
l'autre. Le xviiie siècle, frappé de ce qu'il y a de généreux et
de réformateur dans les idées de l'auteur de *Télémaque*, l'a
réclamé et acclamé comme l'un des siens, la mode était à
Fénelon. La mode aujourd'hui est à Bossuet. Depuis quarante
ans l'admiration pour Bossuet va grandissant sans cesse, et
Fénelon est violemment rejeté au second rang : on incrimine

jusqu'à son caractère; on ne le compare pas à Bossuet, on le
lui immole.

Est-ce juste? Je ne le crois pas. Deux hommes pareils
méritent un autre parallèle. Je voudrais le tenter. Je voudrais
mettre en regard leurs qualités différentes pour en tirer la
preuve de leur égale supériorité. Le xviiᵉ siècle a produit des
hommes bien illustres, mais Bossuet et Fénelon, réunis, en
sont les plus complets représentants, par l'alliance du génie
et de la grandeur morale.

*
* *

Leur premier trait de ressemblance est la vertu. Tous deux
ont été l'honneur de l'épiscopat français. Dans le cours de
ces deux longues existences, pas une tache, pas une faute au
point de vue de la plus sévère morale, le mot *pur* s'applique
à chacun de leurs jours. A la gravité des mœurs, s'ajoutait
chez eux la dignité des manières. On raconte que Bossuet
ayant été surpris en promenade par un violent orage, ceux
qui l'accompagnaient s'enfuirent, mais que lui, il continua
sa marche sous la pluie et la grêle, sans accélérer le pas;
et lorsque arrivé au logis, les habits tout trempés d'eau, il
s'entendit reprocher son imprudence, il répondit simplement :
« Un évêque ne doit jamais courir ».

Pour Fénelon, Saint-Simon a dit de lui : « Ce qui surnageait
dans sa personne, c'était la décence et surtout la noblesse ».
Et d'Aguesseau ajoute avec plus de force encore : « Une noble
singularité répandue sur son visage, et je ne sais quoi de

28

sublime dans le simple, ajoutait à son caractère un certain
air de prophète ».

Un prélat n'est pas seulement un évêque, c'est un pasteur.
Il a des ouailles. Le mot d'*ouailles*, transporté de la vie réelle
dans la vie religieuse, y a pris une grâce touchante et a inspiré
plus d'une belle parabole évangélique. Eh bien! il est tel
acte de la vie pastorale de Fénelon qui ressemble à un chapitre
de l'évangile. La vache de la pauvre femme, cherchée et
ramenée par lui, rappelle la brebis rapportée par le berger sur
ses épaules, et, en 1712, deux ans avant sa mort, Fénelon
revint un jour à l'archevêché après une tournée diocésaine,
si exténué de forces, et la voix tellement cassée, que son secré-
taire le supplia de se ménager davantage. « Quand j'aurais
donné ma vie pour mes ouailles, répondit-il, je n'aurais rien
fait de trop, j'aurais rempli l'idée du vrai pasteur. » Ce qu'on
dit de Fénelon, on peut le dire de Bossuet. Ses vertus diocé-
saines méritaient d'être légendaires : là encore les deux illustres
prélats ne font qu'un.

Mais voici entre eux une première différence assez curieuse.

Un évêque a deux sortes de gouvernements. Celui de son
diocèse, et celui de son palais. Sa table est une table ouverte.
Il a des ouailles, et il a des hôtes. Or si les hôtes trouvaient chez les deux évêques le même accueil cordial, ils
n'y trouvaient pas la même réception.

Chez Bossuet, la table épiscopale était servie d'une façon
convenable; mais sans aucune délicatesse, aucune profusion,
aucune recherche. Des mets simples, des meubles simples, une

maison peu nombreuse, un domestique composé des seules
personnes nécessaires à son service.

En regard, voici la description faite par l'abbé Ledieu, d'un
dîner à l'archevêché de Cambrai, un jour qui n'était pourtant
pas un jour de grand apparat.

« Nous étions seize à table. La table fut servie magnifique-
ment et délicatement. Plusieurs potages; de bon bœuf et de bon
mouton, deux ragoûts, un rôti de perdreaux et de différents
gibiers. Un magnifique fruit. Des pêches et du raisin exquis.
Une grande vaisselle d'argent bien pesante et à la mode. Les
domestiques en grande livrée, servant bien, avec diligence, et
un maître d'hôtel, qui me parut un homme de bonne mine, et
autorisé dans la maison. »

Le contraste est saisissant. D'où vient-il? Est-ce peut-être
différence de fortune? Non. Saint-Simon dit de Fénelon : « Un
homme de qualité sans argent. » Est-ce simplicité d'habitudes
plus grande chez Bossuet, sobriété plus rigoureuse? Non.
« Fénelon, nous dit l'abbé Ledieu, au milieu de cette abondance, mangeait très peu, seulement des nourritures douces et
de peu de suc : le soir, à peine quelques cuillerées d'œufs au
lait, et pour toute boisson, deux ou trois coups d'un petit vin
blanc sans couleur et sans force. » Était-ce économie plus
stricte chez Bossuet? Non. Chose singulière, c'était le plus
magnifique qui était le plus économe. Les affaires de Bossuet
se trouvaient toujours en assez mauvais état. Son intendant
le volait outrageusement; Mme Cornuau lui en fait souvent des
reproches, et il convient ingénuement qu'il n'entend rien au

bon arrangement *de son domestique*. Fénelon, au contraire, savait si bien accorder ses habitudes et ses goûts de générosité avec l'ordre le plus sévère, que Saint-Simon a pu terminer son portrait par ce mot typique : « Ce prélat mourut sans avoir un sou et sans rien devoir ».

D'où venait donc le contraste? D'une différence plus profonde, d'une différence de nature et de race.

Bossuet était un bourgeois, Fénelon était un seigneur.

Bossuet, enfermé dans la théologie, n'avait ni souci de l'élégance, ni goût pour ce qui plaît et brille ; la nature elle-même lui apparaissait moins comme un beau spectacle, que comme une preuve de l'existence de Dieu. Il se promenait dans le parc de Versailles, pour y disserter. Il ne regardait, dans son jardin, ni les fleurs, ni les fruits; et un jour, son jardinier impatienté de le voir passer indifféremment devant d'admirables espaliers de poires, lui dit : « Ah! monseigneur, si mes poiriers s'appelaient Chrysostôme ou Tertullien, vous leur accorderiez de l'attention. » Tout Bossuet est là. Chez lui, le théologien domine tout.

Quant à Fénelon, sa personne même était l'image de l'élégance. En le voyant, on croyait voir un portrait de Van Dyck. Fils de grande maison, et fils du Midi, il avait les goûts aristocratiques de sa classe, et la riante imagination de son pays. Il vivait beaucoup par les yeux. Une promenade dans un beau pays et sous un beau ciel, le ravissait. Toutes les magnificences le charmaient, comme toutes les générosités le tentaient. Si puissante était sa nature d'artiste, qu'il la portait jusque dans son costume d'évêque. « Vous me ferez un vrai plaisir, écrivait-il en 1715, un an avant sa mort, de prier Mme de Chevry d'envoyer sa surintendante me chercher un beau drap violet. Je suis moins difficile sur *l'étoffe que sur la teinture*. Il me faut un violet teint sur une vraie écarlate, qui soit pourpre, autrement il ne dure pas, et devient de la couleur lie de vin, *qui est très vilaine*. »

Une autre cause plus sérieuse explique sa magnifique hospitalité épiscopale. Cambrai ne nous appartenait que depuis très peu de temps. Fénelon en était le premier archevêque. Il s'y sentait, comme tel, le représentant de la France, et le grand seigneur voulait représenter la France avec éclat devant la Flandre.

Si j'ai insisté sur cette différence un peu frivole en apparence entre les deux prélats, c'est qu'elle me semble très caractéristique, et va les suivre dans l'exercice d'une de leurs plus graves fonctions.

∴

Tous deux ont été, à dix-neuf ans de distance, précepteurs d'un prince héritier : Bossuet a élevé le Grand Dauphin ; Fénelon, son fils, le duc de Bourgogne.

Un premier fait digne de remarque, c'est que ces deux grands hommes ont été comme saisis du même tremblement devant cette perspective d'un roi à élever.

On dirait qu'ils sentent peser sur eux la responsabilité qui pèsera sur lui.

Ils se refont écoliers pour être plus dignes d'être maîtres.

Bossuet se remet à la grammaire, fait des exercices de syntaxe, écrit un petit fascicule sur le jeu des conjonctions, et sur les particules indéclinables.

Fénelon compose un abrégé des principales difficultés de la langue latine.

Bossuet reprend l'étude de la langue grecque, apprend par cœur de longs passages de l'*Iliade*, et, poursuivi par le grec jusque dans son sommeil, il fait des vers grecs en dormant.

Fénelon se replonge dans l'antiquité et dans la fable pour y chercher des sujets de devoirs.

Chose plus frappante encore! Plusieurs de leurs principaux ouvrages ont été spécialement composés pour leurs élèves. C'est au dauphin que Bossuet a consacré et dédié le *Traité de la connaissance de Dieu et de soi-même*, la *Politique selon l'Écriture* et le *Discours sur l'Histoire universelle*. C'est au duc de Bourgogne que nous devons *Télémaque*, l'*Existence de Dieu*, et le volume des *Dialogues des morts*, des fables et apologues. Voilà les ressemblances; voici les différences.

La *Connaissance de Dieu et de soi-même* est un livre de science et de raisonnement. Tout y est solide, substantiel, fondé sur une étude profonde. Bossuet, pour écrire le chapitre sur le corps humain, a suivi pendant un an un cours d'anatomie chez le célèbre chirurgien Duvernay.

L'*Existence de Dieu* de Fénelon est tout effusion, tout enthousiasme, tout amour passionné pour la nature. On n'y est pas enfoui dans un cabinet de savant, ou dans un laboratoire d'anatomie, ou y nage en plein ciel, en plein infini. La prière qui termine la seconde partie semble un prélude des *Méditations de Lamartine*.

La *Politique selon l'Écriture sainte* a pour objet de proposer au jeune dauphin un modèle de souverain et un idéal de gouvernement. Mais quel est ce modèle? Le roi David! Quel est cet idéal? La monarchie absolue. Les termes sont précis. « David et Salomon. dit-il dans la Préface. excellèrent tous deux dans l'art de régner; ils en donnèrent les exemples dans leur vie. et les préceptes dans leurs écrits ». Et plus loin : « Le prince ne doit compte à personne de ce qu'il ordonne ». « Les rois sont des dieux, et participent en quelque sorte à la divinité ».

Télémaque, sous sa forme romanesque, a le même objet : offrir au royal élève un idéal de souverain, et Dieu sait si le royaume de Salente a fait crier à la chimère. Mais le roi de Salente est un modèle beaucoup moins chimérique et beaucoup moins dangereux que le roi David, pour un monarque du xvii siècle.

Je ne parlerai pas du *Discours sur l'Histoire universelle,* qui est un si admirable chef-d'œuvre de style et une si singulière leçon d'histoire. et j'arrive au point capital de cette éducation, la direction scolaire.

Bossuet a exposé son plan au pape Innocent XI, dans une lettre de vingt pages, composée d'abord en latin, puis traduite par lui en français, ce qui prouve quel prix il y attachait. Ce n'est pas moins qu'un *Traité complet des études* fait par un homme de génie. Rien de mieux construit, rien de mieux

déduit, rien de plus habilement progressif. Un petit trait particulier nous fait assister pour ainsi dire à la leçon et nous
montre toute la gravité de l'enseignement. Pour premier exercice, Bossuet lisait à son élève une page de l'Écriture sainte,
et l'élève l'écoutait debout, et tête nue.

Fénelon n'a écrit à propos de M. le duc de Bourgogne aucun
ouvrage dogmatique, mais ce qu'il jette à pleines mains dans
les leçons, c'est l'imagination. Tout chez lui se tourne en
agrément, en amusement, en applications pratiques. Les
fables, les scènes dialoguées lui servent tour à tour à faire
entrer dans l'esprit de son élève, sous une forme vivante, les
faits, les hommes et les idées.

La méthode de Bossuet est d'un penseur, celle de Fénelon
d'un poète.

Même contraste dans la direction morale.

Le dauphin était un enfant paresseux, pesant, indifférent.
Comment secouer cette apathie? Comment réveiller cette tor-
peur? Son gouverneur, M. de Montausier, homme de guerre
rude et brutal, ne concevait rien de mieux que de transporter
le code pénal de la caserne dans la chambre d'études d'un
enfant de dix ans. Le dauphin était-il en faute? on le battait, et
un jour, sa plume lui tomba des mains, tant ses doigts étaient
meurtris et bleuis par les coups de règle. Bossuet souffrait sans
doute de ces violences, mais il ne protestait pas.

Le duc de Bourgogne était violent, orgueilleux, indomptable,
terrible; c'est le mot de Saint-Simon. Comment Fénelon vint-il
à bout de son ingouvernable élève? Par la persuasion, par l'au-

torité, par les plus ingénieuses imaginations de réprimandes.

Il apprend que l'enfant a battu son valet de chambre. Que fait-il? Il s'entend avec un ouvrier serrurier occupé dans l'appartement. Le petit prince, curieux comme on l'est à dix ans, s'était mis à jouer avec les outils. « Retirez-vous! dit l'homme brusquement: je n'aime pas qu'on me dérange quand je travaille. » L'enfant se fâche. « Retirez-vous donc! Quand la colère me prend, je casse bras et jambes à ceux qui m'irritent. » Effrayé, l'enfant court vers son précepteur, il veut qu'on chasse ce méchant homme! « Méchant? reprend Fénelon, vous l'appelez méchant parce qu'il s'emporte contre un petit importun qui le dérange! Comment donc appellerez-vous un jeune prince qui battrait son valet de chambre, au moment où celui-ci lui rend des services? »

L'enfant se tut et se souvint

On a souvent cité la scène, où dans un de ces accès d'orgueil qui le saisissait comme un accès de folie, l'élève dit en face à son maître : « Je ne vous obéirai pas, je ne me laisse pas commander, car je sais ce que je suis et ce que vous êtes. — Non, monsieur, répondit froidement Fénelon, vous ne le savez pas! car vous vous imaginez être plus que moi, et c'est moi, qui suis beaucoup plus que vous; vous ne savez rien que ce que je vous ai appris, vous ne pouvez rien sur moi, et je puis tout sur vous. C'est le roi lui-même qui m'a donné cette autorité, et j'y tiens si peu que vous allez me suivre chez Sa Majesté, à qui je vais remettre les fonctions qui m'attachent à un vaniteux tel que vous. .» Là-dessus, voilà l'enfant qui éclate en

sanglots, qui se jette à ses genoux en s'écriant : « Ne m'abandonnez pas! Que deviendrai-je sans vous? Ne m'abandonnez
pas! » Mais le fait caractéristique, c'est que Fénelon, tout ému
qu'il fut, se contenta de répondre : « *Je verrai.* » Il voulait
rendre la leçon plus durable en laissant l'enfant, pendant
vingt-quatre heures, dans l'angoisse du repentir et dans l'incertitude du pardon.

Les résultats des deux éducations sont connus. Les lettres de
Bossuet nous apprennent toutes les tortures de sa lutte contre
l'ineptie de son élève. Ce n'est pas dans son amour-propre
qu'il souffre; c'est dans son culte pour le roi; c'est dans
son amour pour la France. L'idée qu'un pareil souverain
sortira de ses mains le met au désespoir. A la moindre lueur
de progrès, il reprend courage. « Il me semble voir, écrit-il,
dans M. le Dauphin, un commencement de grâce. » Mais à
mesure que le temps marche, son chagrin augmente. « Combien
il y a d'amertume, écrit-il, avec un sujet si inappliqué? On n'a
nulle consolation sensible; on marche à l'espérance contre
l'espérance. » Et enfin, cet affreux cri : « Seul, je pourrais
le défendre; mais le monde! le monde! le monde! les exemples! les flatteries! les courtisans! O mon Dieu! sauvez-le,
sauvez-moi! Vous avez bien pu préserver les enfants dans la
fournaise. Mais vous envoyâtes un ange. Et, hélas! que suis-je,
moi, sinon humilité, tremblement, enfoncement dans mon
néant propre! »

Je ne sais pas dans l'œuvre de Bossuet de pages plus émou-
vantes. Et quand on pense que dix ans d'efforts d'un tel homme

ont abouti à quoi? A ce que le jour où ses études se termi-
nèrent, le grand dauphin déclara qu'il n'ouvrirait plus un
livre de sa vie, et qu'il tint parole! Que pas un mot de reconnaissance et d'affection ne sortit de sa bouche, en quittant son
maître, et que depuis, il n'alla le voir qu'une seule fois à
Meaux, le temps de souper et de coucher à l'archevêché!

Quel contraste avec le duc de Bourgogne! Je ne parle pas de
ses succès d'élève. Tout le monde les connaît. Ce qu'on en
raconte tient de la merveille; on prétend qu'à douze ans, il
écrivait élégamment en latin, qu'il lisait couramment Tacite et
Virgile, que l'histoire lui était aussi familière que la littérature.
Louis XIV, méfiant de sa nature, et un peu impatienté, comme
père, des éloges prodigués à son petit-fils, voulut savoir la
vérité, et chargea Bossuet de faire passer un examen à l'enfant.
Bossuet répondit avec une sincérité qui l'honore, « qu'il n'en
serait pas du duc de Bourgogne, comme des princes dont la
flatterie des courtisans exagère le mérite, et que plus il
avancerait dans la vie, plus il grandirait. » Si important que
soit ce témoignage, une chose me frappe encore davantage,
c'est que le jour où la sentence d'exil fut prononcée contre
Fénelon, l'enfant, malgré la terreur que Louis XIV lui inspirait
à lui et à tout le monde, alla se jeter à ses pieds, le suppliant
de révoquer l'arrêt qui frappait son maître. Depuis, jamais,
malgré les ordres du roi, il ne cessa de correspondre avec
l'exilé. Jamais, même à vingt-cinq ans, il ne voulut être appelé
par lui que *mon petit prince*. Quand il ne l'eut plus pour
maître, il le conserva comme guide. Pendant la campagne de

Flandres, où il avait un commandement, il sollicita et supporta de lui les conseils les plus virils, et parfois les plus rudes, sur sa façon de se conduire vis-à-vis des soldats, des officiers et du général en chef. Fénelon fut son chef d'état-major moral.

Qu'en conclure? Qu'un des deux précepteurs l'emportait sur l'autre? Qu'une des deux méthodes valait mieux que l'autre? Nullement. Le duc de Bourgogne entre les mains de Bossuet, n'en eût pas moins été, sinon le même homme, du moins un homme. Le dauphin dans les mains de Fénelon fût resté le dauphin. On ne tire rien de rien. Là se montre à la fois la puissance et l'impuissance de l'éducation. L'éducation corrige, dirige, développe, fortifie, féconde, elle ne crée pas. Bossuet n'a pas été au-dessous de sa tâche; sa tâche a été au-dessus des forces humaines.

Je ne puis terminer cette partie de mon travail sans répondre à un grave reproche adressé à Fénelon. On répète toujours qu'il a si bien dompté son élève qu'il l'a brisé, qu'il a tué en lui la volonté.

Rien de moins juste.

D'abord comment comprendre qu'une telle éducation, si libre, si vivante, si pleine d'imagination et d'esprit pratique, ait pu casser le grand ressort d'une âme humaine?

Puis les faits sont là qui expliquent tout.

Si en effet le jeune homme n'a pas tenu les promesses de l'enfant, s'il n'a pas justifié le pronostic de Bossuet, c'est qu'il a été comprimé, déprimé, déformé par la sévérité méfiante du roi qui le tenait à l'écart de tout; par l'animadversion de son

père, dont la coterie le poursuivait de *brocards applaudis* :
(c'est le mot de Saint Simon) et par la malveillance de la cour
qui se réglait sur le maître. En faut-il plus pour déséquilibrer
une pauvre tête de quinze ans? Les natures les plus géné-
reuses ont souvent besoin de sympathie pour se développer,
comme les plantes ont besoin d'eau pour croître. On le vit bien
à la mort du grand dauphin, quand le duc de Bourgogne, devenu
héritier présomptif, fut porté soudainement au premier rang,
pour lequel il était fait. Quel revirement! et quelle métamorphose! Tout et tout le monde lui revint à la fois. Le roi lui
donne entrée aux conseils; les ministres sont mis sous ses
ordres; la cour tombe à ses pieds! Mme de Maintenon se pro-
clame son admiratrice! « Qu'en arriva-t-il? Que soudain, dit
Saint-Simon, sous le coup de *cet impétueux tourbillon de changement*, on vit ce prince, timide, sauvage, concentré, engoncé,
étranger dans sa propre maison, se révéler par degrés, se
déployer peu à peu, se donner au monde avec mesure, y devenir
libre, majestueux, agréable, gai! C'était l'élève de Fénelon qui
renaissait! La joie et la surprise publiques furent telles, qu'on
ne pouvait s'en taire: on se demandait si c'était bien là le
même homme, si ce qu'on voyait était songe ou réalité; et on
saluait avec ivresse l'aurore d'un grand règne! On ne peut
penser, sans un amer regret, à ce que fût devenue la France, si
elle avait eu pour souverain ce Louis XV-là, au lieu de l'autre. »

∴

Nous arrivons au point douloureux de cette étude, c'est-à-dire

au moment où leur noble amitié se brise, où il y a entre ces
deux amis un vaincu et un vainqueur, un triomphateur et un
exilé.

Comparons ce triomphe et cet exil.

Bossuet a été évêque pendant plus d'un quart de siècle, et
son épiscopat ressemble à un long règne. On peut dire de lui
qu'il fut le Louis XIV de la chrétienté en France. Il est aussi
puissant à Versailles qu'à Meaux. Toute la cour est à ses pieds,
car le roi lui-même est en respect devant lui. Pendant vingt-
deux ans, il ne s'accomplit pas dans le domaine religieux un
fait important sans que Bossuet y figure au premier rang. Qui a
rédigé, en 1682, la déclaration du clergé, c'est-à-dire le programme de l'église gallicane? Bossuet. Qui a écrit la célèbre
lettre aux évêques de France? Bossuet. Qui a fait en 1702
l'ouverture du jubilé? Bossuet. La reine d'Angleterre meurt.
Madame meurt. Marie-Thérèse meurt. Le prince de Condé
meurt. Qui rend les devoirs funèbres à toutes ces têtes couronnées ou princières? Bossuet.

Les honneurs civils ne lui font pas plus défaut que les succès
éclatants.

En 1695, il est nommé conservateur des prérogatives de
l'Université de Paris. En janvier 1697, conseiller d'État;
en juin 1697, premier aumônier de la duchesse de Bourgogne;
et le jour où, selon l'usage, il va prêter serment et s'age-
nouiller devant elle, la petite princesse, qui avait onze ans, fut
saisie d'un tel trouble, d'une telle honte mêlée de respect,
qu'elle s'écria : « Moi! moi! monsieur, vous voir dans une

« QUE DEVIENDRAI-JE SANS VOUS? NE M'ABANDONNEZ PAS! » (P. 230)

telle position devant moi!... » et elle s'inclina pour le relever.

Enfin, autre puissance : sa plume était souveraine comme sa parole. Dès qu'il éclate un désordre dans le domaine de la foi, il y court et le réprime. Il fait plus que régner, il régente; sa crosse épiscopale a quelque chose d'une férule.

Leibniz expose-t-il une doctrine dangereuse, selon lui? Il prend Leibniz à partie. Le père Simon soutient une doctrine hétérodoxe, il le combat. Le père Caffaro ose défendre la comédie, il foudroie le père Caffaro.

Son ascendant s'étend jusque sur Louis XIV lui-même. Personne n'a travaillé avec plus d'énergie que Bossuet, au départ de Mme de Montespan, et un jour, le roi, irrité de toutes les dilapidations qui se multipliaient autour de lui, et ne sachant comment y porter remède, demanda conseil à Bossuet.

Voici sa réponse.

« Sire, vous n'avez qu'un mot à prononcer pour que tous ces scandales cessent; dites : « Je le veux. » Mais dites-le comme un roi qui veut qu'on obéisse, et comme un juge qui est décidé à punir. Songez à vos peuples. Ils ne sont pas si plaintifs qu'on le prétend, et si impossibles à satisfaire. Votre aïeul Henri IV trouva le moyen de les rendre heureux et reconnaissants. Il n'y a personne de nous qui ne se souvienne d'avoir entendu raconter à son père ou à son grand'père, le *gémissement universel* qui suivit la mort du roi. Ce fut une désolation pareille à celle d'enfants qui ont perdu leur père. »

Une telle lettre fait autant d'honneur à Bossuet qu'une de ses oraisons funèbres; elle montre toute l'étendue de son autorité, et la couronne dignement.

Pendant ce temps, que se passait-il à Cambrai, que devenait Fénelon?

Dix-neuf ans d'épiscopat (1695-1714), seize ans d'exil.

Pendant seize ans, défense à Fénelon de sortir de son diocèse. Défense à ses amis d'aller le voir à Cambrai. Défense de prononcer son nom devant le roi. Les lettres qu'il écrit et qu'on lui écrit sont décachetées. A la cour, ses amis sont tenus en suspicion ou tombent en disgrâce. Une de ses nièces, au lit de mort, supplie qu'on permette à son oncle de venir l'assister à ses derniers moments. Refus. Mme de Chevreuse le demande pour célébrer le mariage de son petit-fils. Refus. Lui-même tombe malade, et le médecin lui ordonne les eaux de Bourbon. Permission de traverser Paris, mais sans y voir personne, et ordre d'aller coucher à Issy.

La dixième année, le duc de Bourgogne passant près de Cambrai, demande à aller embrasser son maître. Ordre de ne le voir *qu'un instant, en passant, devant témoin, dans une auberge.*

Ce n'est pas un exil, c'est une proscription. Qu'en advint-il? Comment supporta-t-il cette situation? Comment s'y conduisit-il?

D'abord, chose sans exemple peut-être, sa disgrâce ne lui coûta pas un ami. M. de Beauvilliers, M. de Chevreuse, le duc de Bourgogne, et avec eux tout un groupe de fidèles, se serrèrent comme un troupeau autour de l'exilé, resté leur directeur, non seulement religieux, mais politique. Une correspondance secrète et régulière s'établit entre lui et eux, malgré les ordres du roi, malgré les mesures prises par le roi, malgré les dangers de la colère du roi. Pendant seize ans, il ne se passa pas un événement de quelque importance à la cour et dans l'État, que Fénelon n'en fût averti et que son avis ne fût sollicité et suivi. Jamais il ne tint aussi fortement toutes les âmes dans sa main, que depuis qu'il n'était plus rien et ne pouvait plus rien. Le proscrit de Cambrai continua toujours d'avoir voix secrète au chapitre, à Versailles.

Voilà sa position cachée; quelle fut sa position publique?

La terrible guerre de Flandres de 1708 venait d'éclater. Le trésor public était ruiné. Au début de la campagne, la garnison de Saint-Omer, n'étant ni payée ni nourrie, se révolte, et menace de livrer la citadelle aux ennemis. Fénelon l'apprend, et quoique Saint-Omer ne soit pas de son diocèse, il ramasse tout ce qu'il a d'argent comptant, emprunte ce qui lui manque, souscrit des billets qui, signés de son nom, circulent comme valeurs réelles, fait payer secrètement la garnison de Saint-Omer, et conserve ainsi à la France une place forte, qui était une des clefs de la frontière. Louis XIV ne le sut jamais, tant Fénelon avait bien pris ses mesures pour que son acte de générosité restât secret.

La guerre s'engage. Le clergé de campagne ne pouvant pas payer la taxe que réclame le trésor, Fénelon la prend à son compte, emprunte encore, paye la taxe de ses propres deniers et assure ainsi le service public, toujours secrètement.

La guerre se poursuit, des défaites couvrent les routes de blessés, de fuyards, de populations affolées. Fénelon transforme l'archevêché en une ambulance, en un hôpital, en un lieu de refuge. Les salles, les chambres, les escaliers, les cuisines, les jardins s'encombrent de blessés, français ou ennemis, Fénelon ayant dit que tout blessé cessait d'être un étranger. Le prince Eugène et Marlborough, touchés de cette générosité, déclarent les terres de l'archevêché exemptes de toutes contributions, et à l'abri de tout pillage. Que fait Fénelon? Il commence immédiatement la récolte, engrange les blés, ramasse les fourrages, et les donne à l'intendant général, pour nourrir l'armée.

Louis XIV en ayant été instruit malgré Fénelon, se borna à lui faire dire officieusement qu'il était satisfait des services rendus par lui à l'armée, mais il ne révoqua pas la sentence d'exil. Et cet exil dura seize ans, et pendant ces seize ans, pas une plainte! pas un regret! pas une réclamation! Ses lèvres restèrent closes, son visage resta calme. Il ajouta à tant de souffrances, à tant d'injustices et à tant de services, la majesté suprême du silence.

Eh bien! des deux prélats, quel fut le plus grand? Lequel a le mieux mérité de son pays? L'évêque triomphant, ou l'évêque proscrit? Celui qui, au faîte de la puissance, a été constamment à la hauteur de son rôle, ou celui qui, réduit à lui seul, a tout tiré de lui seul, et a créé, pour ainsi dire, chacune de ses occasions de dévouement à l'État? Je ne veux pas choisir, mais il est un dernier fait que je ne saurais passer sous silence.

L'impression des bienfaits et des services de Fénelon fut si

profonde dans toutes ces populations, que le souvenir en dure
encore aujourd'hui. Aujourd'hui encore, vous trouvez à Cambrai, dans plusieurs familles riches ou humbles, des jeunes
gens et des enfants portant le prénom de Fénelon. On lui a pris
son nom de famille pour en faire un nom de baptême. Il est
devenu un des saints du calendrier.

J'ai essayé de peindre les deux prélats à l'œuvre. Mais
l'œuvre n'est pas l'homme tout entier. Ce que nous faisons
ne dit que la moitié de ce que nous sommes. Sous nos
actes, il y a un fond intime de sentiments et de pensées
d'où ils partent, et qui parfois les complète, parfois les contredit. Faisons donc un pas de plus dans le cœur de ces deux
grands hommes.

Un jour, un des amis de Fénelon, le plaignant de toutes les
difficultés qu'offrait l'administration de son vaste diocèse, l'archevêque, après un moment de silence, mit le doigt sur son
front, et répondit : « J'ai là un diocèse bien plus accablant que
celui du dehors, et qui me donne bien plus de mal à gou-
verner ». Ce mot m'avait toujours singulièrement frappé, j'y
entrevoyais une agitation intérieure, une fièvre d'imagination
que m'avait fait déjà pressentir sa vocation première. Dans sa
jeunesse, il voulait absolument partir en mission. Il fallut les
plus vives remontrances du médecin, et sa délicatesse de
santé, pour le détourner de cette vie d'aventures et de dangers, qui tentaient son besoin d'action, l'ardeur de son courage

et la ferveur de sa foi. Enfin, une lettre de lui, sur lui-même, acheva de m'éclairer. Voici cette lettre[1] : »

« Je hais le monde, je le méprise, et néanmoins il me flatte. Je sens la vieillesse qui avance, et je m'accoutume à elle sans me détacher de lui. Il y a en moi un fond d'amour-propre et de légèreté dont je suis honteux. La moindre chose triste pour moi m'accable, la moindre qui me flatte un peu me relève sans mesure; rien n'est si humiliant que d'être si tendre pour soi, et si dur pour autrui; si poltron à la vue de l'ombre d'une croix, et si léger à secouer tout à la première lueur flatteuse. Ah! Dieu nous ouvre un étrange livre pour nous instruire, quand il nous fait lire dans notre propre cœur. »

Quelle peinture! Qu'il y a loin de cette créature agitée, nerveuse, misérablement mondaine, mais si indignée de l'être, à celui que ses partisans croient définir en lui donnant le nom banal de charmeur, et que ses adversaires représentent comme un artificieux, un tortueux, voire même un hypocrite. On lui oppose sans cesse la simplicité et la droiture de Bossuet. Oui, certes, Bossuet est une nature plus simple et plus forte; oui, il est étranger à toutes ces agitations de la vanité, à ces retours fébriles vers le monde; en un mot, il est plus homme, *vir*, mais l'autre est plus un homme, *homo*; et c'est à ce titre qu'il nous attache. Nous l'aimons pour le mal que lui donne son diocèse. Ses faiblesses le rapprochent de nous. Sa sincérité à les confesser nous touche; son courage à les combattre nous relève; il nous récon-

---

1. J'emprunte cette lettre au très beau livre de M. Emmanuel de Broglie, *Fénelon à Cambrai*.

cilie avec nous-mêmes, et il nous apprend à triompher de nous-mêmes. Enfin il a le cœur plus large, plus riche; parce qu'il a le cœur plus humain.

Bossuet est un impeccable, soit; mais c'est parfois un implacable.

Comment oublier sa terrible phrase sur Molière, dans sa lettre au père Caffaro?

« La postérité saura peut-être la fin de ce poète comédien, qui mourut en jouant son *Malade imaginaire*, et est passé des plaisanteries du théâtre, au tribunal de Celui qui a dit : « Malheur à vous qui riez, car vous pleurerez. » Ce dernier mot est d'autant plus affreux, que Molière n'a pas rendu le dernier soupir au milieu des plaisanteries du théâtre. Il est mort entre les bras de deux sœurs de charité que ses bienfaits avaient attachées à lui.

Fénelon aussi a parlé de Molière, mais pour dire : « Certes, on peut lui reprocher des plaisanteries outrées, des railleries déplacées sur des sujets qui commandent le respect; mais somme toute, il est grand, je ne crains pas de le répéter, il est grand. »

Bossuet a écrit, dans l'Oraison funèbre du prince de Condé, une page admirable que je voudrais bien effacer, et que Fénelon n'eût jamais signée, c'est celle où, parlant de Socrate et de Marc-Aurèle, il les range parmi les *ennemis de Dieu*, et ose prononcer, à propos d'eux, le mot : enfers! Faisons la part de l'époque dans cet absurde anathème, mais osons le dire, Bossuet est un immense génie qui a parfois l'esprit étroit. Il l'a

comme historien! Il l'a même comme Français. Certes son
amour pour la France était bien profond, mais ce qu'il aime
surtout, c'est la France telle que l'a faite Louis XIV, il n'a
eu ni le sentiment de tout ce qui se cachait d'iniquités et de
vices sous cette splendide organisation sociale, ni le pressenti-
ment des terribles châtiments que préparait l'avenir. Il n'entend pas le sourd grondement du xviiie siècle.

Tout autre est Fénelon. La célèbre lettre à Louis XIV, digne
pendant de la *Dîme royale*, avait déjà montré en lui quelque
chose d'un Vauban, quand sous le coup d'un événement considérable, éclatèrent soudain, comme par explosion, sa passion du
bien public, sa puissance de divination, sa force de conception
politique.

Le grand dauphin meurt, le duc de Bourgogne devient
l'héritier présomptif d'un roi presque mourant, Fénelon voit
déjà son élève sur le trône. Soudain, devant cette perspective, lui apparaît, dans une sorte de vision tumultueuse, tout ce
que pourra faire et tout ce que devra faire celui qu'il a formé.

Dans le premier moment, son émotion ne se traduit que par
un mot, mais le mot dit tout : « Il faut, écrit-il au duc de
Chaulne, que nous lui *fassions un cœur vaste comme la
mer* ».

Puis, il se calme, il emploie quelques mois à s'éclairer, à
s'instruire et, de ses longs entretiens avec son ami, sort enfin le
travail qui s'appelle *les Tables de Chaulne*.

Qu'est-ce que *les Tables de Chaulne*? Un plan de réformes qui
n'est pas moins qu'un plan entier de gouvernement. Ce plan

LES SALLES, LES CHAMBRES, LES ESCALIERS S'ENCOMBRENT
DE BLESSÉS FRANÇAIS ET ENNEMIS. (P. 238)

est destiné à être mis sous les yeux du futur souverain, non
comme un programme qu'on lui impose, mais comme un sujet
de méditations qu'on lui propose. Pas de déclamation, pas de
phraséologie. Des chapitres courts, précis, pleins de choses,
des résumés d'idées. Sans doute l'utopie y a sa part, mais
que de vues profondes! que de réformes pratiques! que de
routes ouvertes en tous sens! Ce qu'il demande, ce sont : *les
états généraux, les assemblées provinciales, l'abolition de la
gabelle et de la taille, la suppression des fermiers généraux,
la perception de l'impôt par l'État, l'abolition de la vénalité
des charges.* Presque toutes les réformes de 89, soixante-
quinze ans avant 89!

La mort du duc de Bourgogne vint renverser tous ces rêves
de gloire que Fénelon avait formés pour la France et pour
lui-même. Comment supporta-t-il ce coup? Comme il avait
supporté sa condamnation, comme il avait supporté son exil,
comme il avait supporté toutes les ingratitudes! Sans un
murmure. Il prosterne toutes ses douleurs au pied de la
croix; seulement il ne guérit jamais de cette blessure; et
après deux ans d'une *mourante vie*, où sans s'arrêter un
seul jour, sans manquer à un seul de ses devoirs, il promèna
à travers son diocèse son corps de plus en plus décharné,
et son visage de plus en plus pâle, tout semblable — ce
sont ses propres mots — à un squelette qui marche et qui
parle, il mourut, toujours exilé, en bénissant Dieu qui l'avait
si durement frappé, et en priant pour le roi qui le frappait
encore.

En face de tant de calme recouvrant tant de tortures, je
ne puis me défendre de dire de lui ce qu'il a dit de Molière :
Il est grand.

.·.

Achevons notre étude en les comparant comme écrivains.

Ici le parallélisme n'est plus possible. Il y a un abime entre
Bossuet et Fénelon. Bossuet est le premier prosateur de notre
langue, et peut-être de toutes les langues. Le temps n'a pas
plus mordu sur sa phrase que sur un bloc de granit. (*Mole suâ
stat.*)

On n'en peut pas dire autant de Fénelon; mais, malgré son
infériorité relative, il n'en reste pas moins un écrivain de
grande race, presque de génie; et il a une qualité toute personnelle qui manque même à Bossuet.

Je m'explique.

Le style de Bossuet est un style composite. Plusieurs éléments divers s'y fondent au feu de son génie, comme dans le
métal de Corinthe. La Bible, les prophètes, les Pères de
l'Église, les historiens anciens y entrent pour leur part. La
pensée ne sort pas de son cerveau, armée de toutes pièces;
c'est lui qui fourbit son armure. Un mot suffit comme preuve :
il a fait des progrès toute sa vie. Ses premiers sermons,
entachés d'emphase, de déclamation, témoignent que c'est par
un effort continuel qu'il est arrivé à cet incomparable mélange
de grandeur et de familiarité, de simplicité et de poésie, de
vérité et de pittoresque. Un de ses ouvrages nous permet de

le surprendre en plein travail, de le saisir à l'œuvre, c'est le
Panégyrique de saint André.

Le manuscrit, retrouvé par un lettré aussi délicat que consciencieux, M. Vallery Radot (c'est du père que je parle et non
du fils, on pourrait s'y tromper), est surchargé de retouches et
de variantes; vingt leçons différentes s'y superposent l'une, à
l'autre; les marges sont aussi remplies que les pages.

Un autre fait très curieux montre encore son besoin et son
génie d'assimilation. Sans cesse dans son style, s'entremêlent
des phrases empruntées à toutes les grandes œuvres étrangères.
Eh bien, ces passages, il ne se contente jamais de les citer,
il les traduit, et en les traduisant, il les refrappe à sa marque,
il les fait siens en les empruntant, il crée tout ce qu'il
reproduit.

Un exemple entre mille.

Tertullien avait dit en parlant d'une femme toute chargée
de bijoux :

« Elle porte autour de sa tête si délicate des îles et des
détroits. »

C'était pittoresque et hardi, mais un peu bizarre.

Bossuet reprend la phrase et dit :

« Cette femme, qui porte en un petit fil autour de son
cou, le patrimoine de vingt familles.... » Ce petit fil autour de
son cou transforme en une image vive et saisissante la
phrase étrange du rude Tertullien.

Rien de pareil chez Fénelon. Pas de progrès, pas d'effort,
pas d'apprentissage. Du premier jour où il écrit, il est tout

lui-même. Il avait vingt-cinq ans quand il publia le traité
de l'*Éducation des filles*, il en avait soixante quand il a envoyé
à l'Académie ses *Dialogues sur l'éloquence*. Lisez ces deux
ouvrages en regard l'un de l'autre, on dirait qu'ils ont
la même date, qu'ils sont du même âge, ou pour mieux dire
qu'ils ont également deux âges, à la fois *mûrs* et *jeunes*.

Lamartine a défini Fénelon en définissant le poète, c'est-à-
dire lui-même :

> ... Il chantait comme l'homme respire,
> Comme l'oiseau gémit, comme le vent soupire,
> Comme l'eau murmure en coulant.

Un flot d'eau de source, voilà Fénelon. De là, cette grâce
incomparable, ce charme du *non-effort*, qui n'appartiennent
qu'aux génies purement spontanés, et font ressembler les
œuvres d'art aux œuvres de la nature.

Une dernière remarque.

La nature semble créer les grands hommes par couples,
comme l'humanité. A côté de Phidias, Praxitèle; à côté de
Sophocle, Euripide; à côté d'Aristote, Platon; à côté de Dante,
Pétrarque; à côté de Beethoven, Mozart; à côté de Corneille,
Racine. Eh bien, Fénelon a été le Racine de Bossuet. Ils se
valent parce qu'ils diffèrent et se complètent.

Au cours de cette étude, où je ne voudrais pas qu'on vît une
apologie; j'ai fait, au sujet de ces deux grands personnages,
quelques réserves assez fortes; j'aurais pu en faire davantage;
j'aurais pu dire que, dans leur querelle théologique, Bossuet
a été d'une hauteur impérieuse qui allait jusqu'au despotisme,

d'une violence qui touchait à l'injustice, voire même à l'injure ; et que Fénelon a eu des souplesses et des adresses qui dépassaient peut-être l'habileté... A quoi bon? Qu'aurais-je prouvé par là? Qu'ils étaient des hommes? Nous le savons bien! Mais quels hommes. que ceux dont il faut chercher les fautes au microscope. au milieu de soixante ans de vertus! Je ne nie pas l'importance de ces découvertes microbiennes, mais elles ne contiennent forcément qu'une partie de la vérité, et la plus petite. J'ai donc cherché autre chose. J'ai réuni ces deux figures dans le même cadre. afin de les comparer par leurs grands côtés, d'essayer ainsi de renouer entre eux les liens de leur amitié première, et de les réconcilier dans l'admiration générale.

SCÈNES DE FAMILLE

UN
PREMIER JOUR
DE L'AN

A M. J. HETZEL,
DIRECTEUR DU « MAGASIN D'ÉDUCATION »

Mon cher Directeur,

Votre père tenait beaucoup, vous vous le rappelez, à son
numéro du 1er janvier. Il aimait à ce que ses vieux amis y figu-
rassent. Il me semble donc qu'en vous adressant ces quelques
pages, c'est à lui que je les adresse, et que je me rends à son

désir en venant, aujourd'hui, causer un moment avec vos diverses générations de lecteurs.... Car le *Magasin d'Éducation* en a plusieurs. Il va de l'enfant à la mère, du frère à la sœur; on peut lui appliquer ces vers de Lamartine sur Walter Scott :

> Sur la table du soir, à la veillée admis,
> La famille le compte au nombre des amis,
> Se fie à son honneur, et laisse sans scrupule
> Passer de main en main le livre qui circule.

Permettez-moi de circuler à sa suite parmi vos lecteurs, d'y choisir quelqu'une de ces heureuses familles qui réunissent des âges très divers, et, m'adressant tour à tour à tous et à chacun, de leur offrir un de ces modestes cadeaux, qui ne coûtent rien à celui qui les fait et rapportent parfois à celui qui les reçoit, une petite gerbe de conseils, pas moroses, et où marchent, s'il se peut, côte à côte, la bonne humeur et le bon sens.

.˙.

— « Eh! pardonnez-moi, chère madame, dis-je en entrant à la maîtresse de la maison, si je n'arrive pas plus vite à votre fauteuil pour vous serrer la main; mais je ne sais où poser le pied dans votre salon, au milieu des polichinelles, des chariots, des animaux sellés ou attelés qui encombrent votre tapis. Vous en avez là de quoi ouvrir boutique.

— Ne m'en parlez pas! Nos amis ont comblé nos garçons. Depuis quelques jours, pas un coup de sonnette qui n'annonce un cadeau. Je ne sais plus où les loger. Mais ce qui me désole, c'est que ces monstres d'enfants sont déjà dégoûtés des premiers

venus, ils n'ont plus d'yeux que pour les boîtes à ouvrir...
pour les nouveaux arrivants.

— Soyez tranquille, ils s'en dégoûteront bientôt autant que
des premiers : c'est logique. Ils ont une indigestion de joujoux,
comme on a une indigestion de bonbons. Quand donc les
parents comprendront-ils qu'un pantin de deux sous fait autant
de plaisir à l'enfant, qu'un général chamarré d'or. Pourquoi?
Parce que ce n'est pas le joujou qui amuse l'enfant, c'est lui qui
s'amuse du joujou. Il n'y a de réel pour lui que la chimère.
Son imagination est mille fois plus riche que tous vos cadeaux.
C'est elle qui crée, qui transfigure tout ce qu'il voit, tout ce
qu'il touche. J'ai connu une petite fille qui s'était prise de
passion pour une poupée valant bien trente sous. C'était sa
sœur, c'était sa fille. Un beau jour, la poupée perd une jambe.
Qu'à cela ne tienne! L'enfant lui en voit toujours deux.
Elle perd la seconde. Qu'importe! L'enfant la fait toujours
marcher. Elle perd sa tête. Qu'importe encore! La partie
compte pour le tout!... Et l'enfant emmaillote ce petit tronc;
elle lui parle; elle lui donne à boire; elle lui apprend à lire!...
Et, le jour où la pauvre poupée a disparu, l'enfant l'a pleurée,
comme si elle eût été tout entière. Affabulation. Respectons
dans l'enfant cette merveilleuse qualité qui embellit tout, qui
console de tout! N'étouffons pas l'imagination par la satiété. »

.·.

— Allons! mon vieil ami, ne vous plaignez pas trop. Je
sais ce qui vous afflige. Vous marchez moins vite. Vous voyez

moins net. Vous entendez de moins loin. Vous dormez moins
bien. Vous lisez moins longtemps. Vous riez moins souvent.
Mais enfin, vous marchez, vous voyez, vous entendez, vous
dormez, vous lisez, vous riez.... *Deo gratias!*

> Bien heureux à cet âge où tout est peine et soins,
> Quand on n'a pour malheurs que des bonheurs de moins.

.•.

— Vous me demandez, ma chère amie, ce que vous avez à
faire pour rester toujours bien avec votre jeune et nouvelle bru?
Oh! mon Dieu! Rien de plus simple. Des cadeaux et pas de
conseils.

.•.

— Ne répétez donc pas toujours que vous méprisez les
hommes; car enfin, l'homme que vous connaissez le mieux,
c'est vous. Pour moi, voici ma profession de foi. Je plains
l'homme, je l'admire et je l'aime.

Pourquoi je le plains? Je n'ai pas besoin de le dire, la vie
s'en charge.

Pourquoi je l'admire? Pour trois choses : Pour avoir transformé la terre; pour avoir lu dans le ciel; et pour s'être élevé
à l'idée de Dieu.

Pourquoi je l'aime? Pour avoir, au milieu de tant de souffrances qui le déchirent, de tant de privations qui le minent,
de tant de tentations qui l'assiègent, de tant de passions qui
l'entraînent, de tant de mauvais instincts qui l'égarent, pour

avoir, dis-je, trouvé le moyen de donner au monde tant
d'exemples de charité, d'abnégation, de pitié, de patience, de
courage, d'affection, d'oubli de soi. »

.˙.

— Oui, vous dites vrai, l'incrédule est bien malheureux !
Quand il lui arrive un bonheur, il n'a personne à remercier.

.˙.

— C'est vous, mon jeune soldat ; vous voilà donc revenu du
régiment pour le jour de l'An. Ces deux premiers mois à la
caserne vous ont paru un peu durs, n'est-ce pas ? Eh bien,
voulez-vous que je vous aide à porter votre joug ? Écoutez cette
petite histoire :

Vous connaissez, je pense, un joli livre publié par notre
cher Hetzel : *le Journal d'un volontaire d'un an*. L'auteur,
M. Vallery Radot, est mon neveu, et je m'en vante. Le jour de
son départ pour le volontariat, il vint me faire ses adieux. « Hé !
quelle mine soucieuse ! lui dis-je en riant. L'épaulette de laine
ne me paraît pas t'avoir tourné la tête. Veux-tu que ton état ne
t'ennuie pas ? Fais qu'il t'amuse. Le moyen est bien simple. Emporte un carnet, un crayon, et, chaque soir, avant de te coucher, écris tout ce qui te sera survenu dans la journée. Bon ou
mauvais, agréable ou désagréable, peu importe ! Je ne sais
même pas si le désagréable ne vaut pas mieux. Gœthe raconte
dans ses *Mémoires* que, quand il avait un chagrin, il en faisait

un sonnet, et que le sonnet le guérissait du chagrin. Voilà ton affaire. Tes ennuis disparaîtront dans le plaisir de les écrire. Bien mieux, tu seras enchanté de les subir, pour avoir le plaisir de les raconter. » Ainsi arriva-t-il. Sa récolte à faire le tenait en joie toute la journée. Toujours son imagination en éveil ! toujours son esprit d'observation en travail ! Les choses et les gens lui apparaissaient sous un jour tout nouveau. Son carnet était devenu son compagnon, son ami. Il lui donnait des rendez-vous pour l'heure de la veillée; et, souvent, malgré la fatigue du jour, minuit le trouvait écrivant encore à la lueur d'une chandelle enfoncée dans le goulot d'une bouteille. Mais voici le plus singulier. Revenu à Paris après son volontariat, son premier soin fut de m'apporter son petit carnet, transformé en un manuscrit de deux ou trois cents pages, rempli d'observations prises sur le vif, de portraits faits d'après nature, ou de faits arrivés. Je le lus; il me plut; Hetzel l'édita; le public l'acheta; la presse le loua; l'Académie le couronna, de façon que l'apprenti écrivain inaugura sa carrière littéraire par un succès, grâce à ce volontariat maudit.

Je n'ose vous promettre pareille chance, mon jeune ami; mais payez gaiement votre dette, faites votre service comme si vous aviez choisi l'état militaire par vocation; cherchez dans le devoir le mâle plaisir du devoir, et fiez-vous à la Providence pour vous récompenser d'avoir pris les choses par le bon côté. Beaucoup de plantes contiennent du poison et du miel. Les choses de la vie sont pareilles aux plantes. Tant que nous le pouvons, faisons métier d'abeilles.

— Mademoiselle Marie, c'est à vous et à vos dix-sept ans
que j'en veux. Voici une petite bague que je demande à votre
mère la permission de vous offrir, afin qu'elle vous rappelle...
devinez quoi?... Une qualité que vous avez sans le savoir, et
dont il est bon que vous vous rendiez compte, afin de la cultiver
de votre mieux. Qu'est-ce donc? Le voici. Il y a une huitaine de
jours, dans le salon, je laissai tomber, selon ma louable habitude, ma calotte de velours. A peine était-elle à terre, que
vous vous levez, vous courez, vous la ramassez, et vous me la
rendez avec le plus gentil sourire du monde.

L'autre matin, au sortir du déjeuner, nous nous promenions
dans le jardin; au détour d'une allée, un petit vent du nord
vient nous souffler sur les épaules. Aussitôt, vous voilà partie,
et, deux minutes après, vous rapportez un châle à votre mère.
Elle ne s'était pas plainte du froid, mais vous avez pensé
qu'elle s'en plaindrait peut-être. Enfin, dimanche dernier, au
retour de la messe, une vieille dame de vos amies, avait
fort vanté de belles violettes d'automne, aperçues dans un coin
du jardin. Le soir, à table, elle trouvait, sous sa serviette, un
bouquet des fleurs qu'elle aime. Ce sont sans doute là de bien
petits mérites, mais qui reposent sur une grande vertu :
penser aux autres, et qui portent un nom charmant, la « prévenance ». Vous vous rappelez ces vers de La Fontaine, dans
la fable des *Deux amis* :

Qu'un ami véritable est une douce chose!
Il cherche vos besoins au fond de votre cœur;
Il vous épargne la pudeur
De les lui découvrir vous-même.

En définissant l'amitié, le poète a défini la prévenance. Elle aussi, elle cherche nos besoins au fond de notre cœur; ou plutôt, elle fait mieux, elle les devine dans un regard, dans un geste, dans une physionomie. Tout est aimable dans cette qualité, même la façon dont elle se produit. Quoi de plus joli, comme tableau, qu'une jeune fille, s'interrompant au milieu du travail qui lui plaît, d'une lecture qui l'occupe, d'un jeu qui l'amuse, pour venir au-devant (prévenir) d'un désir inexprimé! Quel sympathique échange de regards entre l'obligé et celle qui oblige! Être prévenant, c'est aimer et se faire aimer. La prévenance est une des formes de la charité chrétienne.

.·.

— Croyez-moi, mon cher colonel, pas de forfanterie de vigueur ou de santé. Je sais bien que, quoique vous touchiez à l'âge de la retraite, vous avez conservé une verdeur merveilleuse; mais rappelez-vous notre ami Milon de Crotone. Il était encore plus fort que vous.... Cela ne l'a pas empêché de se faire pincer les doigts. Voyez-vous, j'ai une maxime: quand notre extrait de naissance pèse trop sur nos épaules, tâchons de l'oublier. Quand il paraît nous oublier, souvenons-nous de lui.

A soixante ans, un jour de jeûne
Nous épargne parfois bien des jours ennuyeux.
Le seul moyen de rester jeune,
C'est de penser que l'on est vieux.

⁂

— Où est donc mon petit Pierre? — Oh! votre petit Pierre, me dit en riant la mère, il faut que je vous conte, avant qu'il arrive, ce qu'il a fait le jour de Noël. Le matin, il me dit : « Maman, pourquoi donc le bon Dieu ne met-il pas des cadeaux de Noël dans les souliers des papas et des mamans? — Parce que les papas et les mamans ne mettent pas leurs souliers dans la cheminée. — Pourquoi est-ce qu'ils ne les mettent pas dans la cheminée? — Parce qu'ils n'y pensent pas. — Pourquoi est-ce qu'ils n'y pensent pas? — Je n'en sais rien; mais pourquoi, à ton tour, me demandes-tu tout cela? — Pour quelque chose.... » Et ce disant, il s'en va... d'un air mystérieux, en marmottant je ne sais quoi.

Le soir, nous étions dans le salon, quand quelqu'un dit : « Quelle drôle d'odeur! Qu'est-ce que cela peut être? On dirait que ça sent le roussi... d'où cela vient-il? » A ce moment mon mari sort, très en colère, de son cabinet, tenant à la main ses pantoufles à moitié grillées. « Qui est-ce qui a mis mes pantoufles dans la cheminée? s'écrie-t-il tout furieux. — C'est moi,... mon papa, dit Pierre naïvement. — Toi! pourquoi? — Pour que le petit Jésus te mette un beau cadeau dedans. »

Là-dessus, nous nous mîmes tous à éclater de rire, et son père, au lieu de le gronder, l'embrassa.

— Je le crois bien, dis-je à la mère, j'en aurais fait autant.
Mais savez-vous, ma chère amie, que cet enfant-là est un petit
être très singulier?

— Je le sais, me répondit-elle, d'un ton plus sérieux.
Il lui vient des réflexions qui m'étonnent toujours. Vous savez
quelle tendresse il a pour son petit frère Maurice? Avant-hier,
je le tenais sur mes genoux. Il me mangeait de baisers, selon
son habitude. Tout à coup, en me regardant de plus près,
il aperçoit sa figure réfléchie dans mon œil droit. « Tiens!
Pierre! s'écria-t-il, tout surpris.... » Puis aussitôt, il va à mon
œil gauche, y regarde, et, d'un air attristé, me dit : « Où
donc est Maurice? »

∴

— Vous me demandez ce qu'il faut faire quand on a un grand
chagrin? Chercher quelqu'un qui en ait un plus grand encore;
aller à lui, lui donner de l'argent, s'il est pauvre; lui donner
du courage, s'il n'a pas besoin d'argent; trouver les motifs
de réconfort, d'espérance qui peuvent rester à ce malheureux;
ne le quitter qu'après avoir ramené un peu de sérénité sur son
visage, et, en s'en allant, on est tout surpris de se sentir
soulagé soi-même: rien ne console comme de consoler.

∴

— Il faut que je vous conte mes vacances. J'en suis tout
ravi quand j'y pense. J'ai passé l'automne dans une famille
de mes amis, plus complète, je crois, que la vôtre. Tous les

SOUVENT, MINUIT LE TROUVAIT ÉCRIVANT ENCORE
A LA LUEUR D'UNE CHANDELLE.... (P. 256)

degrés de parenté y sont représentés. Un vieux ménage, deux jeunes ménages, un bisaïeul par-dessus le marché; et, autour de tout cela, trois petits enfants... une fille de quatre ans, une autre de dix mois, et un petit garçon d'un an et demi. Ce qui se dépense, dans cette maison-là, d'amour paternel, maternel, grand-paternel, on ne peut pas se le figurer! Les parents sont aussi amusants à observer que les enfants. Petits et grands passent des heures entières à jouer ensemble sur le tapis ou sur le gazon. Il n'y a pas jusqu'au bisaïeul que j'ai surpris, un jour, imitant Henri IV devant l'ambassadeur d'Espagne. Vous avez remarqué quelle merveilleuse succession de métamorphoses s'accomplit chaque jour sur la figure d'un enfant. La couleur de ses yeux, la forme de son nez, la grandeur de sa bouche, tout cela change comme un décor à vue sur un théâtre. Qu'est-ce donc quand, au lieu d'un seul, il y en a trois, et trois d'un âge différent? C'était chaque matin, dans la maison, une exclamation nouvelle : « Vous ne savez pas! Marie-Jeanne sait ses lettres!... Sabine a ri!... Jean a marché; il a fait trois pas!... » On a beaucoup vanté, et même chanté les premiers pas des enfants... Pas assez! Je ne pouvais me lasser de regarder ces trébuchements, ces hésitations, cette gaucherie, cette gravité, ces sourires subits, ces regards étonnés, cette marche hardie terminée par une culbute! Je riais et j'étais ému. Mais ce qu'il fallait voir, c'était la petite fille de quatre ans, *l'aînée!* Comme elle prenait son rôle au sérieux!... Protégeant les deux autres... donnant la main à celui qui marche.... poussant la petite voiture de celle qui ne marche pas!... Déjà une mère.

La grande affaire de la maison; c'était le coucher et le lever
de ce petit monde. On allait en pèlerinage les installer dans leur
berceau; les voir s'endormir, les regarder dormir.... Ce sommeil
paisible est si apaisant!... Puis venait, le matin, la grande cérémonie, la cérémonie du bain. On me permettait d'y assister.
Certes, Raphaël est un bien grand peintre, et ses divins *bambini*
sont délicieux!.. Mais qu'est-ce que ses chefs-d'œuvre même à
côté des trois portraits vivants que j'ai vus là? Leur entrée dans
la baignoire! leurs cris de joie dans la baignoire! leur sortie de
la baignoire! ces gouttes qui se cristallisaient en perles sur leur
poitrine ronde et potelée! leurs cheveux tout frisés par l'eau!
leurs petits corps frais et marbrés allant s'ensevelir dans le
large peignoir de flanelle, d'où émergeaient leurs petites mines
roses et rieuses!... Dieu! que c'était joli!... Les domestiques
eux-mêmes subissaient le charme de ces chères créatures. On
se les passait de bras en bras à la lingerie comme dans le salon.
J'ai aperçu, un jour, la femme de chambre, qui avait dû
mettre son enfant en nourrice, attrapant le petit Jean, et l'embrassant en cachette avec passion. La pauvre femme! c'était
son cher absent qu'elle embrassait en lui. Enfin, que vous
dirais-je? L'automne a été bien beau! le ciel était bien pur! la
lumière bien éblouissante!... Mais il y avait encore plus de
soleil dans la maison que dans le jardin.

.*.

— Que lisez-vous donc là, mon docte ami? Le *Traité de*

« QUI EST-CE QUI A MIS MES PANTOUFLES DANS LA CHEMINÉE ? » (P. 259)

l'Existence de Dieu, par Fénelon.... C'est un beau livre! Mais savez-vous quelle est pour moi la meilleure preuve que Dieu existe? c'est que l'homme le croie. Comment s'expliquer, en effet, qu'une pauvre créature misérable, périssable, qui voit tout, en elle et autour d'elle, décliner, se dégrader, se corrompre, mourir, ait conçu l'idée d'un être éternel, infini, tout juste, tout bon, si elle n'avait pas, en naissant, apporté cette idée gravée en elle? Gravée par qui? Dieu seul peut avoir écrit le nom de Dieu dans le cœur de l'homme.

II

AUTOUR D'UNE JAMBE DE BOIS

J'ai pour voisin de campagne, un homme qui, depuis trois ans, a été dans le pays un sujet d'édification pour tout le monde, y compris notre brave curé.

C'est un industriel retiré, un ancien fondeur en métaux. Après trente ans de travail qui lui ont acquis une bonne aisance, il est revenu près du village où il est né, a acheté quelques arpents de vigne qui l'occupent, une petite maison avec un joli jardin qui l'amusent, et dans nos conversations il m'intéresse toujours en me parlant de toutes sortes de choses qu'il a vues ou faites.

Élevé en campagnard avant d'être ouvrier, ouvrier avant

d'être patron, il s'est, de plus, trouvé en relations, par son industrie même, avec des artistes éminents, Paul Dubois, Falguière ; il a fondu l'*Apollon* de Millet, qui s'élève au-dessus de l'Opéra, le buste de *Gérôme* par Carpeaux, et il a rapporté de son passage à travers ces divers milieux, un bon sens pratique, une ouverture d'intelligence et un esprit d'équité et d'humanité, qui font de lui un homme distingué dans une situation modeste.

Il y a trois ans, en descendant un escalier, il s'est cassé la jambe. La fracture était simple, la guérison facile ; mais une maladresse et une négligence de traitement, ont changé un accident en un mal grave ; la gangrène s'est déclarée, et un jour, à la fin d'une consultation, il dit au chirurgien venu de Paris : « Je vois votre avis dans vos yeux ; vous hésitez à me le dire, mais moi, je n'hésite pas, il faut me couper cette jambe-là. »

L'opération fut faite, mais n'enleva pas tout danger ; les complications les plus douloureuses survinrent, il vit la mort de près. Jamais une plainte. Jamais un murmure. Il soutenait tout le monde autour de lui. Le courage est un grand médecin, et, après plusieurs mois d'une convalescence qui fut souvent une torture, l'hiver fini, à mon retour à la campagne, je le trouvai dans son petit salon, étendu sur une chaise longue, avec une jambe de bois. Je lui serrai la main, dans une grande effusion de joie ; et depuis, nos causeries ont sans cesse tourné autour de cette jambe de bois.

Il me dit un jour : « Savez-vous quel est mon moment le plus dur ? C'est le soir, quand je me couche, qu'on m'ôte mon appareil, et qu'en entrant dans mon lit, je vois... ce qui me manque. Il n'y a pas à dire, je pleure quelquefois malgré moi, je pleure *l'absente*. Bien entendu, ce n'est que lorsque je suis tout seul que je me permets cette faiblesse-là. Puis, dans la journée, je me remonte. — D'abord vous marchez beaucoup mieux? — Oui, et je fais des progrès tous les jours. Au début il me fallait deux cannes, maintenant une seule me suffit. Le premier jour où j'ai achevé le tour de mon petit jardin, j'ai été très fier. Je faisais sonner le sol de l'allée, sous ma jambe de bois, je me sentais redevenu un grand garçon. — Une chose m'étonne, lui dis-je. — Laquelle? — Je vois que vous avez un pied articulé, et j'ai entendu dire à un pauvre invalide comme vous, que j'interrogeai à votre intention, qu'après expérience faite, il trouvait le vieux pilon classique préférable aux membres articulés. — Il a raison, c'est plus léger, c'est plus d'aplomb, mais que voulez-vous? On est coquet. Ce pied,... ce soulier,... cela fait illusion. Ce diable de pilon, qu'on est obligé de tenir étendu sur une chaise, vous rappelle à chaque moment votre malheur, tandis que, grâce à ce pied articulé, je suis assis dans ce salon comme tout le monde... vous entendez bien, *comme tout le monde*. C'est une grosse affaire. On oublie qu'on est infirme. Oh! quand on est dans cet état-là, il vous passe de singulières idées par la tête!

— Mais, dites-moi, comment vous y êtes vous pris dans les premiers six mois, après l'opération, pour vous défendre contre l'abattement, contre le découragement?

— Par toutes sortes de moyens. D'abord, je ne manque pas d'une certaine énergie. Puis, ma pauvre chère femme m'a si bien

soigné! Certes, je la savais dévouée et bonne, mais pas tant que
cela! Elle est atteinte, je vous l'ai dit, d'un mal inguérissable;
ses douleurs sont incessantes et cruelles. Eh bien! pendant six
mois elle a dominé toutes ses souffrances pour ne s'occuper que
des miennes. Et les mille marques d'intérêt que j'ai reçues de
tous côtés! Les lettres de mes camarades! de mes ouvriers!... Je
me suis trouvé une foule d'amis que je ne me connaissais pas!
Ici même, dans ce petit village, je suis devenu, en vertu de mon
malheur, un autre quelqu'un. M. B..., qui a, vous le savez,
occupé de très hautes fonctions dans l'administration, est venu
et vient encore assez souvent faire sa partie de whist pour me
distraire. M. H..., un membre de l'Institut, qui a habité ici en
passant, se dérangeait pour venir causer une heure avec moi.
Tout cela m'a relevé le cœur. Je me suis dit que je ne pouvais
payer tant de marques de sympathie qu'en courage.

— Et vous avez si bien payé, que je vous ai surnommé
monsieur le vicaire.

— Monsieur le vicaire, reprit-il en riant. Et pourquoi?

— Parce que notre brave curé, si bien qu'il parle, n'a
jamais fait un meilleur sermon sur la résignation, que vous par
votre exemple. »

Il me serra la main, et nous nous quittâmes un peu émus
tous les deux.

Il y a quelques jours, en entrant chez lui, je le trouvai devant
sa table, la physionomie très animée et écrivant une lettre.

— Permettez-vous que j'achève?

— Faites donc! »

La lettre terminée :

« Voilà une lettre, reprit-il en me la montrant, qui va compléter nos conversations. Je ne vous ai pas encore tout dit. Il s'est passé autour de ma pauvre jambe brisée, un petit roman bien simple, mais très touchant pour moi, et qui vous touchera peut-être à cause de moi.

« Au plus fort de mon danger, après l'opération, le chirurgien de Paris m'envoya un jeune interne pour faire et surveiller les pansements. C'est un triste spectacle qu'un misérable membre mutilé! Il y a là, pour la jeunesse surtout, des sujets de répulsion, de répugnances, que les meilleurs cœurs ne peuvent pas toujours vaincre. Or, vivait avec nous une nièce de ma femme, que nous avions adoptée, et qui entrait dans ses dix-huit ans. D'elle-même, elle se fit l'aide du jeune chirurgien. Rien ne la rebutait, rien ne la repoussait, on eût dit qu'elle n'avait jamais été autre chose que sœur de charité. Le jeune interne fut touché de tant de vaillance, de tant d'affection unie à tant de simplicité. A son tour, elle se sentit émue de voir son dévouement à lui pour moi. Leur pitié commune les achemina à un autre sentiment. Ils avaient veillé ensemble, pleuré ensemble, prié ensemble, et, une nuit, où un mieux décisif se déclara dans mon état, ils se fiancèrent au chevet de leur pauvre malade sauvé. Tout n'était pas dit. Je ne pouvais donner à ma nièce qu'une petite dot, et lui, il n'avait presque rien, pas même encore son grade de docteur. Mais ils

54

étaient pleins de confiance, de courage et d'amour! Son maître
répondait de lui, comme d'un jeune homme de grand avenir.
Cela me gagna le cœur; je me dis qu'il était impossible que Dieu
ne bénît pas un mariage conclu sous de tels auspices; et, après
six mois d'attente et d'épreuves, six mois employés par elle à
se confectionner son petit trousseau, et par lui à gagner
vaillamment et brillamment son dernier titre, j'inaugurai ma
jambe de bois en entrant dans l'église, avec elle à mon bras,
la conduisant à l'autel. Ah! le beau jour, et comme j'ai eu
raison!... Il y a plus de deux ans de cela. Ils s'aiment plus qu'au
premier jour. Il fait, lui, son chemin à merveille; ils ont une
petite fille qu'ils adorent, et voici une lettre que j'ai reçue de
ma nièce ce matin.

J'y répondais quand vous êtes entré.

« Mon bon et bien cher oncle, c'est aujourd'hui l'anniversaire
« de notre mariage. Quel regret de ne pouvoir aller vous
« embrasser! Songez donc! deux ans d'un bonheur toujours
« croissant que nous vous devons! Aussi quelle tendresse pour
« vous dans nos cœurs! Votre nom est le premier que
« j'apprendrai à ma petite fille. Vous êtes le premier pour qui
« elle priera le bon Dieu. Il y a pourtant un nuage dans notre
« beau ciel. C'est de penser que notre bonheur est né de votre
« malheur, et que, pendant que nous sommes là tous deux à
« déborder de joie, vous faites, vous, avec peine, le tour de
« votre jardin sur votre pauvre jambe de bois. Je ne peux penser
« à cela sans pleurer. Je n'ose plus être aussi heureuse; je
« me le reproche. Dites-moi que vous nous pardonnez, bien

« cher oncle, et embrassez-nous comme nous vous aimons. »

— Elle est tout à fait émouvante cette lettre.

— Je le crois bien; aussi je lui ai répondu de la bonne encre :

« Veux-tu bien te taire! Qu'est-ce que tu me parles d'infir-mité? de jambe de bois? Mais je ne la regarde jamais sans lui dire merci. Elle m'a fait mille fois plus de bien que de mal, et, si le bon Dieu me proposait d'effacer tout ce qui s'est passé depuis trois ans. de t'enlever ton bonheur et de me rendre ma jambe, je lui dirais : « Gardez-la-moi pour l'autre « monde, mon bon Dieu; je n'en veux pas d'autre sur cette « terre que celle qui m'a aidé à conduire ma chère nièce à « l'autel. »

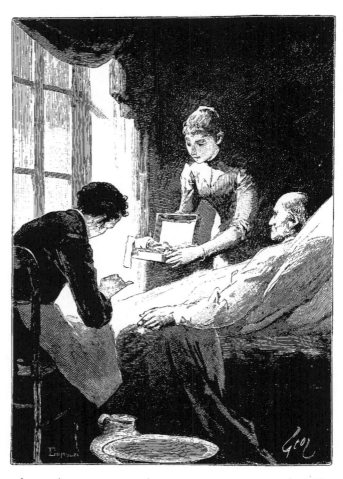

D'ELLE-MÊME ELLE SE FIT L'AIDE DU JEUNE CHIRURGIEN. (P. 269)

III

La mode est aux collections photographiques. Je ne connais guère de salon qui n'ait la sienne, et un de ces albums, qui m'est tombé récemment sous les yeux, m'a frappé par son caractère particulier. En le regardant, j'ai saisi plus nettement, et je voudrais mettre ici en lumière, certains côtés intéressants et peu observés de cette découverte merveilleuse qui touche à l'art et à la science, à l'histoire et à la famille, et répond à un des goûts les plus vifs de notre esprit comme à un des besoins les plus profonds de notre cœur.

Mme de Staël mourut en causant. En vain, depuis plusieurs jours, ses parents, voyant arriver le fatal dénouement, voulaient-ils écarter les visiteurs de son lit d'agonie : « Laissez, laissez entrer, disait-elle d'une voix fiévreuse, j'ai soif du visage humain ! » Ce mot profond et presque terrible exprime une des plus ardentes passions de notre temps : nous avons tous soif du visage humain. Arrêtez-vous chez les marchands

d'estampes, voyez quelle foule se presse devant les vitrines
d'expositions photographiques, et observez son attention inves-
tigatrice. Que l'image exposée soit celle d'un criminel ou d'un
homme de génie, d'une actrice ou d'un général, d'un souverain
ou d'un poète, même empressement à interroger son front,
ses yeux, sa physionomie. Est-ce pure curiosité? simple amour
de distraction? frivole désœuvrement? Non. Il y a autre chose
que le désir de regarder, dans cette insatiable ardeur de
regards; il y a un besoin intime et caractéristique de l'intelligence moderne : nous n'avons soif du visage humain que
parce que nous avons soif de l'âme humaine.

Cette disposition explique notre passion pour les photogra-
phies des personnages célèbres; il ne nous suffit pas de savoir
ce qu'ils ont fait; nous voulons connaître ce qu'ils sont.

Or, qui nous renseignera?

Est-ce leur réputation? La Renommée n'a cent bouches
que pour mentir de cent manières différentes. Est-ce leurs
ouvrages de poètes ou de peintres? Les artistes ne mettent
dans leurs œuvres que ce qu'ils ont de meilleur; parfois même
ils y mettent le contraire de ce qu'ils sont. J'ai connu un
peintre, célèbre par la furie de ses batailles, qui était la prudence en personne : il dépensait tant de courage dans ses
tableaux qu'il ne lui en restait plus pour la vie privée. Enfin,
jugerons-nous les hommes d'action sur leurs actions? Rien
de moins sûr. Nous valons presque toujours beaucoup plus ou
beaucoup moins que ce que nous faisons. Il y a un grand
nombre de coupables qui sont moins criminels que leurs

crimes : et il y a bien peu de héros qui soient aussi héroïques
que leurs actes. Si nous pénétrions au fond du cœur d'où est
parti tel fait blâmable ou admirable, nous serions épouvantés
de la différence qui existe entre l'acte et l'acteur, entre l'arbre
et ses fruits. Les circonstances environnantes, le moment,
les mobiles secrets, l'herbe tendre ou l'herbe dure, ont une
si grande part dans nos actions que nous n'y sommes guère,
nous, que pour moitié ; nous avons tous les événements pour collaborateurs anonymes. Eh bien! quelle est la part précise qui
appartient aux hommes célèbres dans leurs actes, quel rapport,
quelle proportion existe entre ce qu'ils ont fait et ce qu'ils
sont, voilà ce que nous voulons démêler à tout prix, et voilà ce
que nous demandons à leur image ; nous citons devant nous le
visage humain comme un dernier témoin ; témoin qui ne dit pas
tout, mais qui dit ce que nul ne peut dire ; témoin à charge
et à décharge, qui aggrave, atténue, complète, rectifie les
autres témoignages : témoin enfin fourni par Dieu même, et
qui, si on le consulte avec circonspection, ment peu et trompe
rarement : en général, on a la figure qu'on mérite.

De là est venu mon intérêt pour l'album dont j'ai parlé.

Celui qui l'a composé n'est cependant ni un savant, ni un
historien, ni un moraliste, et sa collection ne ressemble en rien
à une galerie méthodique et complète des grandes illustrations
contemporaines. Homme du monde, homme d'esprit, amateur
raffiné de ce qui est piquant dans ce qui est actuel, il a tâché
d'exprimer par ce recueil de portraits la figure du moment
fugitif où nous vivons.

Il a donc cueilli dans la *Flore parisienne*, car c'est surtout
un album parisien, une centaine de... de quoi? de gloires? Oh!
non! le mot est trop gros pour la chose. Tels ou tels des personnages qui figurent là à titre d'illustrations, ne seront peut-
être bientôt que des réputations, dans quelques mois que des
notabilités, un peu plus tard que des notoriétés, et finiront, je
le crains, par être des anonymes. N'importe! l'album n'en est
que plus curieux, et le contraste plus piquant. Un homme
d'État fait vis-à-vis à une cantatrice. Un souverain sert de pendant à un ténor. Un ministre sourit à celui qui doit lui succéder.
En face d'un beau front de poète immortel, brille l'éphémère
beauté d'une femme du monde, et ce qu'il y a de fugitif dans
cette royauté d'un jour ajoute à la grâce du recueil; les étoiles
filantes ne sont pas, comme on sait, celles qui font le moins
bon effet dans le ciel.

Tout en parcourant ces portraits, il me vint une réflexion; je
me dis : « Ces gens-là sont bien plus ressemblants qu'ils ne se
l'imaginent, car, sans s'en douter, ils ont travaillé eux-mêmes
à leur propre ressemblance, ils ont été à la fois modèles et
peintres. Plus d'un, j'en suis sûr, en s'asseyant sur la chaise
photographique, a pris sa pose préférée, sa physionomie de
prédilection, celle qui exprime non pas ce qu'il est, mais ce
qu'il croit être. En voici un, par exemple, qui sourit d'un air
fin; évidemment il se trouve très spirituel. Cet autre, avec ses
yeux levés au ciel et sa chevelure orageuse, appartient à la
classe des poètes inspirés! Je serais bien surpris si ce personnage qui vous regarde en face avec des yeux profonds comme

s'il voulait vous percer à jour, ne se disait pas tout bas : « Quel coup d'œil d'aigle est le mien! Rien ne m'échappe! » Enfin, quant à ce jeune législateur qui porte d'une mine si haute sa cinq cent cinquantième part de souveraineté, il est évident, qu'une fois monté à la tribune, il ne doit pas y avoir moyen de l'en faire descendre; je suis certain que du haut de ses vingt-cinq ans il gourmande les hommes d'État; qu'il ne prononce jamais le mot « politique » sans mettre trois P devant le mot, et qu'il inaugure, aux lieu et place de la race éteinte des petits crevés, la dynastie naissante des petits gonflés. »

Ces observations se résument en un mot : La photographie est à la fois le portrait de notre figure et celui de notre prétention. Il en résulte que je regarde comme *très sain* de se faire photographier de temps en temps. Une bonne photographie vaut un examen de conscience. Elle vous met sous les yeux plus d'un travers secret que vous n'osiez pas vous avouer à vous-même; elle vous jette brutalement votre âge au nez. Quel homme de cinquante ans, de soixante, si vous voulez, pour peu qu'il soit sincère, ne s'est pas dit tout bas, en face de sa photographie : « Bonté du Ciel! que je suis vieux! Comment! toutes ces rides-là, c'est à moi! Comment! cette figure triste, fatiguée, vallonnée, capitonnée, c'est le monsieur à qui je fais la barbe tous les jours! C'est incroyable! » On reste stupéfait! Stupéfaction qui augmente parfois d'une façon très désagréable, lorsque, portant cette photographie à quelques amis... vous les entendez s'écrier : « Oh! parfait! Comme c'est bien vous! Voilà enfin un portrait qui vous ressemble! » Merci! Ah! l'on

a beau se croire sensé et philosophe, on a beau arracher sincè-
rement de son cœur toutes ses illusions d'amour-propre comme
un bon jardinier ôte les mauvaises herbes de son jardin, toujours on a en dedans de soi un portrait de soi-même bien plus
beau que la réalité. En dedans, il n'y a pas de registres de l'état
civil, il n'y a pas d'extrait de naissance; on est toujours jeune
en dedans! Un beau livre vous tombe sous la main et vous
enthousiasme comme à vingt-cinq ans : vous vous croyez vingt-
cinq ans. Un récit touchant vous arrache des larmes; un beau
visage qui passe, vous charme comme à vingt-cinq ans : vous
vous croyez vingt-cinq ans! Je suis sûr qu'au moment où les
vieillards de Troie se levèrent devant Hélène en s'écriant :
« Qu'elle est belle! ils ne se souvenaient plus de leur âge; ils
se croyaient jeunes : ils l'étaient!... en dedans. En dedans, oui,
mais en dehors? Oh! croyez-moi, vous tous, mes contemporains,
mes aînés, et même mes cadets de quelques années, faites-vous
photographier! Si vous sentez poindre en vous quelque réveil
de vanité, quelque velléité de prétention, prétention de force,
prétention de succès, prétention de grâces, prétention de santé,
faites-vous photographier! Il y a de grands prédicateurs dans
le monde, aucun ne vous répétera aussi haut le *Solve senes-
centem* d'Horace, aucun ne vous dira aussi crûment : « Eh!
mon bonhomme, dételle, coupe ton vin, renonce à faire le
brillant, et contente-toi d'être bon, utile et humain. » C'est de
tous les âges, cela! La vieillesse a un beau rôle : ce n'est
pas de contrefaire la jeunesse, c'est de l'aimer et de s'en faire
estimer. La vieillesse peut avoir sa grâce, mais une grâce

sérieuse et surtout désintéressée. Tous les jeunes gens sont plus ou moins usuriers; leur amabilité, leur élégance, leur gaieté même, ressemblent toujours quelque peu à des placements: ils veulent que leurs sourires leur rapportent. Que le vieillard fasse précisément le contraire : il ne lui est pas défendu de plaire aux autres, mais à la condition de ne jamais penser à lui. Qu'il prenne pour modèle le charmant Ariste de *l'École des maris* de Molière, qui est

aimable, gracieux, souriant, galant même, et qui n'est pas ridicule. Pourquoi? parce qu'il donne tout et ne demande rien.

Il est un autre bienfait de la photographie qui dépasse de bien loin celui-là.

Autrefois les inventions scientifiques étaient trop souvent des curiosités de laboratoire, des trésors de sanctuaire. Aujourd'hui, la condition première des conquêtes du génie, c'est de ressembler au soleil, de luire pour tout le monde. La photogra phie a ce glorieux privilège. Loin de haïr et d'écarter le profane vulgaire, c'est pour lui qu'elle est créée. Elle a mis à la portée des plus humbles cette joie immense, réservée jadis aux classes privilégiées : la joie de posséder l'image de ceux qu'on aime. Grâce à elle, le pauvre paysan, qui part pour l'armée, emportera dans sa giberne non pas un bâton de maréchal de France, mais, ce qui est plus facile et non moins doux, le portrait de sa mère à qui il laissera le sien. Grâce à elle, pas un humble logis qui ne puisse désormais posséder, comme les châteaux aristocratiques, sa galerie de portraits de famille, sa collection d'ancêtres... car enfin, nous avons tous des ancêtres, et ces généalogies de bourgeois, de commerçants, d'artisans, d'ouvriers, ne seront ni moins glorieuses ni moins utiles pour leurs fils, que ne l'était pour les descendants de la noblesse toute une longue suite d'ambassadeurs, de généraux et de ministres. Si les uns représentaient la race, les autres représenteront la famille. Si cette succession d'uniformes brillants, de décorations éclatantes, entretenait dans l'esprit des enfants nobles, de justes sentiments d'orgueil, les métamorphoses graduées du sarrau en veste, de la veste en habit, de l'habit en toge d'avocat ou de juge, parleront, aux fils des classes obscures, de courage et d'espérance. Les uns apprenaient de leurs pères comment on ne déchoit pas, les autres apprendront des leurs comment on s'élève.

Enfin la photographie a un dernier titre à notre reconnaissance.

Que de parents ont fait souvent cette triste réflexion, qu'en réalité nous perdons nos enfants tous les ans. Même quand Dieu nous les laisse, le temps nous les dispute. Chaque jour

qui s'écoule nous enlève quelque chose d'eux, alors même
qu'il les embellit. L'enfant d'aujourd'hui n'est pas semblable
à l'enfant d'hier, et différera à son tour de l'enfant de demain.
Les âges en se succédant se dévorent les uns les autres; l'adolescence absorbe l'enfance pour disparaître bientôt elle-même
dans la jeunesse, de façon que, quand notre fille arrive à sa
pleine floraison, nous avons perdu tout ce qui a précédé et
amené son épanouissement, nous avons perdu ses quinze
premières années: notre mémoire, si fidèle qu'elle soit, ne
les possède qu'en bloc: le charmant jour à jour nous a échappé.
Eh bien! cette perte cruelle, la photographie la répare. Ce
que le temps nous arrachait, elle nous le rend. Demandons-
lui chaque année une image de nos enfants, et soudain nous
reconquérons cette suite de métamorphoses par où ils ont
passé: nous retrouvons, avec toutes leurs transitions de visage,
toutes leurs transformations d'intelligence ou de caractère;
nous sentons du même coup renaître en notre cœur toutes les
joies, toutes les craintes, toutes les espérances que nous a
données chacune de ces crises : ce ne sont pas eux seuls qui
revivent devant nous, c'est nous qui revivons à nos propres
yeux, en face de leur image, et qui revivons, pour qui?...
encore pour eux. Chacun de ces portraits n'est pas seulement
une joie, c'est une leçon. Chacune de ces images nous rappelle
un écueil que nous leur avons évité, un défaut que nous avons
combattu en eux; ce coup d'œil, qui embrasse toute la carrière
qu'ils ont parcourue, nous apprend à les guider dans la carrière
à parcourir; et enfin, si Dieu nous frappe du plus horrible mal-

heur que connaisse cette triste terre, si nous voyons mourir
avant nous ceux qui devaient nous aider à mourir... eh bien!
au moins nous restera-t-il la consolation de conserver d'eux
tout ce que la Providence nous en avait donné. Leur avenir
nous est ravi, mais leur passé nous appartient tout entier!

Je n'ai jamais mieux senti la place considérable de la photo

graphie dans la vie de famille
que pendant le siège de Paris.

Supposons que, pendant le
premier siège de Paris, un
homme eût trouvé le moyen
d'introduire dans la ville investie de quoi nourrir trente mille
personnes, et cela en un si mince volume, sous une forme si
condensée, que le plus petit messager, le plus léger véhicule, le
char des contes de fées, eussent suffi pour transporter à travers
les lignes ennemies, et amener jusqu'au sein de la ville, cet
immense ravitaillement; que n'aurait-on pas dit d'un tel homme
et d'un tel bienfait? Eh bien, voilà le service que nous a rendu
la photographie. Grâce à ses réductions microscopiques, elle a
fait tenir sous l'aile d'un pigeon, dans le tuyau d'une de ses
plumes, des milliers de lettres; elle a ravitaillé des milliers
d'âmes! Que ceux qui n'ont pas assisté au siège, ou qui l'ou-
blient, jettent la première pierre à cet art merveilleux et le
traitent d'invention mercantile, libre à eux; mais nous, nous
dont les cœurs ont eu faim et soif pendant tant de jours; nous
qui, après des semaines entières passées sans une seule nouvelle
de ceux que nous aimons, avons vu tout à coup entrer un jour

dans notre logis, ainsi qu'un divin messager, ce petit papier bleu, bleu comme le ciel, bleu comme l'espérance, avec ces mots : « Je vais bien ; les enfants vont bien : courage ! » nous qui avons pleuré sur cette petite feuille, qui l'avons baisée avec délices. qui l'avons relue dix fois tout bas avant d'avoir la force de la lire tout haut, qui l'avons fixée sur la muraille devant notre table de travail, pour l'avoir là comme un sujet toujours présent de réconfort pendant l'absence ; nous tous enfin... les désolés de ces cruels jours, il nous est impossible, en parlant de notre consolateur, de faire autre chose qu'admirer, aimer, remercier et bénir.

PAUL DESTEZ

MA FILLE ET MON BIEN

IV

Il y eut un temps, à ce que disent nos vieilles coutumes, où la dot d'une jeune fille ne consistait qu'en *un chapel de roses*. Ce temps-là est bien loin.

Aujourd'hui cette question de la dot est une grosse affaire dans les mariages, et elle donne lieu, au sein des familles, à plus d'une scène ou plaisante, ou triste, ou touchante. C'est une de ces scènes d'intérieur que je voudrais reproduire ici. Entrons donc, si vous le voulez, à Villeneuve-Saint-Georges, chez M. Desgranges, ancien commerçant retiré. Sa fille Madeleine est demandée en mariage par un jeune architecte, qu'elle aime, et dont elle est aimée; M. Henri Grandval. Jusqu'ici rien de plus simple. Mais M. Grandval le père ne veut marier son fils qu'à une demoiselle... de deux cent mille francs, et M. Desgranges n'en veut donner que cent mille. Sa femme le presse

de céder, sa fille l'en prie doucement; il refuse net. Mais la
bonne Mme Desgranges appartient à la tribu des mères atten-
dries, qui ne peuvent pas dire *ma fille!* sans avoir des larmes
dans la voix; elle insiste, elle supplie, et voyant son mari
inflexible, elle se lève et lui dit avec indignation :

« Monsieur Desgranges! veux-tu savoir toute ma pensée?
tu n'as ni cœur ni entrailles!

— C'est convenu, ma femme.

— Tu n'es pas un père, tu es un....

— Un bourreau! (*Déclamant.*)

> Bourreau de votre fille, il ne vous reste enfin
> Que d'en faire à sa mère un horrible festin !

Iphigénie, acte III, scène....

— Monsieur Desgranges!

— Madame Desgranges!

— Sais-tu bien, monsieur Desgranges, qu'avec ton flegme
ironique, tu finiras par me mettre hors de moi, par me faire
sortir de mon caractère!

— Pourvu que tu n'y rentres pas, ma femme! répondit
à mi-voix M. Desgranges.

— Ah! c'est trop fort!

— Assez, ma mère! assez! dit Madeleine en se levant à son
tour, je ne veux pas être cause que mon père et toi vous
vous parliez ainsi. Et puisqu'il ne croit pas devoir faire ce
que nous lui demandons, ajouta-t-elle en commençant à pleurer,
puisqu'il nous refuse ce que nous désirons tant, ce qui ferait
notre bonheur à Henri et à moi...

— Elle pleure! s'écria Mme Desgranges, ò ma fille! ma petite fille! et cela ne t'émeut pas, monstre! Tu peux voir ses larmes, tu peux l'entendre te dire avec sa voix si douce que cela ferait son bonheur... et rester inflexible!

— Que veux-tu, ma chère? quand je vois une femme pleurer, je me méfie toujours.

— Comment?

— Ce n'est pas ma faute, je me souviens. Au début de notre mariage tu as si souvent pleuré, quand tu voulais obtenir quelque chose de moi, que les larmes des femmes me font toujours l'effet d'un placement.

— O mon père! mon père! s'écria Madeleine, comment peux-tu douter de mon chagrin! tu ne crois donc pas que j'aime Henri?

— Si vraiment.

— Henri est bon et spirituel; tu dis toi-même qu'il a un bel avenir comme architecte.

— C'est vrai!

— Son père, M. de Grandval, est un homme....

— Des plus honorables.

— Eh bien, alors?...

— Oui, eh bien, alors? ajouta Mme Desgranges.

— Eh bien, alors, qu'elle l'épouse! Je lui donne mon consentement, et avec mon consentement cent mille francs de dot; mais deux cent mille, comme le demande M. de Grandval, non!

— Pourquoi? reprit Mme Desgranges.

— *Pourquoi* est charmant! Parce que je ne suis pas assez riche pour donner deux cent mille francs à ma fille sans me gêner.

— Il t'en restera toujours assez!

— Assez, c'est trop peu.

— A ton âge on n'a plus de besoins.

— Au contraire! chaque année de plus amène un besoin de plus. Il n'y a pas une infirmité qui ne soit une dépense. Ma vue baisse, il me faut des lunettes; mes jambes faiblissent, il me faut une voiture; mes cheveux tombent, il me faut un toupet. Et les caoutchoucs! et la flanelle! Mais j'en ai pour cent francs par an, rien qu'en flanelle!

— Mais...

— Non, non! que la jeunesse soit pauvre, c'est juste! c'est son lot! Est-ce qu'elle a besoin de quelque chose? Qu'importe le bon souper et le bon gîte, quand on a le reste! mais la vieillesse....

— Tu n'es pas vieux, dit aimablement Mme Desgranges.

— Oh! oh! si tu me dis des choses agréables, cela devient grave!

— Voyons, voyons, reprit-elle avec câlinerie, raisonnons.... De quoi s'agit-il après tout? de quelques réductions légères dans notre train de vie; d'avoir, par exemple, un domestique de moins....

— Précisément!

— Eh bien, tant mieux!

— Tant pis! je suis paresseux; j'aime à être servi.

— Et tu t'alourdis! tu engraisses! tandis que, si tu te servais un peu toi-même, tu resterais actif, jeune...

— Je n'y tiens pas!

— Mais moi, j'y tiens, dans ton intérêt. C'est comme pour notre table; nous retrancherons, je suppose, un plat à notre dîner...

— Du tout! c'est ce que je ne veux pas, je suis gourmand!

— C'est un péché, père, dit Madeleine.

— Soit! mais un péché très agréable, et il m'en reste si peu de cette espèce-là. Ma chère gourmandise! Mais je n'entends jamais approcher l'heure du dîner, sans voir flotter devant mes yeux comme un rêve... le menu! sans me dire : « Ah ça! quel joli plat de douceur ma femme m'aura-t-elle imaginé pour aujourd'hui? » Car je te rends justice là-dessus... tu as beaucoup d'imagination pour les entremets sucrés!

— Oui! oui! répondit plus doucement Mme Desgranges, flattée par ce compliment sur ses talents de femme de ménage, mais qu'arrive-t-il? Que tu manges trop? Tu te fais mal. Tu deviens tout rouge! Le médecin l'a dit, cela te jouera un mauvais tour; tandis qu'avec un ordinaire modeste... en devenant sobre...

— Oh! sobre. Quel mot fade!

— Tu resteras frais... calme... la tête libre... tu deviendras même meilleur!

— Oui! oui! *Mens sana in corpore sano.*

— C'est-à-dire que, si tu avais le sens commun... tu devrais remercier Madeleine de la dot que tu lui donnes, car tu prolonges ainsi ta vie dans ce monde, et tu assures ton salut dans l'autre!...

— Oh! père! père!...

— Voyons! reprit avec plus d'instances Mme Desgranges s'apercevant que son mari faiblissait un peu. Voyons!... je te connais. Tu as le cœur excellent!... Toutes ces petites privations-là seront des bonheurs pour toi. Réponds! Est-ce que tu ne seras pas trop heureux de te saigner pour ta fille?

— Oui! oui! je sais! le pélican! Mais il paraît que ce n'est pas vrai! »

A ce moment, entre le jeune prétendu, Madeleine l'aperçoit. Elle court à lui, et le prenant par la main :

« Venez, Monsieur Henri, venez! Joignez-vous à nous! Mon père commence à se laisser toucher!

— Moi? dit Desgranges.

— Oh! monsieur! monsieur! » s'écria le jeune homme avec émotion.

Mais tout à coup M. Desgranges se tournant vivement vers lui :

« Parbleu! vous faites bien d'arriver. Cela me rend à moi-même. Ah ça! vous n'avez donc pas de cœur, vous! Comment! vous êtes aimé d'une jolie fille comme elle, bonne, instruite, affectueuse, et vous ne voulez pas l'épouser si elle n'a que cent mille francs de dot!

— Mais, mon père....

— Il te marchande!... Mais moi, moi, quand j'ai épousé ta mère, elle valait cinquante mille fois moins que toi!

« MONSIEUR DESGRANGES, VEUX-TU SAVOIR TOUTE MA PENSÉE?
TU N'AS NI CŒUR NI ENTRAILLES! » (P. 286)

— Comment? s'écria Mme Desgranges.

— Je veux dire qu'elle avait cinquante mille francs de moins que toi. et pourtant je n'ai pas hésité.

— Je n'hésite pas non plus! reprit vivement Henri.

— C'est son père qui refuse, mon ami!

— Oui, dit Madeleine, c'est son père! mais lui, il ne tient pas du tout à ta fortune! Il m'a répété vingt fois qu'il me prendrait sans dot! qu'il aimerait même mieux que je n'eusse rien.

— C'est vrai! s'écria le jeune homme.

— Oui! oui!... On dit cela!... Je l'ai dit aussi... moi... mais en dedans?...

— Comment! reprend vivement Mme Desgranges, ce n'était donc pas vrai?

— Ce qui est vrai, c'est que je trouve stupide cette maxime que les pères doivent s'immoler pour leurs enfants!

— S'immoler! dit Madeleine. Est-ce que je le voudrais? Est-ce que nous le voudrions? Est-ce que cet argent ne resterait pas à toi?

— Ta ta ta! l'argent ne peut pas être dans deux endroits à la fois! Si je vous le donne, je le perds, et si je ne vous le donne pas, je le garde! C'est clair comme le jour.

— Mais, père....

— Mes idées sont faites là-dessus. Un père doit être plus riche que ses enfants.

— Qu'importe qui est le plus riche? dit Mme Desgranges. Est-ce que leur maison ne sera pas la nôtre?

— Jamais! Un père ne doit jamais se mettre dans la dépendance de ses enfants, et cela, pour les enfants eux-mêmes, afin de ne pas les rendre ingrats.

— Oh! père, se récria Madeleine, oses-tu dire?...

— Ton bon petit cœur se révolte à ce mot....

— Oh! oui! tu m'as fait bien mal!

— Je le crois! Je crois à la sincérité de ton indignation, mais....

— Mais, dit Henri, pour qui nous prenez-vous donc, monsieur?

— Pour des enfants pleins de cœur! de bons sentiments! Et c'est pour cela que je ne veux point vous gâter. Avez-vous entendu parler d'une pièce de théâtre nommée le Roi Lear?

— De Shakspeare?

— Juste! Eh bien, savez-vous ce que c'est que son roi Lear? Un vieil imbécile qui n'a eu que le sort qu'il méritait!... Et quant à mesdames ses filles, Shakspeare, tout Shakspeare qu'il est, a fait une grosse faute, c'est de les peindre méchantes dès le début. Ce qu'il fallait, c'était de les montrer corrompues par la prodigalité insensée de leur père, conduites à l'ingratitude par le bienfait.... Voilà la vérité! Car enfin, supprimez le bienfait, il n'y a plus d'ingratitude. Or, comme j'ai autant de sollicitude pour votre perfection que ma femme en a pour mon perfectionnement, je refuse net de me dépouiller pour vous, de peur de vous exposer à la tentation.

— Mais....

— Pas de mais! C'est résolu. Henri, allez trouver votre père et essayez de le faire renoncer à sa prétention! Que diable!

Il est plus facile de ne pas demander cent mille francs que de les donner.

— Mais, dit Madeleine, s'il ne réussit pas à convaincre son père?

— C'est qu'il ne t'aimera pas assez! Auquel cas je ne le regretterai pas.

— Monstre! bourreau! égoïste! matérialiste! s'écria Mme Desgranges.

— Va! va!...

— Adieu, monsieur Henri! dit Madeleine.

— Non, mademoiselle, au revoir! Votre père a raison! Je ne serais pas digne de vous si je ne vous conquérais pas.

— A la bonne heure, jeune homme! Voilà un mot qui vous rend mon estime! Je ne vous donnerai pas un sou de plus pour cela, mais je vous estime! Partez et revenez! »

Un mois après cette scène, les jeunes gens étaient mariés; un an plus tard, Mme Desgranges était marraine; la deuxième année, M. Desgranges était parrain, et, trois ans écoulés, nous retrouvons le jeune ménage et le vieux, les parents et les enfants, installés dans la jolie maison de Villeneuve-Saint-Georges.

J'ai dit que M. Henri Grandval était architecte, mais jeune architecte, c'est-à-dire trop souvent, hélas! architecte *in partibus*. De tous les artistes, les plus malheureux sont certainement les architectes. Un poète a beau être pauvre, il trouve toujours une plume pour écrire ses vers; un musicien, une feuille de papier réglé pour écrire ses notes; un peintre, un pinceau et un bout de toile pour y jeter ses idées de tableau; mais des pierres de taille, des pierres meulières et un terrain propre à la bâtisse, on n'en a pas sous la main, on n'en trouve pas à volonté; on ne bâtit pas des maisons pour son plaisir. Et qui est-ce qui en confie à un jeune architecte? Il a un art et pas de matériaux pour l'exercer; sa profession est de construire, et il n'a pas de constructions à faire.... Imaginez-vous un castor en disponibilité. Ses seuls clients sont de petits propriétaires, qui, ayant quelque lézarde à reboucher, quelque fenêtre à percer, quelque mur à raccommoder, prennent un petit architecte, comme on prend un petit médecin.... pour les indispositions, dans l'espoir de le payer moins cher.... Tel était le sort de Henri Grandval.

Pour se dédommager de ces vils travaux, qu'il nommait des travaux dînatoires, il employait son vrai talent de dessinateur et d'aquarelliste à faire des plans de château, à concourir pour toutes les grandes constructions publiques, à envoyer, à qui de droit, des projets d'édifices d'utilité générale, et, comme il avait la juste prétention d'être un homme pratique en même temps qu'un homme d'art, il joignait à ces dessins, des devis, des coupes, des plans de distribution, qui faisaient le plus grand honneur à la solidité de ses études, mais qui avaient un grand inconvénient, c'était de lui coûter beaucoup d'argent : car il fallait payer les géomètres, payer les métreurs, payer les vérificateurs, de façon qu'il employait pour ses projets de construction tout l'argent que lui rapportaient ses réparations;

il dépensait en poésie tout ce qu'il avait gagné en prose.

Son budget se composait, comme on le sait, de la dot de sa femme et de la sienne, ce qui lui constituait un revenu fort suffisant pour ce qu'on appelait autrefois un bourgeois du Marais. Mais un artiste!... Un homme qui aime le beau!... C'est très cher d'aimer le beau. On trouve une occasion de belle tapisserie ancienne : comment résister au plaisir de l'acheter? On lit la description d'un monument admirable, découvert récemment : comment ne pas aller le visiter? Les voyages d'art sont presque un devoir pour les artistes. Ce qui les perd surtout, ce sont les prix réduits; ce sont ces grandes affiches s'étalant sur toutes les murailles, et portant en grosses lettres rouges ces mots cabalistiques : *Parcours d'un mois dans le nord de l'Italie, avec séjour dans les principales villes : cent cinquante francs!* Cent cinquante francs! C'est si bon marché! Rien de ruineux comme le bon marché! Ces grandes affiches sont immorales comme des boutiques de changeur, et l'on peut d'autant moins résister à la tentation qu'on a l'air d'être raisonnable en y succombant. Notre jeune ménage succombait donc souvent, et si vous ajoutez à cela que le mari était très épris de sa femme, et par conséquent la voulait charmante et bien parée; si vous vous souvenez qu'en trois ans ils s'étaient donné le luxe d'un garçon et d'une fille, vous comprendrez sans peine que généralement, quand arrivait la seconde moitié de chaque trimestre, ils étaient d'un gêné.... d'un gêné.... qui fendait le cœur de la bonne Mme Desgranges et attirait sur la tête de M. Desgranges un déluge de prières et d'invectives....

« Mon ami, je t'en supplie, accorde-leur un supplément de dot !

— Je m'en garderai bien, répondait M. Desgranges, je m'applaudis trop du parti que j'ai pris !... Mon système est trop bon pour que j'en change.

— Comment as-tu le cœur de les voir et de les laisser aussi gênés ?

— Ils sont gênés ?

— Affreusement, mon ami.

— Tant mieux ! Mon gendre se donnera plus de mal pour acquérir une clientèle.

— Mais elle ne vient pas, cette clientèle !

— Raison de plus pour tout faire afin qu'elle vienne.

— Ils ont des charges de plus !

— Tu veux dire des bonheurs de plus ! »

Et comme Mme Desgranges levait les bras au ciel :

« Voyons, ma femme ! pas d'exclamation, et raisonnons ! Supposons qu'il y a trois ans j'aie donné à ma fille cent mille francs de plus comme tu le voulais, que serait-il arrivé ?

— Il serait arrivé, reprit Mme Desgranges avec un mélange d'indignation et d'attendrissement. qu'au lieu de vivre de privations comme ils ont été obligés de le faire depuis trois ans, au lieu de se tout refuser....

— Permettez ! ma femme, permettez ! Il me semble....

— Il te semble ?... Eh bien, veux-tu que je te dise ? Quand je vais chez eux à l'heure du dîner, que je vois leur pauvre petit couvert si modeste...., un seul plat de viande, un seul plat de légumes, et pas d'entremets sucrés, les pauvres chéris! et qu'en revenant chez nous, je te trouve, toi, attablé jusqu'au menton, avec de bonnes poulardes rôties, de bons perdreaux bardés... car il te les faut bardés maintenant....

— Que veux-tu, ma chère? en vieillissant....

— Eh bien, cela me fait mal! je me reproche tous les bons morceaux que je mange.

— Pas moi!

— Je nous trouve révoltants....

— Ma femme!... ma femme! du calme! et revenons à la question, car tu t'en es complètement écartée. Suis bien mon raisonnement, si tu peux. Nous sommes aujourd'hui le 15 novembre; notre fille, notre gendre, leurs deux enfants, leurs deux domestiques, sont ici dans notre maison de campagne depuis le 15 août, soit trois mois deux jours; et ils comptent y rester, eux, leurs enfants et leurs domestiques, jusqu'au moment de notre départ, soit le 20 décembre....

— Eh bien! est-ce que tu veux leur reprocher leur séjour ici? Est-ce que tu vas te plaindre de ce que leur présence te coûte? Est-ce que tu aurais l'intention de les exiler de chez toi... de chez moi?... Oh! mais un instant, halte-là!

— Mais, s'écria M. Desgranges avec impatience, laisse-moi donc parler, et, encore une fois, suis mon raisonnement. Pourquoi notre fille et notre gendre sont-ils restés avec nous trois mois et deux jours, et pourquoi y resteront-ils jusqu'au 20 décembre?

— Belle question! Parce qu'ils nous aiment! Parce qu'ils se

plaisent avec nous!... Parce qu'ils savent nous faire plaisir!...
Parce qu'ils sont affectueux, sensibles....

— Enfin, tout le contraire de moi... n'est-ce pas? » dit
M. Desgranges en riant. Puis, allant à sa femme : « Tiens,
viens, que je t'embrasse!... Je t'adore, toi, parce que tu as
toujours douze ans.

— Comment! douze ans!

— Je veux dire parce que tu es et seras toujours la bonne
créature, naïve, confiante, crédule, que j'ai épousée avec tant de
plaisir!

— Comment naïve! crédule! répliqua Mme Desgranges un
peu offensée. Est-ce que tu prétendrais que nos enfants ne sont
pas....

— Si! ma femme... ils sont tout cela et plus encore! Mais
t'imagines-tu que ta fille, avec sa jolie figure qu'elle a plaisir à
montrer parce qu'on a plaisir à la voir, que ton gendre avec ses
goûts d'artiste et son imagination, laisseraient là Paris et ses
premiers plaisirs d'hiver, bien plus, qu'il y irait, lui, pour ses
affaires, tous les matins et en reviendrait tous les soirs, le tout
pour l'unique bonheur de faire une partie de piquet avec un
père qui commence à être un peu sourd, et une mère qui
gagnerait à être un peu muette?

— Mais que supposes-tu donc? Quel motif donnes-tu à leur
séjour prolongé chez nous?

— Ma chère, reprit M. Desgranges en riant, te rappelles-tu
que quand tu étais jeune et que tu avais de fort beaux cheveux,
tu étais enchantée d'aller à la campagne pour laiser *reposer*

raie!... Eh bien, nos enfants sont enchantés de rester ici pour laisser reposer leur bourse.

— Ah!... malheureux, peux-tu supposer?...

— Je ne leur en veux pas! Je ne les accuse ni d'ingratitude ni d'indifférence! Je suis sûr que, s'ils avaient vingt mille livres de rente au lieu de dix, ils nous aimeraient toujours, mais moins longtemps de suite! Ainsi, par exemple, je ne connais pas de gendre pareil au mien : on n'a pas plus de déférence, plus d'attentions; il ne laisse pas passer un seul de mes anniversaires, anniversaire de fête, anniversaire de naissance, anniversaire de mariage, sans accourir avec un énorme bouquet.

— Et tu crois que l'intérêt seul...

— Oh! non! ma femme!... Pas l'intérêt seul!... non, l'intérêt composé... composé moitié d'affection et moitié de calcul... calcul inconscient dont il ne se rend pas compte, mais que je devine, qui tient à ce qu'il a besoin de moi et dont je profite sans lui en vouloir.

— Tiens! tu n'es qu'un malheureux! Tu dépoétises tout! Tu désenchantes tout! Il faut être capable de pareils sentiments pour les prêter aux autres! c'est monstrueux!

— Du tout! c'est naturel! Les vieux sont très ennuyeux! Il faut qu'ils se rattrapent par quelque chose! Je me rattrape par l'hospitalité.

— Dis tout de suite que nos enfants prennent notre maison pour une auberge!...

— Eh! sans doute, l'auberge du *Lion d'Or!* Ici on loge à pied et à cheval les enfants gênés qui ont des économies à faire.

Ont-ils trop dépensé en spectacles, en bals, en concerts, allons
passer huit jours chez papa! Projettent-ils de se payer un petit
voyage, allons passer un mois chez papa! Un des enfants est un
peu souffrant... envoyons-le à la campagne chez papa!... Et on
l'envoie!... Et l'on vient avec lui! Et comme on est reçu à bras
ouverts, comme on est défrayé de tout, comme le père a une
bonne installation et une bonne table, comme on y trouve de
bonnes poulardes et de bons perdreaux que le père égoïste est
enchanté de partager avec ses enfants, ils viennent, ils
reviennent, et ils restent avec plaisir.

— Ah! le misérable!... Il fait de l'égoïsme avec tout, même
avec l'amour paternel!

— Mais suppose, au contraire, reprit M. Desgranges sans avoir
l'air d'entendre sa femme... suppose que j'aie doublé la dot de
ma fille, comme tu le voulais, que serait-il arrivé? Qu'aujour-
d'hui nos enfants, vu la tête un peu enthousiaste de mon gendre,
ne seraient peut-être pas beaucoup plus riches, et que moi,
je serais beaucoup plus pauvre; que je ne pourrais ni les
recevoir aussi longtemps, ni les recevoir aussi bien, et qu'ils
viendraient moins chez moi, parce qu'ils seraient mieux chez
eux. Voici donc ma conclusion, que je dédie à tous les pères
qui ont des filles à marier : « Voulez-vous garder vos enfants,
gardez votre argent! » Car c'est grâce à l'argent que le père
reste le chef de la famille, que la maison paternelle reste le
foyer domestique, c'est-à-dire pour les vieux une retraite d'honneur et de bien-être; pour les jeunes, un lieu de refuge et de
plaisir; pour les petits, un nid où ils viennent chercher la

santé et parfois des soins plus intelligents que les soins
maternels eux-mêmes ; pour tous enfin, un centre, un sanctuaire où se forment les souvenirs, où grandissent et vieillissent
les générations successives, où se perpétuent enfin les tradi-
tions de respect et de tendresse ! Affabulation : je n'ajouterai
pas un sou à la dot de ma fille. »

.·.

Nous voici au 30 novembre, quinze jours plus tard, mais
toujours à Villeneuve-Saint-Georges : car si, dans cette scène,
j'ai un peu violé l'unité de temps, j'ai du moins toujours
respecté l'unité de lieu. La maison de M. Desgranges est en
joie. Jamais il n'a paru, lui, aussi gai et aussi heureux. C'est le
vingt-cinquième anniversaire de son mariage. « Ma femme,
a-t-il dit à Mme Desgranges, voilà un jour qu'il faut célébrer
dignement. Il ne s'agit pas d'économiser aujourd'hui. Toutes
voiles dehors ! un dîner... comme si j'étais gourmand ! J'ai bien
recommandé à notre fille, qui est allée passer une journée à Paris
pour je ne sais quelle affaire, de revenir avec son mari par le
train de quatre heures. Elle trouvera dans sa chambre une
jolie robe neuve, dont je veux qu'elle se pare aujourd'hui. Et
quant à toi, si tu m'aimes encore un peu, malgré mes défauts,
prouve-le moi ! fais-toi charmante aussi ; mets pour le dîner,
et la soirée, car j'ai invité tout notre voisinage, mets les
diamants de ma pauvre mère. Ils me représentent ce que j'ai
le plus aimé dans le monde, Elle, qui me les a donnés pour

toi; toi, qui les as portés pour moi et pour elle; ta fille qui les portera pour nous trois... » Et là-dessus, M. Desgranges s'éloigna pour cacher un peu d'émotion.

Pourquoi Mme Desgranges ne lui répondit-elle pas? Pourquoi resta-t-elle quelque temps immobile et la tête baissée? Pourquoi sa fille, en arrivant, l'entraîna-t-elle dans sa chambre en pleurant? Pourquoi le gendre était-il sombre? Pourquoi la cloche du dîner les fit-elle tressaillir tous trois? Pourquoi, en entrant dans la salle à manger, la mère fut-elle si troublée à la vue de son mari? Pourquoi? L'exclamation de M. Desgranges va nous le dire. « Tu n'as pas tes diamants! » s'écria-t-il. La mère, pour toute réponse, se jeta dans les bras de son mari en pleurant. La fille lui baisa la main en s'agenouillant devant lui. « Tu n'as pas tes diamants! qu'en as-tu fait? » La femme et les enfants se turent. « Tu ne réponds pas, reprit le père d'une voix sévère; c'est donc à moi de parler. Je sais tout. Tu les as vendus! vendus pour payer l'imprudence de ton gendre. Oui! parce qu'il lui a plu de s'associer à une entreprise mal conçue, parce qu'il a fait la folie de répondre pour des coquins qui l'ont trompé, il a fallu que toi, afin de payer la moitié de sa dette... car il doit encore douze mille francs... il a fallu que tu eusses la cruauté de m'arracher le plus cher souvenir de ma pauvre mère, le plus précieux témoin de notre tendresse... d'empoisonner enfin la joie de ce beau jour! Ah! c'est bien mal! » La mère essaya de balbutier quelques excuses. « Il suffit, reprit M. Desgranges en l'interrompant, voici les domestiques, allez vous asseoir à vos

places. » Mère et enfants se dirigent en silence vers la table;
mais tout à coup, en dépliant sa serviette, Mme Desgranges
poussa un grand cri, son gendre en fit autant, et tous deux
se précipitèrent vers M. Desgranges, les yeux pleins de
larmes. La mère avait trouvé son écrin de diamants sous
son couvert, et le gendre les douze mille francs qui lui man-
quaient! « Ah! mon ami! Mon père.... — C'est bon! c'est
bon! reprit M. Desgranges en se dégageant de leurs embrasse-
ments. Vous ne m'appelez plus égoïste, maintenant. Eh bien,
ma prévoyance avait-elle raison, et comprenez-vous enfin qu'il
faut qu'un père reste toujours plus riche que ses enfants, ne
fût-ce... ne fût-ce, mes amis, que pour leur venir en aide dans
un moment de crise et les sauver d'une catastrophe? Seulement,
mon gendre, ne recommencez pas, parce que je ne pourrais pas
recommencer. »

TABLE DES MATIÈRES

25184. — PARIS, IMPRIMERIE LAHURE

9. rue de Fleurus.

MAGASIN D'ÉDUCATION ET DE RECRÉATION

Les Tomes I à XXIV

renferment comme œuvres principales :

L'Ile mystérieuse, Les Aventures du Capitaine Hatteras, Les Enfants du Capitaine Grant, Vingt mille lieues sous les mers, Aventures de trois Russes et de trois Anglais, Le Pays des Fourrures, Michel Strogoff, de JULES VERNE. — La Morale familière (cinquante contes et récits), Les Contes anglais, La Famille Chester, Histoire d'un Ane et de deux jeunes Filles, La Matinée de Lucile, Le Chemin glissant, Une Affaire difficile, L'Odyssée de Pataud et de son chien Fricot, de P.-J. STAHL. — La Roche aux Mouettes, de Jules SANDEAU. — Le nouveau Robinson suisse, de STAHL et MULLER. — Romain Kalbris, d'Hector MALOT. — Histoire d'une Maison, de VIOLLET-LE-DUC. — Les Serviteurs de l'Estomac, Le Géant d'Alsace, L'Anniversaire de Waterloo, Le Gulf-Stream, La Grammaire de mademoiselle Lili, Un Robinson fait au collège, de Jean MACÉ. — Le Denier de la France, La Chasse, Le Travail et la Douleur, A Madame la Reine, Un Premier Symptôme, Sur la Politesse, Un Péché véniel, Diplomatie de deux Mamans, etc., de E. LEGOUVÉ. — Petit Enfant, Petit Oiseau, L'Absent, Rendez-vous! La France, La Sœur aînée, L'Enfant gronde, etc., de Victor DE LAPRADE. — La Jeunesse des Hommes célèbres, de MULLER. — Aventures d'un jeune Naturaliste, Entre Frères et Sœurs, de Lucien BIART. — Le Petit Roi, de S. BLANDY. — L'Ami Kips, de G. ASTON. — Causeries d'Économie pratique, de Maurice BLOCK. — Les Vilaines Bêtes, de BÉNÉDICT. — Vieux Souvenirs, Départ pour la Campagne, Bébé aime le rouge, de Gustave DROZ. — Le Pacha berger, de LABOULAYE. — La Musique au foyer, de P. LACOME. — Histoire d'un Aquarium, Les Clients d'un vieux Poirier, de E. VAN BRUYSSEL. — Histoire de Bébelle, Une Lettre inédite, Septante fois sept, de DICKENS. — Pâquerette, Le Taciturne, etc., de H. FAUQUEZ. — Le petit Tailleur, de A. GENIN. — Curiosités de la vie des Animaux, par P. NOTH. — Notre vieille Maison, de H. HAVARD. — Le Chalet des Sapins, par P. CHAZEL. — Les deux Tortues, Ce qu'on faisait à un bébé quand il tombait, par F. DUPIN DE SAINT-ANDRÉ, etc., etc.

Les petites Sœurs et les petites Mamans, Les Tragédies enfantines, Les Scènes familières, textes de P.-J. STAHL.

Les Tomes XXV à LII

renferment comme œuvres principales :

JULES VERNE : César Cascabel, Famille sans Nom, Deux Ans de Vacances, Nord contre Sud, Un Billet de Loterie, L'Étoile du Sud, Kéraban-le-Têtu, L'École des Robinsons, La Jangada, La Maison à vapeur, Les Cinq cents millions de la Bégum, Hector Servadac. — J. VERNE et A. LAURIE : L'Épave du Cynthia. — P.-J. STAHL : Maroussia, Les Quatre Filles du docteur Marsch, Le Paradis de M. Toto, La Première Cause de l'avocat Juliette, Un Pot de crème pour deux, La Poupée de Mlle Lili. — STAHL et LERMONT : Jack et Jane, La petite Rose. — L. BIART : Monsieur Pinson, Deux enfants dans un parc. — E. LEGOUVÉ, *de l'Académie* : Leçons de lecture, Une élève de seize ans, etc. — V. DE LAPRADE : Le Livre d'un Père. — A. DEQUET : Mon Oncle et ma Tante. — A. BADIN : Jean Casteyras. — E. EGGER, *de l'Institut* : Histoire du Livre. — J. MACÉ : La France avant les Francs. — CH. DICKENS : L'Embranchement de Mugby. — A. LAURIE : Mémoires d'un Collégien russe, Le Bachelier de Séville, Une Année de collège à Paris, Scènes de la vie de collège en Angleterre, Mémoires d'un Collégien, L'Héritier de Robinson, De New-York à Brest en 7 heures, Le Secret du Mage. — P. CHAZEL : Riquette. — Dr CANDÈZE : La Gileppe, Aventures d'un Grillon, Périnette. — C. LEMONNIER : Bébés et Joujoux. — HENRY FAUQUEZ : Souvenirs d'une Pensionnaire. — J. LERMONT : Kitty et Bo, L'Aînée, Les jeunes Filles de Quinnebasset. — F. DUPIN DE SAINT-ANDRÉ : Histoire de Canards, La Vieille Casquette, etc., etc. — TH. BENTZON : Contes de tous les Pays. — BÉNÉDICT : Le Noël des petits Ramoneurs, Les charmantes Bêtes, etc. — A. GENIN : Marco et Tonino, Deux Pigeons de Saint-Marc. — E. DIENY : La Patrie avant tout. — C. LEMAIRE : Le Livre de Trotty. — G. NICOLE : Le Chibouk du Pacha, etc. — GENNEVRAYE : Marchand d'Allumettes, Théâtre de Famille, La petite Louisette. — BERTIN : Voyage au Pays des Défauts, Les deux côtés du Mur, Les Douze. — P. PERRAULT : Pas-Pressé, Les Lunettes de Grand'Maman. — B. VADIER : Blanchette, Comédies et Proverbes. — I.-A. REY : Les Travailleurs microscopiques. — S. BLANDY : L'Oncle Philibert. — RIDER HAGGARD : Découverte des Mines de Salomon. — GOUZY : Voyage au Pays des Étoiles, Promenade d'une Fillette autour d'un Laboratoire. — BRUNET : Les Jeunes Aventuriers de la Floride. — Une grande Journée, Plaisirs d'hiver, Pierre et Paul, La Chasse, Les petits Bergers, Mademoiselle Lili à Paris, Les Frères de Mademoiselle Lili, par UN PAPA.

Illustrations par ATALAYA, BAYARD, BENETT, BECKER, CHAM, GEOFFROY, L. FRŒLICH, FROMENT, LAMBERT, LALAUZE, LIX, ADRIEN MARIE, MEISSONIER, DE NEUVILLE, PHILIPPOTEAUX, RIOU, G. ROUX, TH. SCHULER, etc., etc.

N. B. — La plus grande partie de ces œuvres ont été couronnées par l'Académie française

CHAQUE VOLUME SE VEND SÉPARÉMENT

Prix · broché, 7 fr.; cartonné toile, tranches dorées, 10 fr.; relié, tranches dorées, 12 fr.

LES NOUVEAUTÉS POUR 1890-1891 SONT INDIQUÉES PAR UNE †
Les ouvrages précédés d'une double palme ont été couronnés par l'Académie

(1er Age)

ALBUMS STAHL IN-8° ILLUSTRÉS

Les Albums Stahl

Il y a des lecteurs qui ne sont pas hommes encore et à qui il faut des lectures et des images pour leurs premières curiosités. Ce public innombrable et frêle n'a pas été oublié. Les *Albums Stahl* leur donnent de piquants ou de jolis dessins accompagnés d'un texte naïf. La naïveté est celle qu'un ingénieux esprit, comme Stahl, peut offrir. Elle a ses malices légères et sa gaieté tendre. Les dessins ont de la fantaisie dans la vérité. Bégayements heureux, rires argentins, ce sont là les effets que produisent ces albums caressants. Il y a beaucoup de gros livres et de travaux ambitieux qui n'ont pas la même utilité.

GUSTAVE FRÉDÉRIX. (*Indépendance Belge.*)

FRŒLICH

† Mlle Lili à Paris.
Jujules le Chasseur.
Les petits Bergers.
Pierre et Paul.
La Poupée de Mlle Lili.
La Journée de M. Jujules.
L'A perdu de Mlle Babet.
Alphabet de Mlle Lili.
Arithmétique de Mlle Lili.
Cerf-Agile.
Commandements du Grand-Papa.
La Fête de Mlle Lili.
Journée de Mlle Lili.
La Grammaire de Mlle Lili. (J. MACÉ.)
Le Jardin de M. Jujules.
Mlle Lili aux Eaux.
Les Caprices de Manette.
Les Jumeaux.
Un drôle de Chien.
La Fête de Papa.
Mlle Lili à la campagne.
Le premier Chien et le premier Pantalon.
L'Ours de Sibérie.
Le petit Diable.
La Salade de la grande Jeanne.
La Crème au chocolat.
M. Jujules à l'école.

L. BECKER. . . . . L'Alphabet des Oiseaux.
— . . . . L'Alphabet des Insectes.
COINCHON (A.). . . . . Histoire d'une Mère.
DETAILLE . . . . Les bonnes Idées de Mademoiselle Rose.
FATH . . . . Le Docteur Bilboquet.
— . . . . Gribouille. — Jocrisse et sa Sœur.
— . . . . Les Méfaits de Polichinelle. — Pierrot à l'École.
— . . . . La Famille Gringalet. — Une folle soirée chez Paillasse.
FROMENT. . . . . Petites Tragédies enfantines.
— . . . . Le petit Acrobate.
— . . . . La Boite au lait.
— . . . . La petite Devineresse. — Le petit Escamoteur.
— . . . . Scènes familières.
GEOFFROY . . . . Le Paradis de M. Toto. — 1re Cause de l'avocat Juliette.
— . . . . L'Age de l'École.
— . . . . † Proverbes en action.
GRISET. . . . . La Découverte de Londres.
JUNDT . . . . L'École buissonnière.
LALAUZE. . . . . Le Rosier du petit Frère.
LAMBERT. . . . . Chiens et Chats.
MARIE (A.). . . . . Le petit Tyran.
MATTHIS. . . . . Les deux Sœurs.
MEAULLE . . . . Petits Robinsons de Fontainebleau.
PIRODON. . . . . Histoire d'un Perroquet. — Histoire de Bob aîné.
— . . . . La Pie de Marguerite.
SCHULER (TH.). . . . . Les Travaux d'Alsa.
VALTON. . . . . Mon petit Frère.

ALBUMS STAHL ILLUSTRÉS gr. in-8°

FRŒLICH

M. Jujules et sa sœur Marie.
Petites Sœurs et petites Mamans.
Voyage de Mlle Lili autour du monde.
Voyage de découvertes de Mlle Lili.
La Révolte punie.

CHAM. . . . . Odyssée de Pataud.
FROMENT. . . . . La Chasse au volant.
GRISET (E.). . . . . Aventures de trois vieux Marins. — Pierre le Cruel.
SCHULER (T.). . . . . Le premier Livre des petits Enfants.

1er *Age*
ALBUMS STAHL en COULEURS, IN-4°

L. FRŒLICH

Chansons & Rondes de l'Enfance

Sur le Pont d'Avignon.   Giroflé-Girofla.   Le bon Roi Dagobert.
La Tour prends garde.   Il était une Bergère.   Compère Guilleri.
La Marmotte en vie.   M. de La Palisse.   Malbrough s'en va-t-en guerre.
La Boulangère a des écus.   Au Clair de la Lune.   Nous n'irons plus au bois.
La Mère Michel.   Cadet-Roussel.

L. FRŒLICH

La Bride sur le cou. — M. César. — Le Cirque à la maison. — Mlle Furet. — Pommier de Robert.
Hector le Fanfaron. — La Revanche de François.

BECKER.	Une drôle d'École.
CASELLA.	Les Chagrins de Dick.
COURBE	L'Anniversaire de Lucy.
FROMENT.	† Tambour et Trompette.
GEOFFROY	Monsieur de Crac. — Don Quichotte. — Gulliver.
—	L'Ane gris. — Le pauvre Ane.
JAZET.	L'Apprentissage du Soldat.
KURNER.	Une Maison inhabitable.
DE LUCHT	L'Homme à la Flûte. — Les 3 montures de John Cabriole.
—	La Leçon d'Équitation.— La Pêche au Tigre.
—	Les Animaux domestiques.
MATTHIS.	Métamorphoses du Papillon.
MARIE.	Mademoiselle Suzon.
TINANT	Du haut en bas. — Un Voyage dans la neige.
—	Une Chasse extraordinaire.— La Revanche de Cassandre.
—	Les Pêcheurs ennemis. — La Guerre sur les Toits.
—	† Machin et Chose.
TROJELLI.	Alphabet musical de Mlle Lili.

1er et 2me *Ages*
PETITE BIBLIOTHÈQUE BLANCHE
Volumes gr. in-16 colombier. illustrés

AUSTIN	Boulotte.
BENTZON	† Yette.
BERTIN (M.)	Les Douze. — Voyage au Pays des défauts.
—	Les deux côtés du Mur.
BIGNON.	Un singulier petit Homme.
CHAZEL (PROSPER).	Riquette.
DE CHERVILLE (M.).	Histoire d'un trop bon Chien.
DICKENS (CH.)	L'Embranchement de Mugby.
DIENY (F.)	La Patrie avant tout.
DUMAS (A.)	La Bouillie de la comtesse Berthe.
DURAND (H.)	Histoire d'une bonne aiguille.
FEUILLET (O.)	La Vie de Polichinelle.
GÉNIN (M.)	Les Pigeons de Saint-Marc. — Un petit Héros.
—	Les Grottes de Plémont. — Pain d'épice.
GENNEVRAYE.	Petit Théâtre de Famille.
LA BÉDOLLIÈRE (DE)	Histoire de la Mère Michel et de son chat.
LEMAIRE-CRETIN	Le Livre de Trotty.
LEMOINE	La Guerre pendant les vacances.
LEMONNIER (C.)	Bébés et Joujoux.— Hist. de huit Bêtes et d'une Poupée.
LOCKROY (S.).	Les Fées de la Famille.
MULLER (E.)	Récits enfantins.
MUSSET (P. DE)	Monsieur le Vent et Madame la Pluie.
NODIER (CHARLES).	Trésor des Fèves et Fleur des Pois.
OURLIAC (E.)	Le Prince Coqueluche.
PERRAULT (P.).	Les Lunettes de Grand'Maman.
SAND (GEORGE)	Le Véritable Gribouille.
SPARK.	Fabliaux et Paraboles.
STAHL (P.-J.)	Les Aventures de Tom Pouce.
STAHL ET WILLIAM HUGHES.	† Contes de la Tante Judith.
VERNE (JULES)	Un Hivernage dans les glaces.
VILLERS (DE)	Les Souliers de mon voisin.

Bibliothèque d'Éducation et de Récréation

Quels souvenirs agréables et charmants ce titre général ne rappelle-t-il pas aux hommes jeunes d'aujourd'hui, à ceux qui entraient dans la vie au moment même où une révolution complète s'opérait, en leur faveur, dans la littérature! Car il n'y a pas beaucoup plus de vingt ans que les jeunes gens lisent, c'est-à-dire qu'ils ont des livres conçus pour eux, écrits pour eux, et dont le succès est tel qu'on n'aurait pas osé l'attendre.

« C'est une innovation que l'introduction de la lecture dans les plaisirs de la jeunesse. Elle date presque d'hier : mettons vingt ans, c'est tout le bout du monde. Pendant ces vingt années, l'éditeur Hetzel a su publier 300 volumes de premier ordre.

« Le titre trouvé par l'éditeur constitue à lui seul un programme : ÉDUCATION et RÉCRÉATION. Et, en effet, tout est là. Ces beaux et bons livres instruisent et ils amusent. »

VOLUMES IN-8º CAVALIER, ILLUSTRÉS

ALDRICH. . . . . Un Écolier américain.
AUDEVAL (H.). . . . . La Famille de Michel Kagenet.
BENTZON (TH.). . . . . Pierre Casse-Cou.
BIART (L.) . . . . Voyage de deux Enfants dans un parc.
— . . . . Entre Frères et Sœurs. — Deux Amis.
BRÉHAT (A. DE) . . . . Aventures de Charlot.
BUSNACH (W.) . . . . † 🙝 Le Petit Gosse.
CHAZEL (PROSPER). . . . . . Le Chalet des sapins.
DEQUET. . . . . Histoire de mon Oncle et de ma Tante.
DUMAS (ALEXANDRE) . . . . Histoire d'un Casse-noisette.
ERCKMANN-CHATRIAN. . . . Pour les Enfants. — Les Vieux de la Vieille.
FATH (G.) . . . . Un drôle de Voyage.
GOUZY. . . . . Voyage d'une Fillette au pays des Étoiles.
— . . . . Promenade d'une Fillette autour d'un laboratoire.
GRAMONT (COMTE DE). . . . Les Bébés.
LEMAIRE-CRETIN . . . . Expériences de la petite Madeleine.
LERMONT . . . . L'Aînée.
— . . . . † Histoire de deux Bébés (Kitty et Bo).

Aventures de Terre et de Mer

Œuvres choisies

MAYNE-REID.⎰ Désert d'eau. — Deux Filles du Squatter. — Chasseurs de chevelures. —
Chef au Bracelet d'or. — Exploits des jeunes Boërs. — Jeunes Voyageurs.
— Petit Loup de mer. — Naufragés de l'île de Bornéo. — Robinsons de
terre ferme. — Sœur perdue. — William le Mousse.

Mayne-Reid est un Cooper plus accessible à tous, aux jeunes gens en particulier. Scrupuleusement moral, d'une imagination riche et curieuse, mettant en scène quelque simple récit, autour duquel il groupe des incidents romanesques, et cependant possibles, il promène son lecteur au milieu des forêts vierges, parmi les tribus sauvages, et exalte le courage individuel aux prises avec les difficultés et les nécessités de la vie. » CLARETIE.

MULLER . . . . La Morale en Action par l'Histoire.
NERAUD . . . . La Botanique de ma Fille.
PERRAULT (P.) . . . . Pas-Pressé.
RECLUS (E.) . . . . Histoire d'une Montagne. — Histoire d'un Ruisseau.
STAHL (P.-J.) . . . . La famille Chester. — Mon premier Voyage en mer.
STAHL ET LERMONT. . . . . . La Petite Rose, ses six Tantes et ses sept Cousins.
VADIER (B.) . . . . Blanchette.
VALLERY-RADOT (R.) . . . . 🙝 Journal d'un Volontaire d'un an.
VAN BRUYSSEL . . . . Scènes de la Vie des Champs et des Forêts aux États-Unis.

VOLUMES IN-8º RAISIN, ILLUSTRES

BADIN (A.) . . . . Jean Casteyras (Aventures de trois Enfants en Algérie).
BENEDICT. . . . . La Madone de Guido Reni.
BENTZON (TH.) . . . . Contes de tous les pays.

Les Voyages involontaires

BIART (L.) ⎰ La Frontière indienne. — Monsieur Pinson.
Le Secret de José. — Lucia.

Volumes in-8° illustrés (SUITE)

BLANDY (S.) . . . . Le petit Roi.
— . . . . Fils de veuve. — L'Oncle Philibert.
BOISSONNAS (B.) . . . . 🌐 Une Famille pendant la guerre.
BRÉHAT (A. DE) . . . . Les Aventures d'un petit Parisien.
BRUNET . . . . † Les Jeunes Aventuriers de la Floride.

Contes et Romans de l'Histoire naturelle

Dʳ CANDÈZE { Aventures d'un Grillon.
{ Périnette (Histoire surprenante de cinq moineaux).

A ventures d'un Grillon. — « Cette biographie d'un insecte obscur cache, sous une fine allégorie, non seulement un petit traité de morale familière, mais encore des notions d'entomologie très précises et très sûres. L'auteur, M. Ernest Candèze, est un écrivain déjà connu des lecteurs de la *Revue Scientifique,* et ses qualités littéraires ne nuisent pas, bien au contraire, à l'autorité de son enseignement.

« C'est une philosophie ingénieuse que celle qui cherche dans l'étude du plus petit des mondes, du monde des insectes, des leçons applicables à l'univers entier. C'est merveille de voir comment même les petits côtés de la science gagnent à être traités par des écrivains littéraires, quand ils ont su se munir au préalable d'un savoir sérieux et éprouvé. »

(Revue Scientifique.)

CAUVAIN (H.) . . . . Le grand Vaincu (le Marquis de Montcalm).
DAUDET (ALPHONSE) . . . . . Histoire d'un Enfant.
— . . . . Contes choisis.
DESNOYERS (L.) . . . . Aventures de Jean-Paul Choppart.
DUPIN DE SAINT-ANDRÉ . . . Ce qu'on dit à la maison.
GENNEVRAYE . . . . Théâtre de Famille.
— . . . . La petite Louisette.
— . . . . 🌐 Marchand d'Allumettes.
GRIMARD (E.) . . . . La Plante.
HUGO (VICTOR) . . . . Le Livre des Mères.
LAPRADE (V. DE) . . . . Le Livre d'un Père.

La vie de Collège dans tous les Pays

ANDRÉ LAURIE

Mémoires d'un Collégien. (Un { La Vie de Collège en Angle- { Tito le Florentin.
Lycée de département.) { terre. { Autour d'un Lycée japonais.
Une Année de Collège à Paris. { Un Écolier hanovrien. { Le Bachelier de Séville.
Mémoires d'un Collégien russe.

M. Francisque SARCEY a consacré à chacun des livres qui composent cette série, une étude spéciale.
« Notre ami Hetzel, écrivait-il au mois de décembre 1885, a commencé une collection bien curieuse et dont le titre générique suffit à indiquer l'intérêt. Chaque année, il paraît un volume qui nous transporte dans un pays différent. Il y a quatre ans, nous étions en France; l'année suivante on nous a menés en Angleterre; l'an d'après, en Allemagne. L'ensemble des volumes, dont cette série doit se composer, formera une étude assez complète des divers systèmes d'éducation suivis par chaque nation.

« Tous ces volumes partent de la même main; ils sont de M. André Laurie, qui me paraît être un universitaire fort au courant des questions pédagogiques, et qui n'en est pas moins un conteur agréable et un écrivain élégant. C'est chaque année un régal attendu par moi de recevoir et de déguster son volume. »   FRANCISQUE SARCEY.

LES ROMANS D'AVENTURES

ANDRÉ LAURIE . . . . Le Capitaine Trafalgar.
— De New-York à Brest en sept heures.
— † Le Secret du Mage.
J. VERNE ET A. LAURIE . . . . L'Épave du Cynthia.
STEVENSON ET A. LAURIE . . L'Ile au Trésor.

A PROPOS de l'*Épave du Cynthia,* M. Ulbach écrivait les lignes suivantes :
« La collaboration de MM. Jules Verne et André Laurie ne pouvait être que féconde. La science de l'un, l'observation de l'autre, les qualités littéraires des deux collaborateurs font de ce livre un des plus émouvants de la collection nouvelle. »

Volumes in-8° illustrés (SUITE)

« Il y a peu de livres plus nourris de faits, plus substantiels, et d'un intérêt mieux soutenu que l'*Épave du Cynthia*, » a écrit M. Dancourt dans la *Gazette de France*.

« Plus sombre, plus terrible est l'*Ile au Trésor*, roman popularisé en Angleterre par des milliers d'éditions, et dont la maison Hetzel s'est assuré le droit de traduction exclusif. On raconte que M. Gladstone, le grand homme d'État, rentrant chez lui, après une séance agitée, trouva, par hasard, sous sa main, l'*Ile au Trésor*, de Stevenson. Il en parcourut les premières pages, et il ne quitta plus le livre qu'il ne l'eût achevé. C'est que ces premières pages sont un chef-d'œuvre d'exposition mystérieuse, d'attractions captivantes... »

LEGOUVÉ . . . . Nos Filles et nos Fils.
— . . . . La Lecture en famille.
— . . . . ✝ Une Élève de seize ans.
LERMONT (J.) . . . . Les jeunes Filles de Quinnebasset.
MACÉ (JEAN) . . . . Contes du Petit-Château.
— . . . . Histoire d'une Bouchée de Pain.
— . . . . Histoire de deux Marchands de pommes.
— . . . . Les Serviteurs de l'estomac.
— . . . . Théâtre du Petit-Château.
MALOT (HECTOR) . . . . Romain Kalbris.
MULLER (E.) . . . . La Jeunesse des Hommes célèbres.
RATISBONNE (LOUIS) . . . . . ⚇ La Comédie enfantine.
RIDER HAGGARD . . . . Découverte des Mines de Salomon.
SAINTINE (X.) . . . . Piccola.
SANDEAU (J.) . . . . La Roche aux Mouettes. — ⚇ Madeleine.
— . . . . Mademoiselle de la Seiglière.
SAUVAGE (E.) . . . . La petite Bohémienne.
SÉGUR (COMTE DE) . . . . . . Fables.
ULBACH (L.) . . . . Le Parrain de Cendrillon.

ŒUVRES de P.-J. STAHL

⚇ Contes et Récits de Morale familière. — Les Histoires de mon Parrain. — ⚇ Histoire d'un Ane et de deux jeunes Filles. — ⚇ Maroussia. — ⚇ Les Patins d'argent. — Les Quatre Filles du docteur Marsch. — ⚇ Les Quatre Peurs de notre Général.

STAHL a voulu enseigner familièrement la morale, la mettre en action pour tous les âges. De tous les livres de Stahl se dégage une morale présentée avec toute la séduction et cette forme spirituelle qui donne à la fiction les apparences de la réalité.
Peu d'hommes ont plus et mieux fait pour la jeunesse, qui lui doit sa libération littéraire.

Ch. CANIVET. (*Le Soleil.*)

STAHL ET LERMONT . . . . . . Jack et Jane.
TEMPLE (DU) . . . . Sciences usuelles. — Communications de la Pensée.
TOLSTOI (COMTE L.) . . . . . . Enfance et Adolescence.
VERNE (JULES) ET D'ENNERY. Les Voyages au Théâtre.
VIOLLET-LE-DUC . . . . Histoire d'une Maison.
— . . . . Histoire d'une Forteresse.
— . . . . Histoire de l'Habitation humaine.
— . . . . Histoire d'un Hôtel de Ville et d'une Cathédrale.
— . . . . Histoire d'un Dessinateur.

Volumes grand in-8° jésus, illustrés

BIART (L.) . . . . Aventures d'un jeune Naturaliste.
— . . . . Don Quichotte *(adaptation pour la jeunesse)*.
BLANDY (S.) . . . . Les Épreuves de Norbert.
CLÉMENT (CH.) . . . . Michel-Ange, Raphaël, Léonard de Vinci.
FLAMMARION (C.) . . . . Histoire du Ciel.
GRANDVILLE . . . . Les Animaux peints par eux-mêmes.
GRIMARD (E.) . . . . Le Jardin d'Acclimatation.
LA FONTAINE . . . . Fables, illustrées par EUG. LAMBERT.
LAURIE (A.) . . . . Les Exilés de la Terre.
MALOT (HECTOR) . . . . ⚇ Sans Famille.
MOLIÈRE. . . . . Édition SAINTE-BEUVE et TONY JOHANNOT.
STAHL ET MULLER. . . . . Nouveau Robinson suisse.

Jules Verne

VOYAGES EXTRAORDINAIRES

36 VOLUMES IN-8° JÉSUS, ILLUSTRÉS

† César Cascabel.
Famille sans Nom.
Sans dessus dessous.
Deux ans de Vacances.
Nord contre Sud.
Un Billet de Loterie.
Autour de la Lune.
Aventures de trois Russes et de trois Anglais.
Aventures du capitaine Hatteras.
Un Capitaine de quinze ans.
Le Chancellor.
Cinq Semaines en ballon.
Les Cinq cents millions de la Bégum.
De la Terre à la Lune.
Le Docteur Ox.
Les Enfants du capitaine Grant.
Hector Servadac.
L'Ile mystérieuse.

Les Indes-Noires.
Mathias Sandorf.
Le Chemin de France.
Robur le Conquérant.
La Jangada.
Kéraban-le-Têtu.
La Maison à vapeur.
Michel Strogoff.
Le Pays des Fourrures.
Le Tour du monde en 80 jours.
Les Tribulations d'un Chinois en Chine.
Une Ville flottante.
Vingt mille lieues sous les Mers.
Voyage au centre de la Terre.
Le Rayon-Vert.
L'École des Robinsons.
L'Etoile du sud.
L'Archipel en feu.

L'œuvre de Jules Verne est aujourd'hui considérable. La collection des *Voyages extra-ordinaires*, que l'Académie française a couronnés, se compose déjà de vingt-cinq volumes (contenant 36 ouvrages), et tous les ans, Jules Verne donne au *Magasin d'Éducation et de Récréation* un roman inédit.

Ces livres de voyage, ces contes d'aventures, ont une originalité propre, une clarté et une vivacité entraînantes. C'est très français. »

CLARÉTIE.

Découverte de la Terre

3 Volumes in-8°

Les premiers Explorateurs. — Les Grands Navigateurs du XVIIIᵉ siècle.
Les Voyageurs du XIXᵉ siècle.

J. VERNE et TH. LAVALLÉE. Géographie illustrée de la France, nouvelle édition revue et corrigée par M. DUBAIL.

BIBLIOTHÈQUE DES JEUNES FRANÇAIS

Volumes gr. in-16 colombier

ERCKMANN-CHATRIAN. Avant 89 (*illustré*).
BLOCK (M.). *Entretiens familiers sur l'administration de notre pays.*
La France. — Le Département. — La Commune.
Paris, Organisation municipale. — Paris, Institutions administratives. — L'Impôt. — Le Budget.
L'Agriculture. — Le Commerce. — L'Industrie.
Petit Manuel d'Économie pratique.
GUICHARD (V.) . . . . Conférences sur le Code civil.
PONTIS . . . . Petite Grammaire de la prononciation.
J. MACÉ. . . . . La France avant les Francs (*illustré*).
MAXIME LECOMTE . . . . . La Vocation d'Albert.
TRIGANT GENESTE . . . . . † Le Budget communal.

Motteroz. — Li.-Imp. r. C. Paris. — 8796.

Imprimé en France
FROC031302230919
22213FR00030B/217/P

9 782329 316642